Na Ubook você tem acesso a este e outros milhares de títulos para ler e ouvir. Ilimitados!

Audiobooks Podcasts
Músicas **Ebooks Notícias**
Revistas Séries & Docs

Junto com este livro, você ganhou **30 dias grátis** para experimentar a maior plataforma de audiotainment da América Latina.

Use o QR Code

OU

1. Acesse **ubook.com** e clique em Planos no menu superior.
2. Insira o código **GOUBOOK** no campo Voucher Promocional.
3. Conclua sua assinatura.

ubookapp

ubookapp

ubookapp

ubook
Paixão por contar histórias

BOSTON BOYS 2
DESCENDO DO PALCO

Giulia Paim

ubook

© 2017, 2019 Giulia Paim

Todos os direitos reservados. Nenhuma parte deste livro pode ser utilizada ou reproduzida sob quaisquer meios existentes sem autorização por escrito dos editores.

ubook **ubk**
Publishing House

EDITORA ORIGINAL DA OBRA	Eugenia Ribas-Vieira
EDITORA ASSISTENTE ORIGINAL DA OBRA	Sarah Czapski Simoni
PREPARAÇÃO	Jane Pessoa
REVISÃO	Laila Guilherme | Erika Nakahata
PROJETO GRÁFICO ORIGINAL	Laboratório Secreto
CAPA E DIAGRAMAÇÃO	Gisele Baptista de Oliveira
ADAPTAÇÃO DA CAPA E MIOLO	Bruno Santos
IMAGENS DA CAPA	Freepik.com

Dados Internacionais de Catalogação na Publicação (CIP)
(Câmara Brasileira do Livro, SP, Brasil)

Paim, Giulia
   Boston boys 2 / Giulia Paim. -- Rio de Janeiro: Ubook Editora, 2019.

   ISBN 978-85-9556-166-3

   1. Boston Boys - Literatura infantojuvenil
   2. Ficção - Literatura infantojuvenil
   3. Literatura infantojuvenil I. Título.

19-32124   CDD-028.5

Ubook Editora S.A
Av. das Américas, 500, Bloco 12, Salas 303/304,
Barra da Tijuca, Rio de Janeiro/RJ.
Cep.: 22.640-100
Tel.: (21) 3570-8150

*"Eu odeio celebridades.
Realmente as odeio."*

Billie Joe Armstrong — vocalista do Green Day

PRÓLOGO

Eu realmente deveria tatuar na minha testa a frase "Eu avisei". Porque normalmente minhas conversas com a mamãe em relação aos meninos têm sempre um ciclo: ela lança uma ideia estúpida — sem aviso prévio —, eu digo que a ideia *é* estúpida, ela não me ouve, ninguém me ouve, e no final todos acabam percebendo que a ideia era, de fato, *estúpida*.

Como lá em casa vivemos em um regime totalitário disfarçado de democrático — e, nesse caso, Mason seria o chefão da história —, a minha opinião sensata novamente foi descartada. Mamãe e sua equipe tinham inventado de colocar mais um Boston Boy no programa, acreditando que aquilo era a melhor ideia do mundo, e se achando *os* gênios da TV. Eu tinha noventa e nove por cento de certeza de que aquilo não iria dar certo.

E aqui vão meus motivos:

1. Mason, Henry e Ryan já eram um pacotinho completo. Enfiar mais um menino naquela história resultaria em desentendimentos.

2. Eles já tinham aquela baboseira de personalidades definidas. O "Inteligente", o "Esportista" e o "Conquistador". O próximo seria o quê? O "Drogado"? O "Mauricinho"? O "Assassino em Série"?!

3. Mason não iria suportar um cara novo chamando a atenção e roubando seu holofote.

4. O motivo 3 de novo, mas em negrito.

5. Coloque-o em itálico também, só para enfatizar mais.

Resumindo: Aquilo *não* iria dar certo!

Mas, como naquela casa não adianta tentar convencer aquele bando de cabeças-duras, tive apenas que concordar e esperar que o garoto-misterioso-bomba-relógio explodisse e levasse a série pelos ares.

E isso aconteceu. Mais ou menos.

1

— **Mãe, diz que nós estamos chegando!** — falei, no banco do carona do Audi, me contorcendo.

— Já estamos chegando, Ronnie! Francamente, dezesseis anos na cara e não se lembra de ir ao banheiro antes de sair de casa...

— Eu *fui* antes de sair de casa! — Cruzei as pernas com força, rezando para que o xixi não escapasse. — Foi aquela porcaria de *enchilada* picante que você resolveu preparar que me fez beber dois litros de água!

Mamãe revirou os olhos e riu.

— Dramática como sempre.

— Só está dizendo isso porque não é você que está quase explodindo!

Nunca desejei tanto chegar àquele maldito estúdio de gravação em toda a minha vida. E era estranho ir sozinha com mamãe, já que normalmente eu ia acompanhada da tropa inteira. Agora parecia um daqueles dias de "leve sua filha ao trabalho".

Bem — tirando o fato de que eu estava praticamente vazando —, eu não podia reclamar tanto, já que não estava indo contra a minha vontade. Aparentemente, passei tanto tempo com os meninos que meus princípios acabaram ficando meio deturpados, a ponto de eu realmente estar curiosa em relação ao garoto misterioso que iria entrar na série. E ainda por cima não podia contar para nenhum deles. Mary também não podia saber, porque, de acordo com mamãe, se Mary descobrisse algo que envolvesse Ryan, ele ficaria sabendo antes mesmo que pudéssemos chegar ao estúdio.

Mamãe achou melhor eu não ir nos primeiros dias dos testes, levando-me ao estúdio só depois de eles já terem selecionado os caras que eram realmente bons. Ela disse que os primeiros testes foram um pandemônio, com garotos desafinados, estranhos — e péssimos atores. Nossa, eu iria querer me matar se tivesse que ver cada um daqueles malucos. Pelo menos esses tinham o selo prévio de aprovação da mamãe... Não que isso seja grande coisa.

Mas no momento não estava pensando em nada que não fosse: *Se não chegarmos em dois minutos, eu vou reviver a época tenebrosa da minha bexiga solta.* Felizmente, em dois minutos cravados estávamos no estacionamento. No entanto, como tudo demora mais quando se está desesperado, mamãe ainda deixou cair a chave de tutu lilás debaixo do banco, o que resultou em mais um minuto e meio de angústia.

Assim que abri aquela porta, não me dei ao trabalho de cumprimentar Marshall nem mais ninguém da equipe. Tudo o que me importava era achar o banheiro daquele lugar.

E a situação conseguiu ficar ainda pior.

Naquele momento de correria e desespero, somado à plaquinha minúscula e quase ilegível de "F" e "M" nas portas lado a lado, acabei não reparando em qual delas tinha entrado. Só fui perceber, obviamente, depois de já ter andado uns dois metros para dentro daquele banheiro e deparar com um mictório à minha esquerda...

... e um garoto lavando as mãos à minha frente.

Meu grito abafado de surpresa, tentando engolir o palavrão que quase saiu da minha boca, acabou alertando o menino, que se virou e me encarou como se eu fosse um alienígena.

— Desculpe! — gritei, vermelha da cabeça aos pés, dando meia-volta e tentando sair o mais rápido possível daquele banheiro.

Novamente a correria impediu que meus neurônios funcionassem direito, então acabei não vendo o degrau que separava o banheiro do lado de fora, pisei em falso e tomei um belo tombo.

— Você está bem?! — Ouvi a voz do garoto se aproximando.

—Aai... — gemi, erguendo o corpo, meus joelhos latejando pelo contato direto com o chão.

Ele estendeu a mão, e me levantei com sua ajuda.

— Obrigada. — Bati as mãos na calça jeans, morrendo de vergonha. — Hã... se puder não contar isso pra ninguém...

Ele deu risada.

— Pode deixar. Isso acontece. — Ele deu de ombros, depois estendeu a mão. — Sou Daniel.

— Ronnie. — Apertei a mão dele, ainda envergonhada pelo mico que tinha acabado de pagar.

Daniel era alto — não tanto quanto Henry, mas mais do que Mason —, tinha cabelos castanhos bagunçados, olhos verde-escuros e usava uma camiseta com a estampa de uma banda que eu não sabia ao certo qual era.

— Então... — Daniel continuou. — Só por curiosidade, você invadiu o estúdio ou coisa do tipo? Porque eu já ouvi várias histórias bizarras de fãs de Boston Boys que...

— Não, não, não. — Se ele achava invadir o estúdio uma coisa bizarra, imagine se conhecesse Piper Longshock... — Eu sou Ronnie Adams. Filha da Susan, a produtora, sabe?

— Ah, claro! Nossa... que legal!

A animação dele me surpreendeu um pouco.

— É, legalzinho. — Dei de ombros.

— "Legalzinho"? Deve ser o máximo ter uma mãe produtora de TV!

— Nem tanto... Mas uma vez andei num jatinho particular até o Canadá, isso sim foi legal.

Ele riu.

— Bom, já que sua mãe é a produtora, peça pra ela olhar com carinho pro meu teste. — ele deu um sorriso amarelo.

— Ah, sim, você veio fazer o teste! — Ele assentiu com a cabeça. — Posso fazer uma pergunta?

— Claro. O quê?

— O que... — tentei colocar aquilo da melhor forma possível — ... te levou a querer participar disso? Sério!

— Poxa, é uma oportunidade maravilhosa. Este cara aqui — ele apontou para a camiseta estampada com um homem de cabelo espetado, olhos esbugalhados, quase engolindo um microfone — me inspira desde mais novo a ser músico. Mas, sabe, é difícil seguir essa carreira. — Ele murchou um pouco, mas logo tornou a sorrir. — E agora veio essa oportunidade, e eu consegui passar no primeiro teste! Quem sabe não consigo passar nesse também? — Ele cruzou os dedos.

— Uau... — Foi tudo que consegui dizer. — E quem é esse cara?

— Não sabe quem é? — Seu tom era brincalhão, mas por dentro dava para ver que ele me via agora como uma aculturada patética. — É o Billie Joe!

—Ah, claro... — Assenti com a cabeça, fingindo entender.

— O vocalista do Green Day.

Ah! Eu conhecia aquela banda! Quer dizer, só aquelas músicas mais famosinhas, mas, enfim, já era alguma coisa.

— Ah, sim, Green Day. Banda legal. — Levantei o polegar em sinal de positivo.

— Tá... Deu para ver que você não curte muito. — Ele sacou que eu estava disfarçando e deu um pequeno sorriso.

E, por incrível que pareça, nesse meio-tempo de conversa com Daniel, eu tinha esquecido completamente que estava prestes a fazer xixi nas calças. Mas uma pontada na bexiga me fez lembrar.

— Então... — ele disse, tentando puxar mais assunto. — De quais bandas você...

— Hã, Daniel, foi mal, mas eu meio que preciso... — Apontei com a cabeça para a porta do banheiro feminino.

— Ah — ele respondeu, encabulado. — Claro, pode ir. — Ele olhou para seu relógio de pulso. — Melhor eu voltar para a sala de espera, pro teste.

— O.k., boa sorte! — Dei um aceno rápido, me virei e corri até o banheiro a tempo de ouvi-lo dizer do outro lado da porta:

— A gente se vê por aí.

Depois de me aliviar — *Oh, céus, obrigada por me poupar de mais um vexame na frente daquele menino* —, voltei para a sala principal do estúdio onde os testes estavam acontecendo. Abri a porta com cautela e me sentei ao lado de mamãe, que observava com atenção um garoto que parecia descendente de asiáticos e tocava teclado do outro lado do vidro.

— Você demorou — ela cochichou, depois que o garoto saiu. — Está tudo bem?

— Sim, só acabei entrando no banheiro errado — cochichei de volta.

Mamãe deu um risinho.

— E tinha alguém dentro?

— Bom...

E nesse momento entrou na sala um rapaz ruivo com sardas segurando um equipamento de DJ que parecia superpesado. Achei melhor não contar a história e deixar mamãe assistir aos testes mais concentrada.

Os testes continuaram por mais meia hora. Eu tinha a intenção de anotar qual era o garoto mais aceitável para provar a mamãe que eu não era tão crítica assim, mas nenhum deles me provocou reação alguma. Eram todos genéricos, cantando músicas bobinhas com sorrisos forçados. Quando contei isso a mamãe, ela resolveu tomar as dores daqueles caras medíocres, dizendo que eu era, de fato, muito crítica.

O.k., não digo mais nada, então.

Desbloqueei meu celular para jogar algum jogo enquanto os testes rolavam, mas, pouco antes de eu clicar no ícone, uma voz me chamou a atenção.

— Próximo... — disse Stella, a coordenadora do elenco. — ... Daniel Young.

Levantei a cabeça e vi o rapaz do banheiro do outro lado do vidro. Os cabelos castanhos, a camisa do vocalista do Green Day e um sorriso tímido. Ele segurava uma guitarra marrom-escura e, com o sinal de Stella de que podia iniciar o teste, começou a dedilhar a melodia de "Boulevard of Broken Dreams", uma das poucas músicas do Green Day que eu conhecia.

— Ele é... bom — eu disse, quase no automático.

E era mesmo. Tinha uma presença de palco incrível. Era diferente dos outros caras, que estavam nervosos e pareciam se esforçar demais para querer agradar os produtores a fim de entrar na série. Daniel, não; estava muito calmo e sendo levado pela música, que não só dominava completamente na guitarra, como cantava bem também. Fiquei impressionada.

Quando ele terminou, ouvi alguns murmúrios de mamãe, mas só fui sair do transe quando ela estalou os dedos na minha frente.

— Finalmente você gostou de um deles — ela disse, sorrindo.

— Ah... bem, ele é... o.k. — respondi com um meio sorriso.

Nesse momento, enquanto caminhava para fora da sala, Daniel deu uma olhada rápida para onde estávamos, e nossos olhares acabaram se encontrando. Ele acenou sorrindo, e fiz o mesmo, só que mais discretamente.

E bastou isso para mamãe começar com suas fantasias estúpidas.

— Parece que realmente gostou dele, hein, filha... — Ela riu.

— Mãe! — reclamei, corando. — Deixe de besteira. Foi ele quem eu encontrei no banheiro; só conversamos um pouco, não foi nada de mais!

— Sei... — Ela pegou sua bolsa e começou a se despedir das pessoas. — Bom, por hoje é só.

Fomos até a saída e cruzamos no caminho com vários rapazes que fizeram o teste... e um deles era Daniel.

— Ei, Ronnie! — ele falou, segurando sua guitarra, já guardada, nas costas.

— Oi... de novo — falei, e lancei um olhar rápido para mamãe, que saiu de perto e agora nos observava a alguns metros de distância. *Caramba, tinha como ela ser mais descarada?!*

— E aí? Gostou da minha apresentação?

— Gostei! — E, nossa, estava realmente sendo sincera. —

Você foi ótimo. Acho que tem boas chances de entrar no programa. Ele abriu um sorriso de orelha a orelha.

— Obrigado, mesmo! Se souber de alguma coisa sobre os resultados, se importa de me avisar?

— Não, claro. Mas... como eu iria...?

— Você tem Facebook?

Ter eu tinha, mas não era daquele tipo que assim que chegava em casa precisava entrar no Facebook para ver quantas notificações tinha ou quanto a vida dos meus "amigos" virtuais parecia interessante, e era uma droga na verdade. A única época em que fiquei viciada no Facebook foi na fase dos joguinhos de fazendas e aquários. Aquilo sim, quase vendi a alma para ganhar pontos naquele negócio. Mas, depois que a febre passou, eu realmente perdi a vontade de ficar entrando. Mary diz que a explicação disso é eu ser uma antissocial carrancuda. É, talvez eu seja um pouco.

— Hã, eu tenho, mas quase não entro.

Ele me lançou um olhar que claramente perguntava "Você por acaso é uma ermitã?", e depois disse, surpreso:

— A primeira pessoa da minha idade que não é viciada em Facebook.

— Pois é, prefiro ver mais faces reais e ler mais books. — *E também sou meio antissocial e carrancuda*, acrescentei na minha mente.

Daniel riu.

— Essa foi boa! Bem... E telefone, você usa, né?

— Isso eu uso, sim. Até porque, se não usar, a produtora aqui atrás me mata.

Depois de fazê-lo rir novamente, trocamos nossos números. Daniel olhou sobre meu ombro e fez uma expressão confusa.

— O que foi? — perguntei, mas nem precisei de resposta. Virei a cabeça e vi mamãe nos observando com os olhos brilhando.

Morta de vergonha própria e alheia, falei, atrapalhada:

— Foi um prazer te conhecer, Daniel, mas eu já vou. Tenho que levar minha mãe pra almoçar, porque quando ela fica muito tempo sem comer começa a agir como uma *esquisita*. — Disse isso num tom de voz que ela pudesse ouvir e sacar minha indireta, e felizmente ela o fez.

Me despedi de Daniel e fui ao encontro de mamãe, já na saída.

— Você é terrível — comentei, colocando o cinto, ainda envergonhada.

— Sei... — ela disse, girando o tutu lilás e ligando o carro.

— A senhorita trocou telefones com um possível futuro astro que acabou de conhecer, e eu que sou terrível. — Ela deu um sorriso travesso.

— Argh, não enche, mãe.

Afundei no banco do carona do Audi. De uma coisa eu tinha certeza: aquela era a primeira e última vez que eu ia para aquele estúdio por vontade própria.

O que era uma grande mentira. Eu ainda não fazia ideia do que me aguardava naquele prédio todo decorado de Boston Boys.

A Lei de Murphy é uma coisa realmente incrível. Eu quase nunca preciso do meu celular, até porque só recebo ligações de Jenny querendo conversar sobre assuntos aleatórios, de mamãe querendo saber onde eu estou, se estou viva e não fui sequestrada por uma gangue, e de Mason pedindo para eu parar tudo o que estou fazendo e preparar uma limonada para ele, porque o inútil tem preguiça até de levantar a bunda da cama no quarto e ir à porta para me chamar.

Agora a única vez, a *única*, que eu realmente precisava daquele aparelho, o maldito tinha resolvido tomar chá de sumiço. O.k., podia não ser tããããão urgente, mas, na semana seguinte ao teste, o pessoal do elenco finalmente escolheu quem seria o tão aguardado quarto Boston Boy.

E, bem... Acabou que eu anotara o número do vencedor na semana passada. Não sabia que Daniel iria de fato ganhar, mas estava com um pressentimento. E, sinceramente, Stella e sua equipe fizeram uma escolha excelente. Daniel era talentoso, carismático, e durante a semana descobri, pelas várias mensagens de texto que trocamos, que ele também era divertido e inteligente. Seria bom para contrastar um pouco com os famosos três patetas de Boston.

Fiquei pensando nisso enquanto fuçava embaixo do colchão da minha cama em busca do meu celular. Depois de ter olhado embaixo dela, no banheiro, na mesa e entre meus livros, estava começando a acreditar que meu guarda-roupa tinha adquirido uma entrada para Nárnia que só aceitava objetos de até doze centímetros.

Mas essa hipótese foi desconsiderada quando escutei "Dog Days Are Over" da Florence and The Machine tocando e uma vibração atrás de mim. Coloquei o colchão no lugar, me virei e deparei com Mason parado na porta do meu quarto... segurando o tal celular perdido.

— Vem cá, você bebeu? Olha só o que eu achei na geladeira — ele disse, se aproximando e me mostrando o aparelho.

Ah, meu Deus. Tinha esquecido completamente. Mason havia me pedido uma limonada no almoço, logo no momento em que recebi uma mensagem de Daniel. Ele ficou me apressando tanto que acabei me distraindo, então larguei o celular dentro da geladeira enquanto pegava a jarra e não lembrei de pegá-lo.

Nossa, eu estou parecendo aquelas velhas gagás que esquecem de tudo. Caramba, quem deixa o celular na geladeira?!

— Não acredito! — Corri até ele e segurei o celular. Não sabia se ainda funcionaria, porque estava bem gelado.

— É, e graças a mim você se livrou de congelar um celular, sua lesada. — Ele riu.

— Olha só! — me enfezei. — Pra sua informação, eu deixei lá porque um certo alguém ficou me enchendo a paciência pra pegar a limonad...

E, antes que eu pudesse terminar de reclamar, o pequeno bloco gelado vibrou na minha mão.

— Deve ser o Daniel te ligando de novo — ele comentou.

Arregalei os olhos.

— Como você...?

— Eu vi aí, tem umas dez ligações perdidas.

Não sabia o que dizer. Droga. Mason não podia saber de Daniel, pelo menos não naquele momento, enquanto não estivesse com tudo resolvido! Mas, mesmo assim, depois que confirmassem... Como ele iria reagir? Ficaria uma fera, com certeza! Nem imaginava como mamãe iria dar a notícia para ele.

— É difícil entender que eu não quero que você fique fuçando nas minhas coisas? — eu disse, ríspida.

— Nossa... — Ele ergueu as mãos na altura dos ombros e fez uma cara de surpresa. — Foi mal, não sabia que tava escondendo com quem você fala...

Cruzei os braços. O telefone ainda tocando.

— Não estou escondendo nada. É só meu amigo.

— Se você diz... — Ele ergueu as sobrancelhas.

Argh! Era impressionante a habilidade dele de me irritar tão facilmente!

— Pode me dar licença? — Fiz sinal para que ele saísse do quarto.

— Claro, srta. Veronica. — Mason deu meia-volta sem ver a careta que fiz para ele naquele momento.

Depois de respirar fundo, atendi o telefone:

— Daniel?

— E aí, não fã de Green Day?

Dei um risinho.

— E aí?

— Que aconteceu com seu celular? Te liguei várias vezes!

— Estava na geladeira — respondi com naturalidade.

— Hum... — Ele fez uma pausa — O.k., não estou julgando, se é assim que as coisas funcionam na sua casa...

— Não! — falei, rindo. — Eu esqueci ele lá dentro. Longa história. Mas, enfim, tenho novidades!

— Se essa novidade não for que seu celular agora tem poder de congelar quem o leva ao ouvido, posso contar a minha primeiro?

— Ah, pode — falei, já imaginando o que seria.

— Então... Não sei se sua mãe já te contou, mas... — ele deu um longo suspiro, depois continuou: — ... EU ENTREI NO PROGRAMA!

Afastei o celular do ouvido com aquele grito, sorrindo.

— Pois é, era isso que eu queria dizer!

— Ah, é? Caramba, eu nem acredito!

Aquele ataque de felicidade me lembrou o de Mary quando mamãe nos contou que tinha se tornado produtora de *Boston Boys*. Bateu até uma nostalgia.

— Parabéns, você mereceu!

— Valeu, Ronnie!

A primeira fase da implementação do quarto Boston Boy estava completa; ele já havia sido escolhido. Agora faltava a parte mais difícil: Dar a notícia aos meninos, esperando que eles não pirassem.

E eu realmente queria saber como mamãe faria aquilo.

— Hã, Daniel? — perguntei, me sentando na cama.

— Diga.

— Sabe se a minha mãe por acaso... mencionou alguma coisa sobre isso para Mason, Henry e Ryan?

Daniel ficou em silêncio por alguns segundos.

— Não. — Ele pareceu um pouco relutante. — Aliás, ela me disse que amanhã ou depois queria que jantássemos todos juntos no Giacomo's para contar a novidade.

Minha mãe tinha problemas, sinceramente. Iria levar o membro mais novo do bando para os machos-alfa atacarem assim?! E logo num restaurante?! Restaurantes têm... facas!

— Então... — Diante da minha pausa ele continuou a falar.

— Você vai?

— Bem... ela não disse nada pra mim. Mas também me contou que Mason vinha morar aqui cinco minutos antes de ele aparecer cheio de malas na porta de casa.

— Espera... Mason mora com você? — ele perguntou, assustado.

Mordi os lábios. Eu e minha boca grande. Pelo menos havia descoberto uma coisa boa sobre Daniel: ele não lia o blog da Piper, que relatava diariamente como era a vida de Mason convivendo com a "sedutora sem sucesso, Ronnie Adams". De uns tempos para cá, ela volta e meia aparecia no meu quintal me chamando de sss.

— É uma longa história também. — E eu não estava mentindo.

— Você é cheia de longas histórias, Adams. — Ele riu.

— Mas a vida não tem graça sem elas, né? — Tá certo que não faria a menor diferença na minha vida se eu não tivesse deixado o celular na geladeira, mas não podia perder a chance de rebater aquilo.

— Certo. Mas enfim... Você pode ir? Pra me dar um apoio e tal. Eu fiquei meio nervoso quando sua mãe me disse isso.

Ora, ele já estava no lucro por ela não ter avisado no dia do jantar. Mas não custava nada dar uma força para o Daniel. Se eu estivesse no lugar dele, já estaria suando em bicas.

— Claro.

— Obrigado. — Ele suspirou aliviado. — Vai ajudar muito.

— De nada. E relaxa, vai dar tudo certo.

— Você acha mesmo?

Na verdade, achava que aquilo iria acabar em uma catástrofe, mas precisava reconfortá-lo para não o deixar ainda mais nervoso.

— Acho... — Tentei disfarçar ao máximo o tom de voz.

— O.k... Bom, até lá, então.

— Até lá.

E no segundo em que desliguei o telefone, Mason reapareceu na minha porta.

— Sua mãe tá te chamando.

Meu coração deu um pulo. Será que ele tinha escutado?!

— Hã... o.k. — Me levantei e andei em direção à porta, apreensiva.

— Tá tudo bem? — ele perguntou, arqueando uma sobrancelha.

— Tudo ótimo — respondi um pouco rápido demais.

Pense positivo, Ronnie, positivo, disse a mim mesma enquanto me afastava dele e me aproximava do quarto de mamãe. Eles tinham que topar, tinham que gostar da ideia... senão *Boston Boys* estaria em risco novamente.

2

E chegou o dia. Nunca fiquei tão agarrada ao celular quanto naquele espaço de tempo em que todos estavam se arrumando para sair para jantar. Só faltava passar cola nele e grudar na minha cara. Também fiquei o mais longe possível da geladeira, porque... vai que acontece de eu colocar de novo o aparelho lá dentro, né?

Uma coisa que me deixou ainda mais preocupada foi o fato de mamãe ter resolvido sair para jantar num sábado à noite, já que Mason, Henry e Ryan tinham agendas supercheias — Mason tinha duas festas, Henry, uma visita à casa de um amigo e Ryan ia sair com a namorada. Eles não estavam com o melhor humor do mundo por terem tido que cancelar seus programas. O que não fazia tanto sentido, afinal já estávamos de férias da escola, então nada os impedia de marcar tudo aquilo nos outros seis dias da semana! Mas, enfim...

Chegamos ao restaurante, e depois de alguns minutos o garçom nos levou à nossa mesa. A princípio estava tudo normal, até que finalmente um deles notou que havia algo diferente.

— Por que tem sete cadeiras se nós somos seis? — Henry perguntou, olhando para os lados para garantir que havia contado certo.

Engoli em seco e dei uma olhada rápida para mamãe. Ela ajeitava o guardanapo no colo com a expressão totalmente calma.

— Deve ser o lugar para deixar as bolsas, não? — Mary disse, já pronta para colocar sua bolsinha branca na cadeira vazia, mas foi impedida por mamãe.

— Não, querida. — E ela olhou para os meninos. — Então... Eu tenho novidades. — E deu um pequeno sorriso. — Uma pessoa ocupará esta cadeira.

Um flashback de quando mamãe contou para Mary e para mim que havia se tornado produtora de *Boston Boys* surgiu na minha cabeça. A situação era quase a mesma, o problema era que nenhum deles iria pular de alegria quando soubesse da notícia.

Era de espantar o quanto mamãe estava calma. Eu estava quase tendo um ataque silencioso por ela! Ela realmente achava que aquilo iria acabar num mar de rosas?!

— Você está grávida?! — Ryan perguntou, maravilhado. Não pude evitar uma gargalhada; aquilo pelo menos serviu para descontrair um pouco o clima. Já mamãe não achou a menor graça.

— Eu *pareço* grávida, Ryan...? — ela disse, com fogo nos olhos.

— Hã... — Ele se encolheu na cadeira. — Desculpa, eu só achei que...

— Cara, cala a boca. — Mason deu um tapinha nas costas dele, tentando não rir da situação embaraçosa do amigo.

— Ahn. Como eu estava dizendo... — mamãe continuou, agora mais séria.

Nesse momento, meu celular vibrou no bolso da minha calça. Peguei-o e li discretamente a seguinte mensagem: "Acabei de chegar. Pode vir pra porta?".

Respirei fundo e me levantei. Foi bom, de uma certa forma, que Daniel tenha chegado bem naquela hora, porque eu não queria presenciar como os meninos reagiriam de cara à notícia.

— Eu já volto. — Lancei um olhar para mamãe e depois para a porta, e ela entendeu o recado.

Fui até a sala de espera do restaurante e encontrei-o de pé em frente aos sofás. Usava uma camisa xadrez de mangas compridas vermelha e preta e uma calça preta. O cabelo castanho estava bem penteado — o que era estranho, comparado a como estava quando nos conhecemos —, e ele roía freneticamente a unha do polegar, mostrando seu nervosismo.

— Daniel? — disse, me aproximando, e, quando ele me viu, suavizou um pouco a expressão.

— Ei, Ronnie — ele me cumprimentou.

— E aí? Pronto?

— Espera. — Ele ajeitou a camisa e o cabelo umas três vezes. — Como estou?

— Sério? Vai tentar usar a aparência pra impressionar três *garotos*? — falei, rindo.

— Sei lá, não sei o que fazer. — Ele riu também. — E se eles não gostarem de mim?

— Pense positivo. Sempre ajuda. — Ergui o polegar em sinal de positivo.

Nossa, que hipócrita eu estava sendo. Eu era a que mais achava que aquilo não ia acabar bem.

Daniel respirou fundo algumas vezes, reuniu toda a sua coragem e caminhou em direção à porta do restaurante, e eu fui logo atrás. Pobrezinho, ele era uma boa pessoa. Eu realmente esperava que as coisas saíssem melhor do que achava que iriam sair.

Fui guiando-o até nossa mesa, mas não estava gostando nada do que via. Quanto mais nos aproximávamos, mais nitidamente eu conseguia ver o rosto dos meninos. Henry estava com a testa franzida, Ryan encarava mamãe indignado, e Mason gesticulava e conversava com ela num tom revoltado, mas não tão alto.

Oh-oh, pensei, e tinha certeza de que Daniel pensara o mesmo. Já a poucos metros da mesa, segurei involuntariamente a manga da camisa dele, como se quisesse sair dali e levá-lo junto comigo antes que o pior acontecesse, mas já era tarde. Os meninos já tinham nos visto.

— Gente... — falei, minhas mãos suando. — Este é... Daniel.

— Oi... — Daniel acenou, e se sentou na cadeira vazia ao meu lado depois de receber três "oi" bem desanimados. — É... hã, um prazer... conhecer vocês.

E começou o silêncio. Caramba, que desconfortável! Tentei olhar discretamente para cada um e estudá-los. Ryan cochichava com Mary algo que eu não conseguia escutar, olhando de vez em quando para Daniel, Henry lia o cardápio de cara fechada e Mason era o menos discreto. Seus olhares raivosos iam se alternando de mamãe para Daniel, passando mais tempo sobre ele. O único que quebrou o gelo naquela mesa foi o garçom, perguntando se estávamos prontos para pedir.

— Ainda não... Hã, pode voltar daqui a pouco? — falei, sem graça.

Ele assentiu com a cabeça e deu meia-volta. Olhei para Daniel com o canto do olho, e ele lia seu cardápio com um olhar desesperado. Bebi um gole da água que estava na minha frente, rezando silenciosamente para que o clima se amenizasse pelo menos um pouco. E também para que pudéssemos ter uma conversa calma e civilizada sobre o assunto.

Mas obviamente aquilo não aconteceu.

— Eu acho que esse tipo de decisão não devia ser tomada sem *antes* consultar a gente. — Henry foi o primeiro a falar, sério.

— Queridos... — mamãe começou, um pouco nervosa também. — Vocês deviam dar uma chance à nossa ideia. Ela pode ser o que faltava para fazer o programa decolar novamente!

— Por mim, está bom do jeito que é... — Ryan comentou, dando de ombros.

— Mas pode ficar ainda melhor! — ela continuou.

E nesse momento Mason, que ouvia calado, não aguentou mais e falou:

— Não vai ficar melhor, Suzie! — Ele elevou o tom de voz, impaciente. — Nós somos três! TRÊS! Não dá pra perceber que é uma ideia ridícula?!

Daniel e eu arregalamos os olhos, assustados com aquela súbita explosão.

— Mason, por favor, fique calmo — mamãe disse, ao perceber que algumas mesas ao nosso redor já estavam nos lançando olhares.

Que tensão! Cada vez mais pessoas olhavam para nós, o clima estava ficando cada vez mais desconfortável. Se eu já estava me sentindo mal, não dava nem para imaginar a pressão que Daniel devia estar sentindo.

— Eu tô calmo! — Mas obviamente não estava. — É crime não querer que um desconhecido estrague a minha banda e o meu programa?!

— Mason — dessa vez não pude evitar de falar, por mais relutante que estivesse —, não é só *sua* banda. Pare de falar como se fosse o dono de tudo.

E seu olhar raivoso passou de mamãe, para Daniel e para mim. Francamente, ele conseguia ser tão imaturo quando queria...

— Ronnie, de que lado você está?! — Ele ergueu uma sobrancelha.

Olhei para o chão, depois para ele novamente.

— Eu acho que vocês deviam dar uma chance ao Daniel.

E os três me encararam como se eu tivesse dito a maior heresia do mundo. Aliás, Henry e Ryan nem tanto, agora Mason parecia que ia cuspir fogo e me transformar em churrasco a qualquer momento.

— Então é por isso que ele te mandou aquelas cinquenta mil mensagens... — Ele deu um riso de escárnio. — Precisava que alguém viesse aqui segurar a mãozinha dele.

— O quê?! — Daniel se pronunciou depois daquele comentário.

— Mason! — mamãe o repreendeu, mas não adiantou.

— Escuta aqui, não meta a Ronnie nisso — Daniel falou, irritado.

— Você não é homem, não? — Mason continuou, agora chamando a atenção de mais da metade do restaurante. — Precisa de uma menina para te defender?!

— Deixe de ser estúpido! — falei, batendo na mesa.

— Por quê?! Já não basta esse palhaço querer se meter na nossa série, tenho que ficar ouvindo você defendê-lo ele também?!

— Cala a sua boca, você nem me conhece! — Daniel agora estava com o mesmo tom de voz que Mason.

Henry e Ryan passaram de indignados com a notícia de mamãe a preocupados com o rumo que as coisas estavam tomando. Por precaução, eles seguraram os braços de Mason. Fiz o mesmo com Daniel, apesar de não achar que ele chegaria a usar a força. Eu estava rezando por isso, porque de jeito nenhum uma nanica feito eu conseguiria segurá-lo.

— É, mas eu sei que um mané feito você nunca vai ser parte da banda!

— Novidade, meu amigo: a decisão *não* é sua! — Daniel deu um riso sarcástico. — Você realmente acha que é melhor do que todo mundo só porque é o principal?! Pois saiba que ninguém liga pra isso a não ser *você*!

Deus, que pesadelo aquela noite tinha se tornado. Estava me lembrando da briga que os meninos tiveram no dia de seu primeiro show. Por que nada podia ser resolvido sem causar confusão?! Que droga!

Mason, enfurecido, se levantou e apontou o dedo na cara de Daniel:

— Você não sabe de nada!

E essa foi a deixa para Daniel se levantar também. Se ninguém os impedisse, os dois iriam começar a se matar ali mesmo, derrubando pratos, talheres, tudo. Felizmente, antes que eles partissem para a briga, mamãe usou sua voz estridente para acabar com aquilo:

— CHEGA! Todos estão olhando, vocês não têm vergonha?! Sentem-se, AGORA!

Encarando-se com ódio, os dois obedeceram, e os clientes do restaurante voltaram para o que estavam fazendo.

— Mãe — falei, com incerteza —, acho melhor o Daniel ir embora. Não vai dar certo manter os dois aqui. Mason precisa de tempo para absorver as coisas com calma.

Mason sorriu, satisfeito.

— Boa, Ronnie. Também acho que ele deve ir embora. Vamos voltar a jantar em paz.

— Eu vou com ele — falei, severa.

— O quê?! — Mason me encarou, como se estivesse se sentindo traído.

— É isso aí. — Me levantei e peguei minha bolsa. — Você foi tão idiota que me fez perder o apetite.

Todos da mesa arregalaram os olhos, surpresos. Dava para entender por que estavam assim. Todos estavam acostumados com minhas brigas com Mason, que acabavam sempre com ele sendo implicante e eu me enfezando com facilidade, nada realmente sério. Mas dessa vez era diferente. Ele nunca foi tão grosso e estúpido como naquele momento. Fiquei profundamente chateada e envergonhada com aquela atitude. Disse aquilo mais por querer ficar longe de Mason do que por apoio ao próprio Daniel.

— Vamos, Dan. — Fiz sinal para que me seguisse, e assim ele fez. Despediu-se rapidamente de Mary e mamãe e caminhou em silêncio ao meu lado até chegarmos à porta.

Depois que dei as costas para eles, não olhei mais para trás, apesar de sentir todos os olhares se direcionando para mim como lasers. De jeito nenhum ia voltar para aquela mesa, não enquanto Mason estivesse agindo feito uma criança mimada. E, pelo que eu o conhecia, não iria parar tão cedo.

3

No dia seguinte, eu poderia ter me sentido uma princesa da Disney, já que não tinha que me preocupar com o toque do despertador às seis da manhã, acordando-me para ir à escola. Infelizmente, outras coisas estavam enchendo minha mente. Não tinha conseguido parar de pensar em como Mason havia sido ridículo em relação à notícia do quarto Boston Boy, tanto que acordei com a cabeça ainda latejando.

Desci para tomar café cruzando os dedos, esperando que ele já tivesse saído de casa, ou que ainda estivesse dormindo. Como sabia que ele era o rei dos preguiçosos, fiquei torcendo para que seu sono profundo durasse bastante. Mas Mason foi a primeira pessoa — aliás, a única — que eu vi assim que desci a escada, sentado à mesa, tomando leite.

Tarde demais para subir e fingir que estou dormindo?, pensei, suspirando. Não adiantava, ele já tinha me visto. Só me restava sentar-me com calma e com a cabeça erguida.

Não falei absolutamente nada quando me sentei, nem ele. Ficamos em silêncio enquanto eu pegava uma fatia do bolo de chocolate que preparara na véspera e que havia sobrado. Ele comia uma torrada com ovo frito, sem olhar para mim. Continuamos assim por mais cinco minutos, até que ele terminou de comer e se levantou.

Sério...? Ele não tinha coragem nem de olhar para mim depois do que acontecera ontem?! E a raiva voltou a me consumir.

— Não tem nada para dizer, não? — falei, ríspida, fazendo-o parar no meio do caminho até a escada e se virar para mim.

— O quê? — Mason ergueu uma sobrancelha — Quer que eu agradeça por ter me deixado sozinho e ter defendido aquele trouxa?

Balancei a cabeça negativamente.

— Trouxa? Daniel estava nervoso por conhecer vocês, e você o tratou daquele jeito grosseiro.

— Ronnie — ele acenou a mão para eu parar —, não preciso ouvir nenhum sermão seu, sua mãe já cuidou disso ontem, depois que você foi embora.

— E, pelo que eu vi agora, não adiantou nada — retruquei, severa.

Mason bufou.

— Se você espera que eu passe a mão na cabeça daquele babaca, pode esquecer.

— O único babaca aqui é *você*, e você sabe disso.

Agora ele parecia profundamente irritado. Não voltei atrás; ele precisava ouvir aquilo, por mais que me incomodasse falar daquela maneira.

— Então é isso que você pensa de mim?

Argh. Como ele tinha talento para se fazer de vítima... Bem, pelo menos um de nós tinha que permanecer sensato. Não iria adiantar nada eu soltar os cachorros para cima de Mason, não iria resolver a situação.

— Não acho você um babaca, só estou dizendo que você está agindo feito um.

Ele franziu a testa e não falou nada por alguns segundos. Depois, deu um riso sarcástico.

— Não acredito que esse cara já encheu sua cabeça de porcaria.

O.k., eu vinha levando a situação com calma até aquele momento, mas estava cada vez mais difícil manter o nível com ele falando daquele jeito. Tive que respirar fundo para me controlar.

— Pare de culpar Daniel pelo modo como *você* agiu! — Elevei um pouco a voz, mas controlei-a depois. — Ele não fez nada de errado!

Ele me encarou um pouco surpreso.

— Claro que não... — ele disse, irônico.

— Mason! — Apertei os punhos, mas minha vontade mesmo era de apertar seu pescoço.

— Não quero mais discutir isso com você. — Ele se virou e subiu em direção a seu quarto.

Mason estava quase chegando ao topo da escada, quando soltei a última coisa que estava presa em minha garganta.

— Se continuar a agir desse jeito, você vai acabar sozinho, sem ninguém. Pense nisso — disse, deixando minha mágoa bem evidente.

Ele parou e se virou para mim, sorrindo.

— Ronnie, eu sou o astro de *Boston Boys*. Tenho fãs no país inteiro. Acha mesmo que com tudo isso eu ainda vou acabar sozinho?

Me levantei e fui em direção à porta. Não podia ficar lá por mais um minuto sequer. Girei a chave na maçaneta e lhe lancei um último olhar decepcionado.

— Acho. — E fechei a porta sem nem ouvir sua resposta.

Fiquei com as costas grudadas na porta por um tempo, tentando esquecer aquela conversa. Não adiantou. Precisava realmente me afastar de Mason, e não conseguiria isso se ficasse em casa.

Que raiva! Por que ele tinha que ser tão cabeça-dura? Tão orgulhoso?! As coisas estavam indo tão bem! Eu estava tão feliz por ver que os meninos estavam numa boa, curtindo a banda, o programa, tudo! Queria tanto conversar sobre isso com alguém, desabafar...

E me lembrei da única pessoa com quem eu sempre podia contar nesses momentos. Aliás, em qualquer momento. Tirei o celular do bolso da calça jeans e teclei seu número. Depois de tocar várias vezes, ouvi a seguinte mensagem: "Olá, você ligou para Jenny. Estarei sem meu celular até o final do mês, mas deixe seu recado e assim que puder eu te ligo! Tchau!". Abaixei a cabeça. Tinha esquecido que ela passaria parte das férias de verão visitando a família na Inglaterra. Aparentemente, na casa de seus avós o sinal de celular era uma droga.

E na minha mente veio a pergunta: *o que diabos eu faço agora?* Não podia conversar com minha melhor amiga, e eu estava fora de casa, sem saber para onde ir. Já que ficar parada ali não ajudaria em nada, comecei a andar sem rumo. Parei na banca de jornal na esquina e fiquei folheando algumas revistas, mas não achei nada interessante. Continuei seguindo pela rua e a atravessei, chegando à ciclovia.

Eu não tinha o costume de andar por lá, então nunca percebi como era agradável. Nossa casa ficava um pouco afastada do grande comércio do bairro; ficava mais perto de um parque aberto, onde as pessoas nessa época do ano faziam piqueniques, brincavam de frisbee ou se exercitavam.

Aquele cheiro de grama fresca me acalmou um pouco. Me senti mais leve. Prendi o cabelo em um rabo de cavalo para deixar a brisa de verão refrescar minha nuca. Estava conseguindo relaxar numa boa enquanto caminhava, até que uma buzina de bicicleta me chamou a atenção.

— Ronnie? — Ouvi uma voz fina e facilmente reconhecível.

— Tá fazendo o que aqui?

— Ei, Mary. — Acenei, enquanto ela descia da bicicleta e se aproximava de mim. — Nada, só resolvi respirar um pouco de ar puro.

— Que milagre ver você aqui. — Ela tirou o capacete amarelo com estrelas estampadas. — Mason te botou para fora?

Trinquei os dentes.

— Mais ou menos.

— Saquei... — Ela assentiu com a cabeça.

Sacudi a cabeça, tentando tirar aqueles pensamentos da mente.

— Eu precisava relaxar um pouco. Quer ir tomar um sorvete? Estou com dinheiro aqui. — Dei dois tapinhas no bolso.

— Pode ser. — Ela deu de ombros, e caminhamos juntas para dentro do parque.

Depois de uns cinco minutos de caminhada, Mary avistou uma vaga no estacionamento de bicicletas ao lado da barraquinha de sorvetes, então apressou o passo. Foi só ela se abaixar para pegar o cadeado que outra bicicleta veio em sua direção. A princípio fiquei tranquila, mas me alarmei quando percebi que a garota que a dirigia não parou e só freou bruscamente a centímetros dela.

— Ai! — Mary protegeu o rosto, assustada.

— Desculpa! — disse a dona da outra bicicleta, descendo dela com um pouco de dificuldade. — Bicicleta nova...

Corri em direção às duas para garantir que Mary estava bem. Por pouco ela não tinha sido atropelada.

— Deu pra ver... — Mary comentou, lançando um olhar repreensivo para a menina.

A garota deu um risinho sem graça e ajudou Mary a se levantar.

— Quer ajuda para estacionar a bicicleta? — perguntei, ao notar que ela era novinha, devia ter a idade de Mary.

— Não, obrigada. Meu irmão veio comigo, ele me ajuda. — Ela se virou e acenou. — Tô aqui, Danny!

Mary e eu nos viramos e arregalamos os olhos. Nem precisamos perguntar quem era. Que irônico, eu estava lá porque queria fugir de Mason e daquela confusão do dia anterior, e logo Daniel resolveu aparecer. Ele veio correndo apressado em nossa direção e, quando viu que éramos nós, nos encarou, surpreso.

— Noah, o que acontec... Ronnie, Mary?

— Daniel! — Mary e eu dissemos juntas.

— Que coincidência! — Daniel disse, sorrindo para mim.

— Espera... — disse a irmã mais nova dele, confusa. — Vocês se conhecem?

— Sim! Elas são filhas da produtora de *Boston Boys*.

— Sério? — Os olhos dela brilharam. — Que incrível! — Ela estendeu a mão. — Noah.

— Prazer, Ronnie. — Apertei a mão dela. — E esta é minha irmã, Mary.

Depois que Daniel apareceu, pude perceber quanto eles eram parecidos. Noah tinha exatamente os mesmos olhos verde-escuros do irmão e longos cabelos castanhos presos em duas marias-chiquinhas.

— Então, acabaram de chegar, que nem nós? — Daniel perguntou.

— Sim — Mary respondeu. — Estávamos indo tomar um sorvete.

— Humm, sorvete! — Noah sorriu, e cutucou o irmão. — Vamos tomar também?

— Claro... — Ele olhou de relance para mim. — Se importam...?

— Não! — Mary falou, se aproximando de Noah. Já tinha esquecido que ela quase a atropelara. — E aí, qual dos Boston Boys é seu preferido? Eu amo o Ryan! — E as duas seguiram à nossa frente, tagarelando animadamente sobre o programa.

Daniel reparou que Noah deixara a bicicleta lilás caída no chão, e a pegou.

— Vem comigo achar uma vaga?

Assenti com a cabeça, e passamos algumas bicicletas até acharmos um ponto vazio. Não dissemos nada durante esses minutos, até que Daniel quebrou o gelo enquanto colocava o cadeado na roda.

— Me desculpe por ontem.

— Por quê? — perguntei. — Você não fez nada de errado.

— Bom... — Ele coçou a cabeça, envergonhado. — Eu acabei me irritando e fazendo cena também...

— Mas não que nem Mason fez. — Torci o nariz. — Ele foi a criança disso tudo.

Depois de prender o cadeado, Daniel se levantou, e fomos até a barraquinha de sorvete.

— Por que sua mãe ainda o deixa viver com vocês? — Ele cruzou os braços, passando de tímido para indignado. — Quando você é hóspede na casa de alguém, o mínimo que tem que fazer é ser educado.

Eu não disse nada, até porque não tinha uma resposta para aquilo. De fato, Mason já havia me enchido a paciência inúmeras vezes, mas nunca tinha pensado em expulsá-lo. Pelo menos não seriamente.

— Mason é uma pessoa... complicada — Foi o máximo que consegui explicar. Se tentasse cavar mais fundo, não daria certo.

— Você e suas histórias complicadas... — Ele esbarrou de propósito no meu ombro.

Fui revidar a brincadeira, mas não deu muito certo. Cheguei para o lado para dar um impulso, mas nesse momento um dogue alemão gigantesco que brincava com o dono passou correndo do meu lado. Tomei um susto e acabei perdendo o equilíbrio.

Quer dizer, quase. Daniel me segurou antes que eu caísse.

— Hã... — falei, erguendo a cabeça e me deparando com aquele par de olhos esmeralda próximos demais. — Obrigada.

— Me endireitei e me afastei um pouco, torcendo para que o rubor nas minhas bochechas não ficasse à mostra.

Daniel sorriu, sem graça.

— Sem probl...

— Danny! — Ouvimos o grito de Noah. Ela e Mary vieram correndo até nós. — Preciso de dinheiro pra comprar o sorvete. Sua namorada vai querer de quê?

Bastou ela dizer isso para eu pular a uns dois metros de distância de Daniel.

— Ela não é minha namorada — ele disse, olhando para o chão.

Argh. Minha cara agora devia estar um tomate.

— Sério? — ela perguntou inocentemente. — Então por que se jogou pra cima de você...?

— O.k., Noah! — Dei passos largos, rindo de nervoso, e comecei a empurrar a menina para a barraquinha de sorvete. — Eu quero de morango! Vamos ali comprar, sim?

Por sorte a pequena peste — oh, céus, não queria nem imaginar como ia ser a amizade daquelas duas — não tocou mais no assunto depois que pegou uma casquinha com três bolas de chocolate.

O tempo foi passando, e fui me sentindo cada vez mais calma. Devia ir àquele parque mais vezes; o ar puro realmente era bom para relaxar os nervos. Quer dizer, o ar puro e aquele sorvete gigantesco de morango que o bondoso velhinho sorveteiro me vendeu por um preço excelente. Na verdade, vendeu para Daniel, que se recusou a me deixar pagar.

Depois de me lambuzar feito criança — fazia um calor considerável, já que estávamos em julho, então o sorvete derreteu rápido — e correr até o banheiro para lavar a boca, o tempo começou a fechar. Não demorou muito para que eu começasse a sentir as gotas de chuva caindo na minha franja e descendo até a ponta do nariz.

— É nossa deixa, Mary — falei, me levantando do banco em que estávamos os quatro sentados.

— Ah, tava legal aqui... Vamos ficar mais um pouco?

O som que veio do céu fez com que eu nem precisasse responder.

— Tá bem... — Ela levantou, meio mole, mas depois virou rapidamente para a nova amiga. — Noah, quer ir lá pra casa? A gente pode jogar aquele jogo que eu tava falando!

Os olhos da miniversão-feminina-de-Daniel brilharam.

— Sim! Danny, posso ir?

Daniel me olhou com o canto do olho, depois voltou para a irmã.

— Não sei, Noah... Não acha melhor um outro dia?

— Por favor! — E as duas fizeram o famoso olhar de cachorrinho perdido.

— Bem, perguntem para a Ronnie. — Ele deu um risinho amarelo.

Maldito. Passou a bola logo para mim!

— Hã...

— Ah, ela deixa, sim! — Mary falou, segurando meu braço.

— Por que não deixaria?

Não sei, Mary. Você não se lembra de algo extremamente desconfortável chamado "noite passada"?!, pensei, me controlando para não gritar aquilo. Em vez disso, pedi licença a Noah e Daniel e cochichei no ouvido da minha irmã:

— Mary... Não acho uma boa ideia levar a irmã de Daniel para a casa que tem um Mason McDougal dentro.

Ela me encarou como se eu tivesse dito que um mais um era igual a onze.

— E desde quando Mason manda em você? A casa é nossa; se quiser, ele que saia.

Fiquei imaginando que, se fosse Ryan que tivesse implicância com Daniel, se ela tomaria aquela mesma atitude. Mas pensando bem... Ela de certa forma tinha razão. Não podia começar a privar pessoas de irem à minha casa só porque o Rei do Drama não apreciava a convivência!

— Noah, pode ir, sim — disse a ela, convicta.

— Sério? — Daniel perguntou, surpreso.

Assenti com a cabeça. Noah e Mary comemoraram e correram para pegar as bicicletas.

Saímos do parque a passos largos, porque a chuva estava começando a apertar. Andamos mais ou menos uns quinze minutos e chegamos em frente à minha casa, os quatro completamente encharcados. Por sorte, a entrada já tinha uma pequena parte coberta.

Peguei a chave no bolso da calça — com dificuldade, já que estava tão molhada que ela pareceu grudar na minha pele e não querer soltar mais — e, enquanto destrancava a porta, falei:

— Vamos todos nos secar assim que entrarmos pra ninguém ficar resfriado.

E nesse momento senti a mão de Daniel tocando levemente meu ombro.

— Hã, Ronnie... Acho que vou pra casa mesmo. Não sei se é uma boa ideia eu entrar...

Me virei para ele, deixando a chave presa à porta.

— Daniel, não se deixe intimidar assim. A casa é minha, e eu digo que você é bem-vindo. Pelo menos entre para se secar.

Ele não disse nada. Ficamos nessa situação por alguns segundos, até que Mary resolveu nos cortar:

— Então... Se vão ficar se encarando aí debaixo da chuva, podem ficar. Agora tem gente aqui que quer entrar!

Essa foi a deixa para me fazer voltar à realidade — agora morta de vergonha — e girar a chave. Abri a porta e deparei com algo que realmente não esperava ver, que fez eu me arrepender de ter concordado com a ideia de Noah e Daniel irem para minha casa.

O som nas alturas de "Highway to Hell" quase me deixou surda. E lá estavam, bem na minha sala, Mason, Henry e Ryan jogando Rock Band. Cada um com seu respectivo instrumento de mentira. Nenhum deles notou nossa presença, o que era óbvio, já que deviam estar com os tímpanos estourados. Mas confesso que fiquei um pouco aliviada.

Até que vi os olhos da minha irmã mais nova se enchendo de brilho ao ver seu baterista favorito, e percebi que era uma questão de segundos até que ela corresse para cima dele e revelasse nosso paradeiro.

— Daniel, o banheiro é ali. — Apontei para o lavabo perto da cozinha, tentando não chamar muita atenção. — Pode pegar uma toalha.

— O.k... — Ele pareceu entender, porque do nada ficou completamente tenso. Deu passos rápidos até o banheiro e fechou a porta.

Por sorte, Mary esperou pacientemente Mason chegar à nota final da música e os três a encerrarem para dar seu escândalo. Aliás, foi um escândalo duplo, já que Noah estava com ela.

— Arrasou, como sempre! — Mary falou, abraçando Ryan por trás. E os três se viraram, notando nossa presença ali.

— Ei, meninas! — disse Henry. — Querem jogar? Eu te ensino a mexer se quiser, Ronnie. — E deu uma piscadela.

— Não, valeu... — falei, olhando com o canto do olho para o lavabo.

Enquanto Mary apresentava uma Noah muito maravilhada para Henry e Ryan, Mason pôs o microfone de lado e se aproximou de mim.

— Ei.

— Ei — respondi, séria.

— Olha, Ronnie... — Ele suspirou. — O.k., talvez eu tenha sido um pouco...

Ele vai... pedir desculpas?!, pensei, quase não acreditando.

Infelizmente, bem nesse momento de reconciliação, a porta do lavabo se abriu, e os olhares de Mason e Daniel se encontraram. E pronto, bastou isso para Mason esquecer tudo que ia me dizer e voltar às suas criancices:

— Sério? — ele me perguntou, cruzando os braços.

— Mason, não comece — falei, voltando ao tom repreensivo de antes.

— Não disse nada. — Mason lançou um olhar enojado para Daniel e se virou para a televisão, dando as costas para nós dois. Aquilo com certeza foi estúpido da parte dele, mas pelo menos Mason não começou um barraco como no dia anterior.

Outra coisa me deixou surpresa: quando Henry e Ryan vieram em nossa direção.

— Daniel... — Ryan falou. — A gente quer falar um negócio com você.

— Comigo...? — ele perguntou, incerto.

— É... — Henry respondeu. — A gente ficou meio bolado por terem mudado o programa assim, sem falarem com a gente... E acabamos descontando em você. Foi mal.

— Não é legal te odiar sem nem te conhecer — Ryan continuou. — Isso foi muito antissemita da nossa parte.

— Hã? — Daniel perguntou, confuso. — Eu não sou judeu.

— Ué... — Ryan pareceu perdido também. — E o que é que isso tem a ver?

Henry e eu caímos na gargalhada. Ryan e seus momentos de "vi essa palavra na internet e agora vou usá-la numa conversa para parecer inteligente".

— Esquece — Henry disse, sorrindo. — Sem ressentimentos, cara. — E estendeu a mão.

Aquela pequena conversa fez com que Daniel ficasse cinquenta vezes mais relaxado. Sentiu-se tão pressionado desde o dia anterior, e agora parecia muito mais leve. Estendeu a mão, mais confiante, mas Henry rapidamente ergueu a dele.

— Mas não *tente* fazer nenhuma sem-vergonhice com a Ronnie, senão você *vai ver*.

Bati na testa, sem graça. Por sorte, Daniel conseguiu perceber que ele não falava tão sério assim... Eu acho.

— Hã... eu não pretendo fazer nada — ele disse, envergonhado.

— A-hã. — Ouvimos Mason falando sem olhar para nós, a ironia escorrendo pela boca.

Abri a boca para repreendê-lo mais uma vez, mas Daniel conseguiu ser mais rápido.

— Cara, você tem problemas.

— Tenho mesmo. — Mason se virou, deixando a guitarra de plástico de lado. — O principal no momento é você.

Mary e Noah, que conversavam animadamente, pararam para ouvir aquelas alfinetadas. Henry e Ryan agora pareciam preocupados.

— Você não consegue esconder quanto se sente ameaçado por mim. — Daniel cruzou os braços.

Mason riu sarcasticamente.

— Me sinto *tão* ameaçado por um zé-ninguém tosco que nem você, *nossa*!

— Gente... — falei, apreensiva.

— Antes um zé-ninguém do que um cara sozinho que acha que é alguém.

Uma chama incinerou os olhos de Mason. Não pude evitar de lembrar da conversa que tive com ele antes e como disse basicamente a mesma coisa, mas com outras palavras. Com uma veia pulsando na testa, ele caminhou em nossa direção, até parar a centímetros de Daniel.

— Sai. Da minha. Casa.

Daniel não recuou nem demonstrou nenhum tipo de relutância. Pelo contrário, olhou-o nos olhos e cuspiu as palavras:

— Não é sua casa.

E, por incrível que pareça, Ryan conseguiu ter o raciocínio mais rápido de todos nós. Viu que Mason apertara os punhos, então segurou-o pelo braço em uma fração de segundo e o afastou um pouco.

— Parem, por favor! — falei, olhando para os dois. — Tem crianças aqui! — Não que isso fosse o melhor argumento, já que Mary e Noah estavam adorando ver a discussão.

Mason se desvencilhou de Ryan, mas não partiu para cima de Daniel.

— Só quero que seu namoradinho dê o fora daqui! — ele rosnou.

— E eu quero que você pare de dar escândalo sempre que me vê! — Daniel rebateu.

Vi que as coisas iam começar a esquentar de novo, então me meti no meio dos dois, mesmo eles estando numa distância considerável.

— Mas ninguém vai resolver isso na briga! — Elevei o tom de voz.

Ninguém disse nada por quase um minuto. Somente olhares apreensivos corriam pela sala e por entre as pessoas. De repente, alguém resolveu se pronunciar.

— Por que não resolvem no jogo? — Mary falou.

Todos nós nos viramos para ela.

— Boa ideia! — Noah disse. — Resolvam isso no Rock Band! Os dois são músicos, não são?

— É, vai ser divertido! — Mary bateu palmas, animada.

A definição de "divertido" para Mary se assemelhava a querer ver o circo pegar fogo?! Só aquela criança mesmo para ter uma ideia que não só aumentaria a rivalidade entre Mason e Daniel, mas deixaria o clima ainda pior quando eles acabassem.

Imagina você ser músico há anos e ter toda a sua dignidade roubada por alguém que você detesta em um jogo de *música*?!

— Mary! — falei, repreendendo-a. — Isso é uma péssima id...

— O.k.! — Mason e Daniel disseram ao mesmo tempo, me fazendo arregalar os olhos.

— O quê?! Vocês realmente vão entrar na pilha dela?! — falei, incrédula, encarando os dois.

Mas Mason me ignorou e apontou o dedo para Daniel.

— Se eu ganhar, você não vem mais pra cá. Nunca mais.

Um calafrio percorreu minha espinha.

— Certo — Daniel respondeu.

— Daniel... — falei com incerteza. — Ele... é muito viciado nesse jogo!

— Relaxa, Ronnie. — Ele me deu um sorriso. — Eu também sou.

Não que aquilo me deixasse mais calma. Não queria ver nenhum dos dois perdendo. Não queria aquele climão, só queria que eles se acertassem, que droga!

— E se eu ganhar? — Daniel voltou-se para Mason, erguendo uma sobrancelha.

— Aí eu te deixo em paz.

— Boa tentativa — Daniel respondeu, cruzando os braços —, mas isso é só uma boa educação básica. — Ele pensou um pouco. — Já sei! Se eu ganhar, canto a maior parte da próxima música que os Boston Boys lançarem.

Levei as mãos à boca e vi Mason se sentir como se tivesse acabado de levar um soco no estômago. Se tinha uma coisa que ele não gostava de dividir, era o microfone. Agora eu tinha cento e cinquenta por cento de certeza de que aquilo iria acabar numa catástrofe.

— Topa? — Daniel perguntou.

Mason apertou os punhos com tanta força que suas unhas quase chegaram a lhe cortar a pele. Agora seu orgulho estava mais em jogo do que qualquer outra coisa.

— Certo — ele rosnou. — Mal posso esperar pra ver você longe daqui.

— Mal posso esperar pra vir aqui *o tempo todo* — Daniel provocou.

— Chega! — falei de novo, com os joelhos bambos. — Vocês têm certeza de que não querem resolver isso com um simples aperto de mãos, sem ressentimentos...? — Era minha última tentativa de cessar-fogo.

Mas ela obviamente foi em vão. Fui ignorada de novo. Quando dei por mim, eles já estavam na frente da TV, programando o jogo para o modo "duelo".

4

— **Qual música vão escolher?** — Mary perguntou, se sentando com Noah no sofá atrás deles.

E os dois disseram ao mesmo tempo músicas completamente diferentes, trocando olhares de ódio. Suspirei. Não tinha nada neste mundo em que os dois concordassem?!

Antes que Mason e Daniel começassem a chiar novamente, Henry pegou uma moeda de cinquenta centavos no bolso e falou:

— Cara ou coroa. Quem ganhar escolhe a música. — Ah, se a "batalha" dos dois se resumisse apenas à sorte... seria tão melhor... Henry lançou a moeda ao alto. Mason pediu *coroa*, e Daniel *cara* logo em seguida. Quando a moeda caiu na palma de sua mão, Henry anunciou, hesitante: — Cara.

Daniel sorriu, satisfeito, e Mason lhe deu o controle principal, torcendo o nariz. Quando Daniel por fim chegou à música que queria, meu coração deu um pulo, de nervoso. Sabia que obviamente ele escolheria uma do Green Day, mas não uma em que desse tão na cara a situação dos dois. O nome da música era "Know Your Enemy".

Troquei olhares rapidamente com Henry e Ryan, que também sabiam que aquilo não iria acabar bem. Mary e Noah, pelo contrário, estavam tão eufóricas que só faltava pegarem um balde de pipoca.

Já com as guitarras posicionadas, Daniel apertou o botão do controle, e o jogo começou. Instintivamente, peguei uma almofada do meu lado no sofá e cravei as unhas nela. Enquanto rolavam as batidas iniciais da música, Noah gritou, animada:

— Vai, Danny! — Daniel deu um sorrisinho, que se esvaiu quando ela gritou novamente: — Vai, Mason!

— Noah! — Daniel falou, sentindo-se completamente traído.

— Desculpa, Danny... Sabe que eu te amo, mas tô vendo o pôster do meu quarto bem na minha frente, jogando com você! Você me entende, né?

Mason riu, mas Daniel não achou a menor graça.

A princípio, tudo começou bem. Os dois eram realmente viciados, porque não estavam errando nem uma nota. Ainda segurando a almofada como se ela fosse uma camisa de força, meus olhos ficaram tão grudados na tela que esqueci de piscar por um tempo, e minha perna direita tremia freneticamente.

Mas, de repente, Henry fez uma pergunta que me obrigou a voltar a prestar atenção no mundo exterior:

— Ronnie, se não se importa que eu pergunte... pra quem você está torcendo?

Mordi os lábios. Por sorte ele não falou aquilo num tom alto, para que qualquer um dos dois jogadores pudesse ter escutado.

— Estou torcendo para esse jogo pifar e acabar em empate.

— Vai, seja sincera — ele cochichou. — Eles não estão ouvindo.

Eu realmente não sabia para quem torcer. Sabia que, se Mason vencesse, não poderia mais receber um amigo na minha casa; mas também sabia que, se Daniel fosse o vencedor, Mason ficaria destruído. Sem saber o que responder, abri a boca para falar, mas minha irmã me cortou:
— Pro Mason, claro.

Engasguei com a própria saliva. Aparentemente meu cérebro estava tão falho naquela hora que nem mandar uma simples ordem para o meu corpo, como "engolir", ele estava conseguindo.
— Espera! Quem disse que eu...
— Claro que não! Ela está torcendo pro Danny! — Fui cortada novamente pela outra pirralha no sofá, Noah. — Tinha que ver os dois hoje no parque...

Ótimo, mais um ser humano contribuindo para me deixar constrangida no mundo. Como se os três patetas, minha melhor amiga, Karen, Piper Longshock e minha irmã mais nova não fossem o suficiente. E, para piorar, Ryan e Henry, que alternavam entre prestar atenção no jogo e em nossa conversa, decidiram ignorar Mason e Daniel e se viraram completamente para nós.
— Que história é essa? — Henry perguntou, com uma ponta de indignação. — Você mal conhece o cara e já está dando passeinhos com ele no parque, Ronnie?
— Ssssshhh! — falei, tentando não mostrar meu desespero e me certificando de que Mason e Daniel não tinham ouvido aquilo também. — Escutem aqui, em primeiro lugar, nós não fizemos *nada de mais* no parque! E em segundo lug...
— Ih, você tá por fora, Noah! — Mary deu um tapinha de leve no ombro da amiga. Cruzei os braços e fechei a cara, desistindo oficialmente de tentar conseguir completar uma frase. — Ela e Mason até já ficaram juntinhos num armário de bagag...

Minha mão voou tão rápido para tapar a boca da minha irmã que quase a sufoquei por um momento.

— Escutem aqui! — falei, irritada. — Por favor, parem de querer se meter na minha vida, porque gente demais já faz isso! E mais uma coisa, eu tenho o direito de...

— Hã.. Ronnie? — E dessa vez não foi Mary, nem Noah, nem Henry ou Ryan que me interromperam.

— O QUÊ?! — Virei para trás, soltando fogo pelas ventas por ter sido mais uma vez cortada, mas logo me acalmei quando percebi que o jogo já tinha acabado havia um tempinho e Mason e Daniel estavam esperando pacientemente meu piti terminar para anunciarem o vencedor.

E estava claro quem era. Nem precisei ver o placar na tela, porque a expressão de felicidade de Daniel já deixava bem claro.

— Young é o vencedor — Daniel disse, sorrindo de orelha a orelha.

— Êeeeee! Parabéns, Danny! — Noah comemorou, batendo palmas.

Levantei um pouco hesitante, mas o parabenizei mesmo assim.

— Você foi ótimo, Daniel.

— Sei... — Ele cruzou os braços. — Você nem prestou atenção na gente.

Arregalei os olhos.

— Como você sabe...?

— A sala não é tão grande assim pra não ouvir o que vocês falam. — Ele riu. — Por sorte, eu não me distraio tão fácil. Agora não posso dizer o mesmo de um certo alguém...

Meu sorriso se esvaiu quando ele disse isso. Olhei com o canto do olho para Mason, que parecia estar alheio aos comentários de Henry e Ryan de "Relaxa, cara, na próxima você ganha" e coisas motivacionais do tipo. Nossos olhares se encontraram rapidamente, mas ele logo desviou o dele, se levantou e subiu a escada em silêncio até seu quarto.

Mesmo ele tendo sido extremamente infantil e egoísta, eu não podia deixar de sentir pena de Mason. Aquela disputa podia ser a coisa mais idiota e desnecessária para mim, porém ele parecia bastante determinado a ganhar. Por um lado, ele estava merecendo uma lição por suas atitudes, mas por outro… devia estar se sentindo de fato sozinho.

Ryan e Henry foram os primeiros a ir embora depois do climão que ficou na minha casa. Inventaram uma desculpa qualquer, como "Já está tarde", mas no fundo eu sabia que não queriam mais ficar lá. Noah, pelo contrário, protestou horrores quando Daniel quis levá-la embora um tempinho depois, porque queria continuar com os altos papos animados e sem noção com a nova amiga.

E Mason continuou no quarto.

Depois de tanto estresse e dor de cabeça por causa de Boston Boys naquelas últimas horas, resolvi me desligar um pouco dos problemas exteriores e me focar no único homem que nunca me decepcionava: Benedict Cumberbatch.

Liguei a TV, procurando algum filme dele que estivesse passando, e achei em um canal o filme *Star Trek – Além da escuridão*, já na metade. Não era meu filme favorito dele, mas dava para o gasto.

Mas nem o amor platônico da minha vida conseguia tirar aqueles pensamentos da minha cabeça. Argh, não devia estar sentindo pena de Mason! Não depois de ele ter sido tão imaturo!

E eu, logo eu, que era a única a nunca cair nos dramas dele, ia fraquejar assim?!

O filme estava quase no fim quando senti meu celular vibrar no bolso.

— Alô?

— Ei. — Ouvi a voz de um Daniel hesitante do outro lado da linha. — Como estão as coisas aí?

Olhei para a escada deserta.

— Nadinha ainda — respondi, murchando.

— Ah...

— Mas conheço o Mason, sei que uma hora ele vai ter que descer, pelo menos para comer. — Dei um risinho, mesmo não tendo muita fé no que acabara de dizer. — Mas, diga, esqueceu alguma coisa aqui?

— Não, não. — Ele fez uma pausa, depois continuou a falar: — É que acabei de conversar com um amigo que ia no show do Green Day comigo na semana que vem, e ele e o irmão não vão mais poder ir.

Espera, desde quando o Green Day ia fazer um show em Boston? Ninguém tinha comentado nada comigo... Onde as pessoas descobrem essas informações? Ah, provavelmente na MTV. Acho que a última vez que assisti a esse canal foi... nunca.

— Então... — Daniel continuou. — Tenho dois ingressos sobrando. Quer ir?

Entendi o motivo da hesitação de Daniel ao falar comigo. Ele devia estar se sentindo péssimo pela situação que ficara na minha casa, mesmo não tendo culpa naquela história. Imaginei que fosse esse o motivo de ele querer ter ido embora mais cedo também.

Não sabia o que responder. As duas únicas vezes em que saí com um garoto resultaram na maior catástrofe. A primeira foi a não vez com Mason, que acabou sendo uma armação de Lilly, sua mãe; e a segunda foi com Henry, que acabou sendo *novamente* uma armação, mas dessa vez de Karen. Depois as pessoas me perguntam por que tenho problemas em confiar nos outros.

Notando que eu não respondia nada, Daniel logo emendou, sem jeito:

— Não seria um encontro nem nada. Vou com um grupo de amigos. E são dois ingressos, então pode levar uma amiga, se quiser.

Ah, aquilo mudava as coisas. Tudo bem que um show não é exatamente um restaurante cinco estrelas, mas, depois de tudo o que acontecera, seria um pouco estranho sair sozinha com ele. Mas já que os amigos iam junto...

Pensei em Jenny. Ela não hesitaria em aceitar sair comigo e um grupo de garotos roqueiros. Por que ela tinha que estar isolada logo na parte da Inglaterra sem sinal de celular?!

— E seria uma chance de você aumentar sua cultura musical! — Ele deu um risinho.

Ah, que mal faria ir com ele? Dava para ver que Daniel realmente queria que eu fosse. E ele merecia se divertir com os amigos depois de ter sido colocado contra a parede tantas vezes nos últimos dias...

— Está bem, eu vou. — Dei um sorriso.

— Legal! — ele disse, alegre. — Passo aí daqui a pouco para entregar os ingressos, pode ser?

— Claro. Estarei aqui.

Me despedi dele e desliguei o celular. Bom, pelo menos um dos lados estava pacífico. Daniel não estava mais se sentindo culpado. Agora, não podia dizer o mesmo de outra pessoa...

Suspirei, dei play no filme e deixei minha mente divagar um pouco.

Deviam ser umas oito e meia quando ouvi a campainha tocar. Desliguei a TV, calcei meus chinelos e abri a porta. Lá estava Daniel, com o mesmo cabelo desgrenhado e uma camisa de banda de rock diferente — que eu também não fazia a menor ideia de quem fosse.

— Estava pensando em enfiar os ingressos por debaixo da porta, pra que quando você estivesse passando desse de cara com eles, deixando um mistério no ar... Mas, já que liguei te chamando, seria idiotice fazer isso.

Dei risada daquele comentário, mas logo pensei em quão tenso seria se Mason visse dois ingressos surgindo debaixo da porta no instante em que Daniel os deixasse lá. Não seria nada legal.

— Poderia colocar uma assinatura no estilo "Mr. D." ou algo do tipo. Com tinta vermelho-sangue. — Entrei na brincadeira.

— Boa. Gosto do seu jeito de pensar, Watson. — Ele fez uma pose no estilo "detetive misterioso", fingindo que o casaco era um sobretudo.

— Watson? — fiz uma careta. — Não quero ser o Watson, sou o Sherlock!

Ele riu da minha súbita saída do personagem e pegou no bolso o par de ingressos do show do Green Day.

— Está bem, Sherlock, aqui está. Já foi em algum show de rock?

— Na verdade, não. — E estava sendo sincera. Nem os grupos famosos na minha época de criança me interessavam. Não gostava do barulho e da muvuca. Ainda não gosto de barulho e muvuca, mas aprendi a tolerar isso mais do que antes.

— Vai ser maneiro, você vai ver! — ele disse, animado.

— Claro. — Eu sorri. — Obrigada pelos ingressos, Daniel.

— Por nada. É minha maneira de agradecer por ter sido tão gente boa comigo nesses dias.

Guardei os ingressos no bolso, corando levemente.

— Vou indo, então — ele falou. — Até... sábado que vem? Ou vou te ver antes?

— Não sei. Vai? — Dei de ombros.

— Se você for ao meu primeiro dia de gravação, vou.

Claro, o primeiro dia de gravação! Caramba, se fosse comigo, não estaria pensando em droga de show nenhum, estaria com o estômago revirado e um ataque de asma, isso sim.

— É na sexta-feira. Seria legal se você fosse. Tipo, bem legal. Sem pressão. — Ele riu.

— Certo... — respondi com incerteza. A intuição de catástrofe voltando à tona. — Eu te aviso.

— O.k. — Dito isso, me abraçou de leve, acenou e seguiu seu caminho.

E bastou Daniel entrar em seu carro e ir embora que ouvi uma voz vindo do meu quintal.

Aquela voz. Era impossível não reconhecer. Lembro-me perfeitamente da primeira vez que a ouvi. No dia em que Mason chegara à nossa casa, recebi uma ligação de um número desconhecido com essa mesma voz, me ameaçando. Ela não tinha mudado, continuava uma louca de pedra, mas pelo menos agora eu sabia que ela não me odiava mais. Pelo menos não tanto quanto antes.

— Não acredito!

Ah, cara..., falei para mim mesma, já sabendo o que estava por vir. Girei nos calcanhares para entrar em casa, mas ela foi mais rápida.

— Mas você não se contenta mesmo, Adams! Não satisfeita em dar em cima de Mason McDougal, Henry Barnes e Ryan Johnson, já está caçando mais um?!

Bati a mão na testa. Eu devia ter sido mais rápida ao entrar em casa. Por sorte, Piper teve o bom senso de esperar Daniel ir embora para sair de trás de seu arbusto e começar com o seu interrogatório para cima de mim.

Já ia responder-lhe sem paciência, mas um nome dessa lista que ela mencionara me deixou confusa.

— Eu não dou em cima de ninguém! E como assim, Ryan?!

— Tentei não falar o nome dele tão alto, não ia querer que Mary ouvisse aquilo.

— Ah, por favor. — Ela cruzou os braços. — Sempre que ele sai da sua casa eu percebo seus olhares indiscretos para os bíceps dele.

Maldita. Tinha que mencionar logo aquilo. Minha cara automaticamente se transformou em um tomate.

— Olha só! — falei, agitando os braços, atrapalhada. — Você fala como se eu ficasse babando! Não é nada disso, viu?! É que às vezes, quando ele usa regatas, fica meio na cara! E-eu sou do sexo feminino, não dá para não reparar!

— Sei. — Ela arqueou uma sobrancelha.

Bufei.

— Tchau, Piper. — Dei meia-volta para entrar em casa, mas sua mão foi mais rápida ao agarrar meu braço.

— Nananinanão, não vai escapar tão fácil assim! Quero saber quem é aquela gracinha de menino que estava na sua porta um minuto atrás!

Eu deveria me envergonhar por ser tão fracote. Nem livrar meu braço de Piper eu conseguia.

— Só um amigo, o.k.?

— Não parece só um amigo, vai sair com ele...

— Com ele e mais um monte de amigos! E dá pra parar de ouvir as minhas conversas?! — protestei.

— Ele te deu dois ingressos. — Ignorando o sermão que estava levando pela sua falta de bom senso, ela olhou para o meu bolso, que não era fundo, então a ponta dos ingressos ainda aparecia. — Quem você vai levar?

Vi que não iria adiantar me livrar de suas garras de *stalker*, então tinha que pensar rápido. Na verdade, não fazia a menor ideia de quem levaria, mas precisava escapar logo.

— Jenny.

— Mentirosa. — Ela apertou os olhos, cravando-os em mim e me deixando ainda mais desconfortável. — Jenny Leopold está em Londres.

Encarei-a como se ela fosse uma alienígena. E olha que era difícil aquela garota me surpreender mais do que já tinha me surpreendido naqueles meses.

— Persegue a Jenny agora também?

— Gosto dela. — Ela torceu o nariz. — Ela lê meu blog.

Revirei os olhos.

— Piper, pode me deixar em paz, *por favor*? Esses últimos dias já foram bem estressantes para mim.

Ela pensou um pouco, mas depois deu o braço a torcer e me largou. Essa era a vantagem de conhecê-la há quase um ano; pelo menos algumas — poucas — vezes ela respeitava meus limites.

— Eu vou descobrir mais sobre esse garoto, Adams. E também sobre quem você vai levar ao show.

— Faça o que quiser — falei, impaciente. — Só pare de me encher com esse monte de perguntas.

— Faço isso com uma condição.

Oh, céus, o que aquela insana iria pedir? Fotos íntimas dos meninos? Que eu mudasse meu nome para Bob? Que eu matasse uma pessoa?!

— Qual...? — perguntei, o coração começando a bater mais forte.

— Leia meu blog.

Soltei um grande suspiro de alívio.

— É isso? O.k., eu leio.

— E comente. Em pelo menos três histórias minhas.

— Histórias? — Arqueei uma sobrancelha. O blog era tipo um diário da vida dela? Ela registrava todos os seus momentos de *stalker* nele? Do tipo "3 de julho, fortes emoções, não deixando o carteiro me ver escondida em cima da árvore"?

— Vai entender quando visitar a página.

— O.k. — Assenti com a cabeça, ainda sem entender o que diabos ela escrevia. Aliás, estava com um pouco de medo do que encontraria lá.

Finalmente livre da maluca no meu quintal — pelo menos por enquanto —, entrei em casa, que estava completamente deserta. Mamãe tinha ido a um jantar com as amigas e Mary estava em um aniversário, e, mesmo Mason não tendo saído, parecia que eu estava sozinha naquela casa, porque não escutei um pio dele desde mais cedo. Olhei para o relógio na parede, que marcava nove da noite. Não estava com fome porque tinha me entupido de biscoitos recheados assistindo ao filme, mas imaginei que Mason quisesse comer alguma coisa — afinal, tinha o apetite de um boi — e que o orgulho o impedisse de descer e preparar algo.

Fui até a cozinha, preparei um sanduíche com algumas coisas que encontrei na geladeira e enchi um copo de limonada.

Me senti um tanto estranha no momento, já que era a primeira vez que eu lhe levava limonada por livre e espontânea vontade. Coloquei um pé na escada, segurando a bandeja com o copo e o sanduíche, e congelei. Não fazia a mínima ideia do que Mason poderia estar pensando no momento. Ele podia muito bem gritar comigo e falar para eu ir embora, ou ser gentil e agradecer pelo sanduíche, e até podia fazer aquelas piadinhas sem graça que ele adora. Suspirei, tentando afastar a aura de pessimismo que eu sempre carregava comigo e procurando pensar o melhor. Respirei fundo e subi a escada.

— Mason? — chamei, batendo três vezes na porta de seu quarto.

Não obtive resposta. Aquilo me deixou um tanto preocupada.

— Está aí? — perguntei com incerteza.

Silêncio outra vez. Que ótimo, ele estava me ignorando?! Logo eu, que não tinha feito nada de mal para ele?! Olhei para a bandeja que preparei com a maior disposição, me sentindo uma idiota. Revoltada, abri a porta com raiva, pronta para lhe dizer umas poucas e boas.

— Dá pra você ser um pouco menos mal agradec...! — Mas parei o escândalo pela metade quando o vi sentado na cama, mexendo no computador, com uma música tocando tão alto nos fones de ouvido que eu conseguia escutar de onde eu estava.

— Foi mal. — Ele tirou os fones. Como ele não estava surdo ouvindo naquele volume, nunca iria descobrir. — Tá batendo na porta há muito tempo?

Agora mais calma, mas ainda perto da porta, respondi:

— Não... Esquece o que eu falei — disse, envergonhada.

— O que é isso aí? — Ele levantou os olhos para a bandeja que eu segurava.

— Ah... — Dei um passo à frente. — Bem, você não saiu do quarto pra comer desde cedo... E, a menos que tenha pedido uma pizza para entregar aqui na sua janela, supus que estivesse com fome.

Ele piscou duas vezes, olhando surpreso para o sanduíche e para a limonada ao lado.

— Fez isso pra mim?

Minhas bochechas enrubesceram.

— Fiz... — Andei até ele e lhe entreguei a bandeja.

— Valeu. — Ele estendeu os braços e a pegou. Mas, antes de comer, ergueu uma das fatias do pão. — Espera.. Você colocou tomate? Eu odeio tomate!

— O quê...?! — Tudo parecia tão bem, ele estava sendo tão não-idiota-de-mais-cedo, e agora me vinha com essa?!

— Brincadeira, srta. Veronica — ele disse, dando uma gargalhada, depois uma mordida grande no sanduíche. — Tá uma delícia.

Lancei uma almofada nele, aliviada. O bom e velho Mason de sempre. Nunca pensei que ficaria tão contente com suas piadas bobas. Pelo menos seu humor tinha voltado ao normal.

— Ei — ele disse, depois de engolir uma mordida. — Dá uma olhada aqui. — E estendeu pra mim um dos fones.

Sentei na beirada da cama ao seu lado e coloquei o fone no ouvido. Na tela de seu computador o iTunes estava aberto, e ele arrastou o mouse até uma música chamada "///".

— Espera! — Tirei o fone rapidamente do ouvido. — Abaixa o volume, por favor.

Mason deu risada e fez o que pedi.

— Abaixo, vovó. — Ele clicou na música, e comecei a escutar uma melodia suave tocada por um violão.

Alternadamente com as cordas, ouvia o barulho de batidinhas leves no violão, que davam um ritmo bem interessante. A melodia era calma e gostosa, e fui acompanhando-a com a cabeça, fechando os olhos.

Alguns segundos depois, escutei uma voz *bem* familiar seguindo a melodia e cantando quase em um sussurro. Abri os olhos rapidamente e olhei para Mason, que tinha um olhar orgulhoso estampado no rosto.

— É você!

— É. — Ele sorriu. — Agora ssshhhhh, escuta.

Fiquei em silêncio e ouvi a voz sussurrada de Mason cantando:

Little girl
You don't know what you do to me
Sometimes it looks like you wanna kill me
But if I kissed you everything would be alright

Tentei ao máximo controlar o meu sorriso, mas não consegui. Era totalmente diferente ouvir uma de suas músicas assim. Essa versão parecia tão... pessoal, tão sincera... O.k., sei que o propósito de uma música dessas falando de amor e de "uma garota especial" é só fazer as fãs se identificarem e ficarem ainda mais apaixonadas, mas não pude deixar de ter um rápido pensamento, que talvez a música fosse para...

Sacudi a cabeça. Estava ficando louca. Não podia continuar pensando aquelas coisas. Resolvi tentar esquecer aquilo e me concentrar apenas na música. Mas vi que não estava adiantando porque minhas bochechas estavam ficando cada vez mais quentes.

Corpo idiota! Pare de me causar essas reações que eu não consigo controlar! Cogitei bater nas bochechas para ver se elas voltavam à temperatura normal, mas logo depois me toquei que era uma ideia estúpida. Mason estava ao meu lado e provavelmente já devia estar morrendo de rir da minha autocombustão.

Little girl
Just give me a chance
I can show you I'm a good man
Even though sometimes I act like a...

Cheguei a cabeça alguns milímetros para o lado para ver se Mason estava, de fato, estranhando minha reação. Ele não estava. Pelo contrário, foi só eu olhar para ele que seus olhos azul-piscina se encontraram certeiros com os meus. Ele não ria, nem debochava, muito menos me encarava como se eu fosse uma pateta. Estava apenas com um meio sorriso. E aquilo não ajudou nem um pouco a controlar o sangue que subia a todo vapor para minha face.

Não desviei o olhar nem virei o rosto, como normalmente fazia. Havia alguma coisa naqueles olhos que pareciam me hipnotizar. Já conhecia Mason da cabeça aos pés, mas alguma coisa parecia diferente naquele momento.

E nem precisei de tempo para imaginar o que era, porque nesse instante ele chegou mais perto de mim, nossos joelhos agora a alguns milímetros de distância. Ele tocou minha mão com a ponta dos dedos.

E se inclinou para a frente.

5

Com o turbilhão de pensamentos e emoções que agora me rondavam, nem percebi que a música estava acabando. Mason estava perto demais, e senti que meu coração estava prestes a pular goela acima. Ele devia estar a uns quarenta centímetros de distância.

Fiquei parada, sem saber direito o que fazer, sem desviar nem olhar para outro lado. Trinta centímetros. Já conseguia sentir sua respiração. Fechei os punhos, que agora suavam.

Oh, meu Deus. Vinte centímetros.

E, de repente, a música ao fundo terminara de fato. Mas descobri isso da pior maneira possível. Já que Mason tinha uma biblioteca enorme de músicas, quando uma terminava de tocar, outra aleatoriamente começava. E o volume dessa nova não era o mesmo da que acabara de ouvir, e um som ensurdecedor de guitarra e bateria e uma voz esgoelada gritando "Assassinatooooo!!" quase estourou meus tímpanos.

O berro que eu dei com o susto e a violência com que joguei os fones de ouvido para longe fizeram Mason não só se assustar também, mas cair da cama.

— Caramba, Ronnie! — ele falou, arfando e se levantando.
— Tá achando que eu sou a garota do *Exorcista*?!
— Desculpa! — falei, me recuperando também. — Foi seu iTunes problemático que não sabe deixar o volume estável!

Mason olhou para a tela do computador e, quando viu o heavy metal que estava tocando nas alturas, caiu na gargalhada. Percebendo quão ridícula aquela cena foi, comecei a rir também. Rimos por uns cinco minutos seguidos, minha barriga já estava doendo. Aquilo serviu para dar uma descontraída no clima. Mas, ainda assim, o momento que tivemos era algo a pensar. Se bem que meus pensamentos estavam confusos demais para refletir de fato sobre o que faria a respeito disso, então resolvi deixar de lado por enquanto. Acho que Mason pensou o mesmo.

— Ai, ai... — Mason limpou uma lágrima que lhe escorreu no rosto de tanto que riu. Depois direcionou os olhos para o lençol amarrotado abaixo de nós. — Espera...
— O quê? — perguntei.
— O que é isso? — Ele pegou dois pedaços de um papel duro e brilhante que estavam um pouco amassados logo abaixo dele. Percebi na hora o que eram. Olhei para o bolso e vi que estava vazio, deviam ter caído quando dei o pulo por causa da música.

Pense rápido, Ronnie. Rápido.

— Ingressos para o show do Green Day... — falei, hesitante. Isso não dava para negar, a informação estava bem na frente dele.
— São seus?
— Hã... sim.

Ele analisou os dois ingressos.
— Já estão esgotados há séculos. Como conseguiu?

— Eu... — Droga, eu tinha que parecer mais confiante! — Ganhei.

Mason levantou uma sobrancelha.

— De quem?

Não respondi, mordi os lábios. É, toda a confiança que havia reunido naqueles últimos minutos tinha ido por água abaixo.

— Ah, já sei. — Ele cruzou os braços e falou com escárnio: — Do *Danny*.

Bufei. Mason não era capaz de se manter uma pessoa legal por tanto tempo. Ele era como um gremlin: não importava quanto cuidado eu tomasse, era certo que alguma hora ele iria se transformar numa criatura infernal.

— Sim, qual é o problema? — falei, levemente incomodada.

— Te deu dois ingressos, ainda por cima? — Ele ignorou minha pergunta. — Parece que alguém está bem desesperado...

Estava de saco cheio daquela atitude. Não aguentava mais vê-lo mudar daquele jeito sempre que Daniel era mencionado. Logo depois... do que ele tinha acabado de fazer! Digo, do que *quase* tinha acabado de fazer.

Mas de repente tive uma ideia. Uma ideia bem arriscada, mas, do jeito que as coisas estavam, eu era capaz de tentar de tudo para fazer os dois conviverem civilizadamente.

— Para a sua informação, ele pediu para eu te chamar.

Mason me encarou, desconfiado.

— Duvido.

— Duvida? — Cruzei os braços. — Duvida que ele esteja cansado de ser maltratado e queira finalmente resolver essa rixa estúpida entre vocês?

— Na verdade, sim. — Ele assentiu com a cabeça.

Já estava me arrependendo de ter dito aquilo. Quando Mason cismava com alguma coisa, nada o fazia mudar de ideia. Isso era profundamente irritante.

— O.k., esquece, então. — Peguei os ingressos da mão dele de má vontade e me levantei.

Assim que abri a porta, ouvi a voz de Mason atrás de mim.

— Ei... eu gosto do Green Day. E o ingresso é de graça... — Ele fez uma pequena pausa, depois continuou: — Está bem, eu vou.

Ah, a psicologia reversa. Sabia que ele daria o braço a torcer alguma hora, mas do "jeito Mason": jamais admitindo que estava errado.

Resolvi entrar no seu jogo.

— Tarde demais. Perdeu a chance. — Coloquei as mãos na cintura.

— O quê? — Ele veio até mim, indignado. — Por quê? Eu disse que eu vou!

— Mas não quero mais que você vá. — E lhe mostrei a língua.

Seu olhar de desamparo foi tão cômico que eu não consegui evitar uma risada. Mason era como uma criança que não ligava para um brinquedo, mas, no segundo em que o tiram da mão e dizem que ele não pode brincar, de repente se torna o melhor brinquedo do mundo para ele.

— Foi ruim provar do próprio remédio, né? — Eu lhe entreguei um dos ingressos, rindo. — Toma.

Mason pegou o ingresso, perplexo. Depois que entendeu o que eu estava fazendo, bateu palmas, impressionado.

— Está ficando esperta, Adams.

— Eu *sou* esperta, McDougal. — Eu sorri, orgulhosa. — E quer saber de mais uma coisa que vai te surpreender?

— O quê?

— Vou ao estúdio com vocês na sexta.

— Você...? — Ele me olhou de cima a baixo. — Não, nisso é impossível acreditar.

Tinha que dar crédito a ele por isso. Passei os últimos meses reclamando e deixando bem claro o quanto eu não gostava de ir ao estúdio assistir às gravações, mas, bem... as coisas haviam mudado de uns tempos para cá.

— Por que você vai? — Mason perguntou.

— Porque quero ir, ué — respondi como se fosse a coisa mais natural do mundo. *Até parece!*

Já tinha me envolvido bastante com os meninos naquele dia, ainda mais com os acontecimentos de alguns minutos atrás, então achei melhor dar um toque de recolher e ir para o meu quarto tentar colocar a cabeça no lugar. Mason ficou alguns segundos sem responder. Girei a maçaneta e finalmente escutei-o dizer, não em um tom nojento, mas bem brincalhão:

— Já sei. É por causa do *Danny*.

Não respondi. Apenas revirei os olhos com um risinho e saí do quarto dele.

E os dias seguintes se passaram de uma maneira muito estranha. Eu achava que não teria problema em encontrar Mason na mesa do café da manhã como sempre o encontrava: semiacordado, lutando para não babar na mesa e exigindo sua limonada — um pouco mais azeda do que o normal, para ver se ele acordava de vez. Mas não estava tudo normal entre nós.

Já tinha lidado com vários momentos constrangedores envolvendo Mason, como ficar trancada em um armário com ele e ser arremessada para cima dele; ser salva por ele de um esquisito de máscara com intenções que eu nem queria imaginar; e dançar com ele em um evento de gala para depois ser copiada por uma ruiva turbinada. Mas, mesmo assim... o que aconteceu parecia diferente.

Tentei esconder esse leve incômodo o máximo possível. Primeiro, porque Mary e mamãe *jamais* poderiam saber do que havia acontecido. Eu conhecia muito bem aquelas duas, e, além de elas nunca mais me deixarem em paz se descobrissem, a informação seria passada para outras e outras pessoas numa velocidade mais rápida do que o som. E, segundo, não poderia simplesmente falar com Mason: "Então, lembra que você quase me beijou? Loucura, né? Mas, conta aí, o que isso significou pra você?". A ideia de beijar Mason ainda me era muito estranha.

Por isso tentei ocupar minha mente com outras coisas durante aquela semana. Aprendi uma receita de torta na internet, reli os dois primeiros livros de O *Senhor dos Anéis* e procurei algumas músicas do Green Day para não ir completamente leiga para o show com Daniel.

Quando a sexta-feira chegou, mamãe e Mary me perguntaram umas quinze vezes se eu tinha certeza de que queria ir ao estúdio por livre e espontânea vontade. Mamãe até deu uma fungada perto de mim, para garantir que eu não estava bêbada. Bem, não podia culpá-las; eu mesma jamais esperaria que um dia fosse, de fato, querer ir para lá.

— Mason — mamãe falou, girando a chave com tutu lilás e ligando o Audi —, lembre-se do que conversamos. Daniel não entrou ainda de fato para o programa, mas ele precisa se sentir à vontade hoje para fechar conosco. Por isso, *se comporte* — ela disse, séria. Ao mesmo tempo que minha mãe era divertida e com alma jovem, sabia se transformar numa figura intimidadora numa questão de segundos.

— Ela costumava dizer isso pra mim quando eu estava no prezinho e mordia as outras crianças — Mary cochichou para mim.

— A situação aqui é quase a mesma — respondi para ela.

— E não eram só as outras crianças. Você *me* mordia também.

— Relaxa, Suzie — Mason respondeu, no banco atrás dela. — Estou com uma música fresquinha e doido pra gravá-la. Nada vai tirar o meu bom humor.

Olhei de relance para mamãe e percebi que ela mordia os lábios. Estranhei sua reação ao ouvir o que Mason dissera e tentei perguntar com os olhos o que estava acontecendo, mas ela acabou não olhando para mim.

Quando chegamos ao estúdio, toda a equipe e o elenco estavam lá, esperando por nós. Henry e Karen passavam algumas falas, Ryan comia um pacote de Oreos da mesinha de lanche e Marshall conversava algo com os cameramen. Procurei pela sala principal por Daniel, mas não o vi. Ia perguntar a Marshall se sabia onde ele estava, mas nem precisei.

— Bu! — Ouvi duas vozes se projetando atrás de mim e senti uma mão tocando rapidamente meus ombros.

Dei um pulo e virei para trás. Lá estavam Daniel e Noah, rindo do susto que tinham acabado de me dar.

— Engraçadinhos. — Fingi estar com raiva, mas logo ri também.

Com cuidado para não desfazer suas duas trancinhas, fiz carinho na cabeça de Noah, que logo saiu de perto e foi falar com Mary, depois me virei para Daniel.

— Você veio mesmo — ele disse, sorrindo.
— Claro, disse que viria, não disse? — Ergui o polegar em sinal de positivo. — E aí, como foi sua recepção até agora?
— Boa, até. Henry me desejou boa sorte, e Ryan veio me perguntar por que eu não estava com uma das minhas camisetas maneiras de banda. — Ele apontou para a camisa preta lisa coberta por uma xadrez verde, com as mangas arregaçadas.
Assenti com a cabeça, aliviada.
— É, por que você não está?
— Coisa de figurino. Disseram que eu não devia destoar tanto.
Imaginei a figurinista não aprovando as camisetas de Daniel com caras esquisitos berrando e chorando sangue. Não se encaixavam muito no estilo "Faço parte de uma *boyband*, e crianças facilmente impressionáveis me assistem".
— Ainda mais porque vou gravar uma música nova da banda sozinho para minha estreia, tenho que estar mais parecido com eles.
Estranhei aquele comentário.
— Uma música nova deles? Que música é essa?
— A última que eles fizeram. Só tem a letra e a melodia, não foi gravada ainda. No início eles queriam que eu escrevesse a música, mas depois acharam mais seguro eu cantar uma pronta.
Estremeci. *Oh, não. Não podia ser aquilo que eu estava pensando.* Agora estava explicado por que mamãe ficara sem reação com a empolgação de Mason sobre a nova música. Eles não tinham feito aquilo.
Olhei de relance para Mason, que nem se dera ao trabalho de cumprimentar Daniel, já do outro lado da sala, conversando com Karen e outros dois.

— Ronnie? — Daniel perguntou. — Está tudo bem?

— Eu já volto — falei, dando meia-volta e caminhando a passos rápidos até onde estava Marshall.

— Ronnie, minha flor! Que bom te ver aqui! — Marshall falou quando me viu parada ao seu lado com um olhar indignado. Mas logo depois se levantou e foi até a equipe.

— Espera! — Caminhei ao seu lado, tentando, em vão, chamar sua atenção. — Quero saber se Daniel vai cantar sozinho a música do M...

— Querida, não temos tempo a perder. Falo com você mais tarde. — Sem nem olhar para mim, ele bateu palmas, chamando a atenção de todos. — Muito bem, pessoal! Estamos atrasados no cronograma!

— Mas...!

— Karen e todas as meninas, sentem ali. — Ele apontou para onde eu me sentara com mamãe na última vez em que estive lá vendo os testes. — Os meninos vão gravar a música primeiro. Em suas posições, vamos, vamos!

Não podia acreditar naquilo. Mamãe estava tão preocupada em fazer Mason se comportar, mas achava que nada daria errado se Daniel cantasse a música que ele escrevera?! E não era qualquer música. Eu a tinha escutado. Dava para ver que Mason a compôs com todo o seu coração. O que raios essa equipe tinha na cabeça?!

Sentei-me ao lado de Mary, só esperando o caos acontecer.

Já dentro da salinha de gravação que nos separava por um vidro, Ryan se sentou à bateria, e Henry se posicionou no lado esquerdo. Havia dois microfones apoiados em pedestais, um no centro e outro no lado direito. Mason logo se posicionou no do centro, quando Daniel falou:

— Mason, eu que tenho que ficar aí.

— Nos seus sonhos — ele respondeu, dando um riso sarcástico e pegando sua guitarra vermelha.

Minha garganta ficou seca. Desejar desesperadamente que tudo aquilo fosse apenas um pesadelo não estava adiantando.

— Mason — Marshall falou, ao lado de mamãe. — Nessa música você fica do lado direito e Daniel, no centro.

Mason parecia não estar acreditando naquilo até ouvir aquelas palavras. Indignado, virou-se para nós e falou:

— O quê? Mas a música é *minha*!

— Mason, se acalme. — Foi a vez de mamãe falar. Comecei a roer as unhas desesperadamente. — Para a estreia de Daniel, resolvemos colocá-lo no centro e na primeira voz. No restante das músicas vai ser como era antes, não precisa ficar assim. — Aquilo deveria ajudar, mas só serviu para piorar as coisas.

— Eu não vou cantar?! — Ele arregalou os olhos.

— Oh-oh... — Noah comentou.

— Acho que vai começar o barraco. — Mary falou pela primeira vez, mais tensa do que interessada.

Mamãe se levantou, agora irritada.

— Apenas toque a música e cante o que está sublinhado em vermelho na sua partitura. Você não vai morrer por isso.

Uma veia pulsou na testa de Mason. A vontade dele de responder a ela de um jeito bem malcriado era evidente, mas, como mamãe era o mais próximo que ele tinha de uma figura materna diária, não podia questionar sua autoridade.

Mason baixou os olhos para o papel que estava à sua frente. Depois de lê-lo rapidamente, encarou Daniel com ódio e vociferou:

— Mas que droga é essa?! Você mudou a minha música?!

— São só alguns versos! — Daniel respondeu, se irritando com a atitude de Mason. — Eles não fariam sentido comigo cantando, por isso tive que mudar!

Mason apertou os punhos. Ia responder, mas foi cortado.

— Comecem a gravar! — O grito de mamãe assustou não só os meninos, mas nós que estávamos ao seu lado também. Aquilo deixou o estúdio em um clima ainda mais tenso.

De cara fechada, Mason abriu a melodia com sua guitarra, que logo foi seguida pelo baixo de Henry, a bateria de Ryan e a guitarra de Daniel, que começou a cantar:

Little girl
You just met me
And already got me hypnotized
If I kissed you I'd be up all night

Entendia o fato de Mason estar chateado. Claro, sua reação era inaceitável, mas eu lembrava da música. Lembrava do orgulho que ele tinha nos olhos quando viu que eu tinha gostado dela. E ver outra pessoa cantando e ainda mudando seus versos, isso devia estar corroendo-o por dentro.

— Isso não vai acabar bem — Mary disse, com os olhos cravados neles. Parecia que havia lido meus pensamentos.

Nem Henry e Ryan tinham olhares de bons amigos. Os dois demonstravam preocupação, como se Mason fosse uma bomba-relógio a ponto de explodir a qualquer momento. O próprio Daniel não parecia tão confortável com a situação; parecia sentir que, logo ao seu lado, alguém desejava sua morte lenta.

Comecei a ficar cada vez mais preocupada. Olhei para as meninas ao meu lado, e todas pareciam pensar o mesmo.

A expressão de Mason não estava nada boa. A cada palavra que saía da boca de Daniel, ele ficava cada vez mais furioso. Eu ainda roía as unhas de nervoso, na angústia de pensar se ele iria aguentar tocar a música inteira sem explodir.

— Mãe! — cochichei. — Faça isso parar, olhe o que está acontecendo! — Apontei para aquela salinha onde dava para cortar a tensão com uma faca.

— Quieta, Ronnie! — mamãe respondeu. Ela também estava estressada.

E foi aí que o que eu, aliás, o que todos nós temíamos que iria acontecer, aconteceu. A música estava quase no fim quando Mason parou repentinamente de tocar.

Ai, meu Deus. Meu coração parou.

— Mason, o que está acontecendo? — Marshall perguntou.

— Não vou continuar com isso. — Mason empurrou de leve o pedestal e tirou a guitarra do apoio. — Se querem dar um solo para seu novo queridinho, ótimo. Só não entreguem de mão beijada a música que *eu* fiz com tanto esforço!

— Cara! — Daniel falou, impaciente. — Quantas músicas vocês já fizeram?! Não faz diferença se eu... — Ele tocou o ombro de Mason, que logo se soltou e o encarou com mais raiva ainda.

— Não me toque — ele disse em um tom ameaçador. — E não se meta.

Nós todas arregalamos os olhos.

Daniel, que tentara manter a calma durante todo aquele tempo, não aguentou mais. Foi a vez dele de esbravejar:

— Eu me meto, sim! Me meto porque, desde o dia em que você me viu, você me tortura e espera que eu fique bem com isso, já que sou novo! — Enquanto gritava, ia se aproximando de

Mason, com o indicador apontando para ele. — Por que acha que eles quiseram colocar um quarto Boston Boy?! Obviamente, *você*, que se acha o dono do universo, não é tudo isso que pensa que é!

— Gente... — Ryan tentou, sem sucesso, amenizar a discussão.

— Cala a boca! Você acha que me conhece?! — Mason retrucou.

Tive um *déjà-vu*. Aquela cena estava se repetindo. A situação boa, de repente Daniel entra em cena e Mason fica irado e começa a lhe falar atrocidades. Daniel, em resposta, grita com ele também. Os dois ficam trocando ofensas e ameaças, ignorando os pedidos desesperados das pessoas em volta para que eles parem e tentem se entender. Era a terceira vez que aquilo acontecia. Não aguentava mais.

As ameaças começaram a ficar mais preocupantes quando os dois se aproximaram quase partindo para a briga, porém segurados por Henry e Ryan.

— Está se divertindo?! — Mason gritava, tentando se soltar. — Deve estar adorando ver todos se voltando contra mim para proteger o pobre e indefeso Daniel!

— Cara, você mesmo está causando isso! — Daniel respondeu. — Se você mesmo percebe que estão me apoiando, o babaca dessa história ficou bem claro quem é, não?!

Mamãe e Marshall se levantaram ao mesmo tempo com aquela confusão, prontos para correr para a sala e dar um fim àquilo, mas, de repente, meu lado emocional falou mais alto e me levantei na mesma hora. Fui mais rápida e cheguei antes na sala, abrindo a porta e deixando-a entreaberta com a correria.

— Parem, por favor! — Entrei no meio dos dois, esticando os braços. Já que Mason era o mais descontrolado, virei-me para ele, para lhe falar primeiro. Minhas pernas tremiam com o nervosismo. — Mason, chega! Olhe o que você está fazendo!

Uma chama acendeu nos seus olhos azul-piscina. Nem parecia o mesmo Mason que me mostrara sua música alguns dias atrás. Esse Mason estava dominado pela raiva.

E o que Daniel disse em seguida não contribuiu para que ele melhorasse:

— Se não quer me escutar, escute a Ronnie pelo menos! Nem ela aguenta mais seus ataques!

O olhar que ele lançou para Daniel me fez recuar um passo. Agora não estava mais chocada e nervosa, estava assustada. Mason estava me dando medo de verdade.

— Nem a Ronnie... — Ele apertou os punhos. — Até a cabeça da Ronnie você conseguiu encher de porcaria e colocá-la contra mim! Eu vou te matar!

Mason me empurrou para o lado, pronto para partir para cima de Daniel. Desesperada, entrei na sua frente de novo, tentando segurar seus punhos e impedir que fizesse uma enorme besteira. Mas, claro, ele era muito mais forte do que eu, então não adiantou nada. Tudo o que me restava era fincar os pés no chão e tentar empurrá-lo.

— Pare!

Não dava para acreditar a que ponto aquilo tinha chegado. Parecia que eu estava tentando domar um animal, e não falando com um ser humano. E foi aí que o pior aconteceu. Mason aproveitou que Daniel saíra de trás de mim, fechou o punho e partiu para lhe dar um soco. Mas, assim que percebi, me joguei novamente na frente de Daniel, esperando que Mason parasse.

Mas ele não parou. Me enganei ao pensar que Mason tomaria consciência do que estava fazendo e encerrasse aquela loucura. Percebi quanto tinha sido ingênua quando senti aquele soco carregado de ódio atingindo certeiro a minha bochecha.

6

Mamãe e Marshall irromperam na salinha de gravação, mas era tarde demais. Já estava caída no chão, o rosto latejando e as lágrimas se projetando nos meus olhos. Meio tonta, escutei os gritos assustados das meninas do outro lado da sala. Mamãe mandou Mary e Noah ficar onde estavam e não entrar, e pediu para Karen correr e buscar gelo.

Daniel foi um dos primeiros a se abaixar até mim, desesperado:

— Ronnie! Você está bem?! — E se virou para Mason e gritou, com mais raiva do que já estava: — Olha o que você fez, seu imbecil!

Mas, por sorte, Daniel percebeu o que a briga tinha causado e tentou se acalmar, voltando sua atenção para mim.

Karen entrou na sala segurando um saco plástico com cubos de gelo dentro, e mamãe, arfando, correu até mim, me abraçou e me entregou.

E foi aí que escutei a voz trêmula de Mason.

— Ronnie... — Ele finalmente tomou consciência do que havia feito. — Desculpe! E-eu não queria...

Ele tentou tocar meu braço de leve, mas afastei-o bruscamente. Agora era minha vez de estar com raiva. Mason havia passado dos limites. Eu sabia que ele era capaz de fazer muitas coisas que eu não aprovava, aliás, já havia feito várias delas, mas *jamais* imaginei que ele me machucaria daquele jeito.

— Saia... de perto... de mim — falei em um tom baixo.

— O quê? — ele perguntou.

— Saia de perto de mim! — berrei, fuzilando-o com os olhos.

Normalmente eu nunca gritaria de um jeito que fizesse com que toda a atenção se voltasse para mim, mas naquele momento aquilo nem passou pela minha cabeça. Foi aí que percebi que as lágrimas no meu rosto não eram somente pela dor que estava sentindo, mas por raiva também. Enquanto isso, ninguém se atreveu a dizer uma palavra sequer.

Como um flash, várias memórias de Mason se passaram pela minha cabeça, mas imaginei-as sendo amassadas, rasgadas e jogadas no fundo de uma lixeira. Ele nunca mais seria o mesmo para mim.

— Mas... — Mason estava completamente pasmo. — Não era você que eu queria...

— Não importa! — Não diminuí o tom de voz. — Parece que eu nem te conheço mais! Essa inveja estúpida tomou conta de você, e olha só... — Solucei involuntariamente. — Olha só o que aconteceu! Eu pensei que você tinha mudado, mas não! Continua o mesmo egoísta de sempre!

— Ronnie... — Agora seu rosto estava branco.

Nada que ele fizesse me deixaria menos furiosa. Estava cansada de aceitar e engolir tudo o que Mason fazia, achando que seus atos nunca teriam consequências ruins. Estava cheia de seus momentos estrelinha, ignorando completamente os sentimentos de outras pessoas. Estava cansada da presença dele na minha vida.

— Não quero mais olhar pra você! Não te aguento mais! Vá embora da minha casa, vá embora da minha vida!

Com minha visão periférica pude ver todos os olhares, que já estavam assustados, ainda mais surpresos diante do meu ataque. Confesso que, sim, eu poderia estar um pouco fora de mim naquele momento, mas foi somente porque estava reprimindo aqueles sentimentos por muito tempo, e aquele soco foi a gota d'água.

Mason me encarava como se uma lança tivesse perfurado seu peito. Mas não senti um pingo de compadecimento. Me levantei, o lábio inferior tremendo, dei meia-volta e saí daquela salinha, com mamãe logo atrás. Aquela era uma das pouquíssimas vezes que mamãe não só não explodira, mas ficou calada diante de uma situação tão tensa. Até ela parecia não acreditar no que havia acabado de acontecer.

Saí daquele prédio sem olhar para trás, agora mais do que nunca não querendo saber de mais nada relacionado a Boston Boys.

O som de cinco batidas rápidas na porta do meu quarto no dia seguinte me fez acordar. Me espreguicei, esbarrando acidentalmente no meu exemplar de *A guerra dos tronos*, que acabei lendo quando cheguei em casa até pegar no sono. Não era meu tipo de leitura favorita, mas, sempre que me sentia incomodada com as pessoas à minha volta, ler sobre cabeças rolando e tripas voando melhorava um pouco meu humor.

Antes mesmo de eu perguntar quem estava na porta, ela se abriu e vi minha irmãzinha caminhando até mim e se sentando na beirada da cama.

— Oi... — ela disse timidamente. — Como você está?

Toquei minha bochecha e senti uma pontada de dor, depois olhei para o livro amassado ao meu lado, peguei-o e o mostrei a Mary.

— Acho que vou adotar a frase que este livro sempre repete como estilo de vida.

Ela arqueou uma sobrancelha.

— E que frase seria essa?

— *Todos os homens devem morrer.*

— O.k. Vou assumir isso como um "não estou tão bem assim".

Assenti com a cabeça.

— Então... — ela continuou. — Tem uma coisa que você deveria saber. Aliás, algumas coisas.

Me endireitei e cruzei as pernas, curiosa.

— O quê?

— Tenho uma notícia sobre o Daniel e outra sobre o Mason. Qual você quer ouvir primeiro?

— Está de brincadeira, né? — Encarei-a sem paciência. Como se responder àquela pergunta não fosse um dos motivos para aquela confusão toda acontecer.

— O.k., o.k. — Ela percebeu que eu estava sem um pingo de bom humor, olhou nos meus olhos e falou, séria: — Mason foi embora.

Pisquei duas vezes, processando o que acabara de ouvir. Aquilo era sério?

— Embora... tipo... embora mesmo? — Foi tudo o que consegui dizer.

— Embora daqui de casa. Arrumou mala e tudo. Disse que, até se resolver, vai ficar na casa do Ryan.

Não respondi.

Mason havia levado realmente a sério o que eu disse no dia anterior. Confesso que, naquele momento de fúria, eu queria mesmo nunca mais vê-lo, mas ouvir aquelas palavras... me causou um incômodo. Talvez porque achasse que ele não iria de fato embora, só iria me deixar em paz.

Mason realmente... tinha saído da minha casa.

— E sobre o Daniel... — Mary falou, me fazendo voltar à conversa. — Ele decidiu que não vai entrar para os Boston Boys.

Depois de tanta confusão, entendia claramente as razões de Daniel de querer se afastar de tudo aquilo. Era uma pena, já que ele era muito talentoso e parecia que aquela seria sua grande chance de se destacar. Mas agora estava tudo acabado.

— O estúdio meio que ficou parecendo um velório depois que você foi embora. E lembro que o Daniel falou algo tipo assim — ela engrossou a voz: — "Só não quebro sua cara porque sei que no fundo ela não iria gostar que eu fizesse isso".

Franzi o cenho ao ouvir aquilo.

— *Eu* não iria gostar?! Depois do que ele fez para mim, Daniel achou mesmo que *eu* não gostaria de ver a cara daquele convencido idiota cheia de porrada? Pois ele errou, eu adoraria.

Mary cruzou os braços.

— Sei — ela disse, incrédula.

— É verdade! Eu realmente pensei que ele tinha voltado a si durante a semana! — Bati na testa; de repente algo havia me ocorrido. — E eu ainda dei o ingresso extra do show do Green Day para ele! Não acredito que fui tão ingênua! — Soquei meu travesseiro, resmungando.

— Show do Green Day? — ela perguntou.

Tinha esquecido que ela não estava a par de toda a história. Contei resumidamente o que acontecera depois da pequena disputa de videogame entre Daniel e Mason, excluindo, obviamente, a parte do quase beijo. Nossa, depois do soco, parecia que o quase beijo estava a anos-luz de distância agora.

— Já nem sei mais se Daniel vai querer que eu vá com ele.

— Ah, claro que vai. Lembra que você tomou um soco por ele. O mínimo que ele devia fazer era ir ao show com você. — Ela riu.

— É... tem razão. — Dei um sorriso amarelo. Era verdade, eu tinha levado um soco no lugar dele. Merecia um pouco de crédito.

— Quem disse que o cavalheirismo morreu, né? — Apontei para mim mesma.

Mas, mesmo achando que me divertiria com Daniel no show, ainda estava pensando no que Mary falara. Mason tinha ido embora de verdade. Ele levara realmente a sério meu pedido. Mas não foi só aquilo que eu disse a ele, ainda havia outra coisa.

Será que... eu nunca mais o veria novamente...?

Nunca mais o veria foi exagero meu. Eu o vi absolutamente em todos os lugares. Parecia perseguição. Estava passando os canais na televisão com a maior inocência do mundo, e bam! Comercial de *Boston Boys*. Procurando uma música boa no rádio, indo ao shopping com mamãe: *bam* outra vez! Música de *Boston Boys*. Descendo a timeline no Facebook e, adivinhe? Uma foto publicada por Piper dos meninos indo até o estúdio gravar. Parecia que, quanto mais eu rezava para ele sair da minha vida, mais aquela assombração aparecia para mim.

Ainda assim, não era a mesma coisa vê-lo virtualmente. Já estava acostumada a fazer o jantar para quatro em vez de três pessoas, a gravar o novo episódio de *The Walking Dead* todas as quintas-feiras para ele assistir quando voltasse do estúdio, a brigar com ele sempre que deixava suas meias sujas em cima da minha cesta de roupas limpinhas que tinham acabado de sair da secadora. Acho que percebi isso no momento em que abri a geladeira para preparar o almoço e notei que a usual jarra de limonada não estava mais ali. Aquilo me deu um aperto inexplicável no coração.

Eu não deveria estar me sentindo mal. Deveria estar feliz, estava livre dele finalmente! Não era mais uma empregada pessoal e sem vida, que fazia tudo o que Mason ordenava! Então por que eu não me sentia contente como deveria?

Felizmente, nem tudo estava perdido. Ainda havia uma pessoa que conseguia preencher qualquer vazio que eu estivesse sentindo. Achei que seria impossível falar com ela durante as férias, mas, de repente, o aplicativo do Skype no meu computador apitou, e meu coração quase subiu à garganta quando vi quem estava me chamando.

— Jenny... — Meus olhos brilharam quando a janela se expandiu, mostrando minha melhor amiga, que estava a milhares de quilômetros de distância.

— Ronnie! — Ela sorriu de orelha a orelha quando me viu. — Eu nem acredito que finalmente consegui acesso ao mundo digital, mesmo que por um curto espaço de tempo! — Ela bateu palmas, empolgada. — Estou morrendo de saudade de você! Assim que eu voltar, vou grudar em você feito um bicho-preguiça, está me entendendo?!

Dei um sorrisinho.

— Também estou morrendo de saudade! Queria tanto que você estivesse aqui... Minha vida está uma montanha-russa no momento. —Abracei minha coruja de pelúcia na cama, suspirando.
— Claro que está. — Ela colocou as mãos na cintura, rindo.
— É de esperar que quem convive diariamente com celebridades não leve uma vida normal.

Você nem faz ideia, pensei.

— Então me conte as fofocas, quero saber de tudo! — ela continuou, empolgada. — E como estão os meninos? Mason tem te dado muita dor de cabeça na minha ausência?!

Jenny riu do que dissera, mas, quando viu que eu não a acompanhei e só olhei para baixo, ela ficou séria.

— Ronnie? Está tudo bem?

Mordi os lábios, não tirando os olhos da minha coruja.

— O que aconteceu? — Agora ela parecia preocupada. Até chegou mais perto da webcam do seu computador.

Respirei fundo, olhei para os lados, para ter certeza de que estaríamos só nós duas conversando — até conferi a janela para ver se nenhuma *stalker* me espiava secretamente com um binóculo e uma escuta embutida —, e contei a ela toda a história. Desde o momento em que entrei no banheiro errado até ter levado o soco de Mason no rosto. Também omiti a parte do quase beijo para ela, sem saber direito o porquê. Confiava minha vida a Jenny, mas de alguma forma eu parecia não querer falar em voz alta sobre o que acontecera comigo e Mason. Era como se eu quisesse deletar aquele acontecimento da minha memória, quem sabe assim as coisas ficariam mais fáceis e eu finalmente poderia deixar tudo isso para trás.

— Ronnie, meu Deus... — Jenny estava chocada, como já era de esperar. Aliás, achei que ela ficaria mais com raiva do que qualquer outra coisa. Eu conhecia minha melhor amiga, e sabia que ela era capaz de se transformar em um demônio sanguinário quando alguém me machucava. Mas ela estava surpreendentemente calma. — Não... sei o que dizer.

— Pois é — bufei, fazendo minha franja levantar um pouco.

Depois de alguns segundos tentando absorver a história inteira, ela falou:

— Não me leve a mal por dizer isso, o.k.? Mas acho que... Entendo o lado do Mason, de certa forma.

— O quê? — perguntei, estranhando. — Jenny, está com algum problema no ouvido? Não ouviu o que eu acabei de contar?!

— Ouvi, Mason foi um babaca. Minha vontade é pegar o voo mais cedo para Boston só para lhe dar um soco na cara. Mas me escute, Ronnie. Você mais do que ninguém sabe que Mason não consegue expressar seus sentimentos como uma pessoa normal. — Não disse nada, só escutei com atenção o que ela continuou a dizer: — Por mais orgulhoso que seja, ele é uma pessoa insegura. Concorda comigo, não? — Aquilo era verdade. Por que outro motivo Mason iria formar um escudo protetor contra Daniel com tanta ferocidade assim? — Por causa disso, ele se sentiu ameaçado com a presença desse tal de Daniel. — Jenny franziu o cenho ao falar seu nome. — O que é compreensível, já que, pelo que você me descreveu, o menino é bonito, inteligente, charmoso, e o mais importante: *novo*. E quem não adora uma novidade? Com certeza ele se imaginou ficando em segundo plano assim que o quarto Boston Boy entrasse em cena.

— Assenti com a cabeça. — Só que, como ele não sabe expressar sua insegurança muito bem, então fez esse escândalo todo.

Quem diria, Mason McDougal, o astro da TV americana

adolescente, era mais inseguro do que as garotinhas que o assistiam todo dia? Me senti uma tonta por não ter percebido isso antes. Mas tudo fazia sentido. Por isso ele foi tão contra a entrada de Daniel no programa, por isso constantemente me fazia de empregada... Por isso não conseguia voltar a se relacionar com o pai direito.

— Tente não levar para o lado pessoal, Ronnie. Eu e você sabemos que ele nunca te machucaria de propósito. Desde quando ele...

E lá estavam as memórias do quase beijo voltando à tona, como se estivessem gritando no meu ouvido. Minha mão formigou, e eu quase podia senti-lo me tocando naquele dia. Era como se Mason estivesse me invadindo por completo.

Mas a voz e o sotaque britânico de Jenny me fizeram voltar ao planeta Terra:

— ... esse tal de Daniel.

— O quê? Desculpe, não ouvi o que você falou antes. — Pisquei duas vezes.

— Disse para você tomar cuidado com esse tal de Daniel.

— Com Daniel? Por quê?

— Não sei exatamente... — Ela torceu o nariz. — Mas não estou com um bom pressentimento sobre esse garoto. Acho que ele ainda vai trazer alguma dor de cabeça para a sua vida.

— Mais do que já trouxe? Se bem que nada disso foi tecnicamente culpa dele — respondi.

— Não estou falando da briga dele com Mason, estou falando dele com *você*.

Novamente, lá estava Jenny me alertando do perigo de me aproximar de uma pessoa supostamente legal, do mesmo modo como fizera com Karen. Mas não podia ser... Que motivos ela teria para suspeitar de Daniel? Eu realmente acreditava que ele era uma boa pessoa!

Além do mais, se ele quisesse mesmo se aproveitar de mim, como acontecera na primeira vez, já teria se aproveitado. Mas ele estava fora do programa, então que mal poderia me fazer?

— Jenny, se acha que ele vai acabar como a Karen... — falei, hesitante.

— Não sei, Ronnie, não o conheço para ter certeza. Só, pelo que você me falou, fiquei com um "talvez" na cabeça. Não é como a Karen, com quem eu logo antipatizei. Mas ainda sinto que essa história envolvendo Daniel, Mason, você e todo o programa ainda não acabou.

Não podia reclamar do instinto protetor de Jenny. Ele já me salvara uma vez. Por mais que achasse ridícula a ideia de Daniel me fazer mal, não podia deixar de escutar minha melhor amiga, que já tinha me ensinado uma lição antes.

— Você disse que vai ao show do Green Day com ele, não vai?

— Acha que eu não devo ir? — perguntei, murchando.

— Não, não. Vai. Só... fique de olhos abertos. Promete?

Dei um sorriso amarelo.

— Prometo. Obrigada por se preocupar comigo.

— De nada. Mas não me dê mais motivos para me preocupar, sim? A comunicação aqui já é difícil... — Ela riu, e nesse momento a tela do computador começou a travar por alguns milissegundos. — Não posso ficar aqui muito mais tempo, Ronnie. Tem mais alguma novidade para me contar?

Minha garganta ficou seca. Não era possível, ela tinha um sexto sentido ou o quê?! Olhar aqueles olhos amendoados ficava cada vez mais difícil enquanto o que eu lutava para esconder tentava com força sair da minha garganta.

— Ronnie? — Jenny perguntou novamente, a tela travando em intervalos de tempo maiores.

— Hã... é que... — Senti uma gota de suor escorrer pelas minhas costas.

— Me fala!

Suspirei. Não aguentei mais guardar aquilo, coloquei para fora.

— Mason quase me beijou!

— O QUÊ?! — Ela quase caiu da cadeira ao ouvir aquilo.

E foi bem nesse momento que a conexão de Jenny caiu. Irônico, não?

Agora que tinha deixado minha melhor amiga agonizando, sem poder se comunicar com o mundo exterior depois de ter lhe jogado uma bomba no colo, estava na hora de absorver tudo o que ela havia me contado e me preparar para o que viria em seguida. O show estava próximo, e, mesmo confiando quase cem por cento em Daniel, tinha que me manter alerta. A intuição de Jenny raramente se mostrava errada.

7

Daniel me avisara de toda a logística do show um dia antes. Disse que ele e alguns amigos iriam me buscar às quatro da tarde para irmos juntos. Como não tinha nenhuma roupa ou acessório do Green Day, vesti a coisa mais próxima que tinha de uma banda de rock: minha camiseta preta dos Beatles, calça jeans e um All Star. Assumi que esse era o *dress code* para ir a shows, nada muito elaborado.

Eram quase quatro e meia quando meu celular tocou.

— Alô?

— Oi, Ronnie! — Ouvi com dificuldade a voz de Daniel, porque várias pessoas falavam no fundo ao mesmo tempo. Espera, ele já estava no show e tinha esquecido de mim?!

— Daniel? — Tapei o ouvido esquerdo para ouvir melhor. — Onde você está?

— Aqui na rua da sua casa! Pode vir!

Confusa com aquela barulheira toda, espiei a rua pela janela do meu quarto. A única coisa que vi foi uma van branca que parecia estar... balançando. Ah, agora tinha entendido as vozes.

Aqueles "alguns amigos" que Daniel mencionara, na verdade, eram uma penca de amigos.

Nada de pânico, Ronnie.

Respirei fundo, conferi meu dinheiro e a identidade, enfiei o celular no bolso e desci a escada. Dei um tchau rápido para Mary, que assistia TV na sala, e abri a porta. Depois de alguns segundos reunindo coragem para entrar naquela van que balançava, dei o primeiro passo para fora de casa e então ouvi uma voz à minha esquerda:

— Divirta-se no show, Adams.

— Obrigada, Pip... Piper? — Encarei minha conhecida *stalker*, que se aproximava de mim, confusa. — O que ainda está fazendo aqui? Mason saiu da minha casa há duas semanas!

— Acha que eu não sei? — Ela cruzou os braços, empinando o nariz. — Segui Mason McDougal até aqui, hoje mais cedo.

Arregalei os olhos. Ouvi um som da buzina vindo da van, mas não dei um passo.

— Ele esteve aqui? Quando? E entrou em casa? — Comecei a fazer perguntas rápido demais.

— Calminha aí. Por que vou te responder? Você não cumpriu nosso trato da última vez.

— O quê? Que trato?

— Sobre o roqueiro bonitinho. — Ela pôs as mãos na cintura, parecendo enfezada. — Você me prometeu comentários no meu blog, e até agora nada!

Nossa, eu tinha esquecido completamente daquele trato. Piper disse que eu teria que ler as suas histórias, ou seja lá o que ela postasse naquele blog, e a recompensa seria ela não me fazer um interrogatório sobre Daniel.

— Desculpe, Piper — falei, me sentindo pressionada por causa do barulho da buzina que não parava. — Mas preciso ir logo! Me responde isso agora, que eu faço comentários em *todas* as histórias! Prometo! — Juntei as mãos, olhando nervosa para a van branca.

— Promete? — Ela me olhou de cima a baixo, não parecendo muito convencida.

— Prometo! Agora, me conta, rápido!

— O.k., o.k.! Mason veio até aqui hoje mais cedo.

O quê?! Hoje?! Ele esteve na minha casa?! O que diabos estava fazendo lá?!

Ronnie, fique quieta e deixe Piper terminar de falar!, me autorreprimi.

— Mas ele não entrou. — Os olhos azuis de Piper agora estavam cheios de pena. — Chegou a quase bater na porta, mas desistiu e foi embora com sua moto. Aliás, se eu não me engano, podia ser a moto do Ryan Johnson, porque a do Mason tem um adesivo que...

— Obrigada, Piper! — Acenei rapidamente e deixei-a lá, parada ao lado de casa. Corri para a rua e entrei esbaforida, e morta de vergonha, dentro da van. Que ótimo, já tinha começado bem com os amigos de Daniel, fazendo-os esperar.

Fui recebida com uma salva de aplausos e assobios. Minha cara estava um pimentão.

— Ei, ei, não encham o saco! — Daniel falou, fechando a porta atrás de mim.

Seu visual estava bem mais parecido com quando o conheci do que quando ele foi ao estúdio gravar a música. Seus cabelos castanhos estavam bagunçados na medida certa, seu pulso esquerdo tinha uma grande pulseira de couro preto e sua camisa preta do Green Day, estampada, em um verde néon, com alguns símbolos que eu não sabia o que significavam, realçava seus olhos esmeralda. Assim que ele me viu, deu um sorriso caloroso e me puxou para um abraço. Confesso que senti saudade daquilo. Estava havia um bom tempo sem falar com ele, e não trocávamos mais mensagens o tempo todo como antes. Mas aquele abraço me fez sentir como se tivéssemos voltado no tempo e nada tivesse acontecido.

Desisti de tentar achar o cinto de segurança no meio daquele amontoado de gente — deviam ter, no mínimo, umas vinte cabeças naquela van, que nem era tão grande — e me segurei no banco quando o motorista — que tinha a cara toda pintada de preto e vermelho e me deu um pouquinho de medo — acelerou com toda a potência.

— Sentiu saudade do Watson, Sherlock? — Daniel perguntou, piscando e sorrindo.

— Pior que sim. — Sorri também. — Desculpe não ter dado notícias, é que eu realmente precisava de um tempo...

— Ei, relaxa. Entendo perfeitamente. Só estou feliz que está tudo bem com você. — Ele olhou para minha bochecha, que não tinha mais a marca do soco. — Vamos deixar isso pra lá e aproveitar o show, beleza? — Ele ergueu a palma da mão para mim.

— Beleza. — E fizemos um *high five*.

Era melhor mesmo tentar não pensar em nada e só curtir meu primeiro show. Se bem que, com a informação que eu acabara de receber de Piper, aquilo não seria uma tarefa tão fácil...

Mas um dos amigos de Daniel que estava ao meu lado, um grandão com uma barba ruiva que o fazia parecer um viking, lhe deu um soco de leve e falou alto, me tirando dos meus pensamentos:

— Ei, Dan, seu mal-educado! Não vai nos apresentar a sua amiga?

— Ah, sim! — Daniel riu e começou a apontar para as pessoas e falar seus nomes.

Tentei associá-los ao máximo com alguma coisa física neles que chamasse atenção. Por exemplo, tinha o Roy, com uns cinco ou seis piercings na cara; o Jason, o viking do meu lado; o AJ, que tinha as unhas e os olhos pintados de preto; e a Kim, cujo cabelo tinha três cores diferentes: azul, verde e roxo.

Kim, que estava na frente, apoiou os joelhos na cadeira e se virou para nós, que estávamos na segunda fileira da van.

— E aí? Já foi a algum show do Green Day antes? — ela perguntou para mim.

— Não... Na verdade, esse é meu primeiro show... de qualquer banda.

— Você *nunca* foi a nenhum show? — Ela arregalou os olhos castanhos, depois virou-se para Daniel. — E você chama a menina pra ver o Green Day! Você é doido mesmo, Dan. — Ela riu.

Ergui uma sobrancelha.

— Por quê...? — perguntei, hesitante.

— Não é nada de mais, Kim! — Daniel falou. — Ignora, Ronnie, é um show de rock como qualquer outro. É só você não se misturar com pessoas estranhas.

Tarde demais para isso, pensei.

— Diz aí, Ronnie. — Roy, o cara dos quinhentos piercings que estava atrás de mim, me cutucou. — Qual música do Green Day é sua favorita?

Tentei pensar na quantidade bem limitada de músicas que eu conhecia da banda, e o número se limitou ainda mais na hora de lembrar o nome delas. A que eu realmente gostava era

"American Idiot". Eu sei, mais clichê impossível, mas o que o meu leigo conhecimento de rock poderia fazer? Falei com a cara e a coragem aquela mesmo.

— Alguma menos manjada? — Roy perguntou, puxando algumas risadas atrás de mim e me deixando vermelha da cabeça aos pés.

— Não enche o saco dela! — Kim rebateu. — Eu também adoro essa música, Ronnie. Aliás, EI, GALERA! — ela gritou, chamando a atenção de todos e cessando as conversas paralelas.

— Eu sugiro que a gente vá cantando "American Idiot" em homenagem à nossa integrante honorária! — E apontou para mim.

Foi muito gentil da parte dela, mas ainda estava morta de vergonha, agora ainda mais porque a atenção estava voltada para mim novamente.

Mas, para minha surpresa, todos começaram a cantar superempolgados, batendo palmas e tocando guitarras virtuais. Imaginei que esse fosse o motivo de a van estar balançando quando estacionada na frente da minha casa. Fui perdendo a timidez e comecei a cantar junto. É, apesar de aquele grupo ter umas figuras peculiares, eles eram bem legais.

O coro continuou a cantar outras músicas depois que a primeira acabou. Algumas, eu lembrava de versos soltos, outras, eu fiquei só no "Na na na", mas foi divertido da mesma maneira. Estávamos no meio de um solo de bateria, batucando nos assentos, quando Daniel nos chamou a atenção.

— Gente, gente! Fiquem quietos, rapidinho! — ele gritou, fazendo sinal com uma das mãos para eles pararem de batucar enquanto a outra levava seu celular ao ouvido. — Pode falar, sra. Viattora. — E voltou a sentar em seu lugar. — Sim, já é definitivo. A senhora viu? Sim, sim. — Ele fez uma pausa, ouvindo o que a pessoa do outro lado da linha tinha a dizer. — Conversei com seu sócio faz uma semana.

Daniel conseguiu fazer o povo não só ficar quieto, mas vidrar em sua conversa. Sócio? O que era definitivo? Sra. Viattora? Daniel tentou conter um sorriso — já tinha percebido os olhares cravados nele —, mas não conseguiu.

— Muito obrigado! Sexta-feira está bom? Ótimo! Até breve! — ele sussurrou um "isso!" com o punho erguido e guardou o celular no bolso.

—Alguém tem boas notícias — Jason falou.

— O quê? Eu? — Daniel perguntou, se fazendo de desentendido.

— Óbvio que é você, Dan! — Kim respondeu. — Pode contar, o que houve? E quem é a tal de Vitoria, Vifora, Vitarora, sei lá?

— Viattora — Daniel corrigiu. — Não posso contar agora porque não tenho nada confirmado ainda.

— Tem, sim — falou uma voz atrás de mim que eu não consegui reconhecer. — Um encontro com ela sexta. Pode falar, tá pegando? — E surgiram risadas.

— Não, animal — Daniel respondeu, rindo também. — Eu prometo que conto tudo quando tiver certeza de que está resolvido. Provavelmente na sexta vou saber.

Depois de mais algumas insistências dos amigos e da resistência de Daniel, o grupo resolveu parar e voltar a conversar como antes. Eu não disse uma palavra desde o telefonema de Daniel, que pareceu bem importante. Fiquei me perguntando o que havia acontecido. Pelo menos era uma boa notícia.

— Parabéns por seja lá o que você ganhou — falei para ele.

— Valeu, Ronnie. — Ele sorriu. — E, pode deixar, vou te contar quando souber em definitivo, o.k.?

De repente a lembrança do primeiro show dos Boston Boys me veio à cabeça. Lembrei de Mason todo alegre quando recebeu a notícia, mas, como ela não estava confirmada cem por cento ainda, não quis contar para mim. Vi o mesmo brilho nos olhos esmeralda de Daniel que vira nos azuis de Mason quando ele recebeu a notícia. Apesar da curiosidade, resolvi deixar quieto.

— Não se preocupe. Sou paciente.

— Mais do que eu, tenho certeza. — E ele me envolveu em um abraço. — Foi duro lutar contra a vontade de puxar assunto através de mensagens com você nessas duas semanas.

Senti o sangue subindo às bochechas com aquele comentário. Não sabia como responder. Lembrei do aviso que Jenny me dera, para ficar de olho em Daniel. Mas não dava para evitar. Estava me sentindo mais segura do que nunca naquele abraço.

Eram cinco e meia quando chegamos. A princípio só vi um mar de gente rodeando a entrada do TD Banknorth Garden, o estádio onde seria o show. Lá o que mais tinha eram jogos de basquete do Boston Celtics, mas aconteciam shows de vez em quando também. Um painel gigante com a foto do Green Day e informações sobre o show cobria boa parte da lateral da construção toda iluminada. Quando a van nos deixou, pude ver que os portões ainda estavam fechados e a multidão na verdade era uma "fila" — com muitas aspas — imensa esperando que eles abrissem. A maioria das pessoas eram semelhantes à galera da van, com suas camisas pretas, piercings e cores chamativas nos cabelos. Alguns grupos mais perto de onde a van parou estavam sentados comendo salgadinhos tamanho GG, mas a concentração lá na frente estava toda de pé, sem conseguir conter a animação. Engoli em seco ao ver que o grupo de Daniel passou direto pelas pessoas sentadas e partiu para a frente dos portões. Bom, em Roma com os romanos, certo?

Conseguimos nos infiltrar num lugar bem perto da entrada, sem sermos muito empurrados. Ficamos jogando conversa fora e comendo as balas que Jason trouxera em seus bolsos gigantes enquanto esperávamos. Mas de repente Kim puxou um assunto que eu realmente queria evitar:

— Ei, Dan, e o ingresso do Gabe? Você deu para alguém?

— Nossa, tinha esquecido do outro ingresso. — Daniel coçou a cabeça e se virou para mim.

Droga, o que eu ia fazer? Dizer que tive a ideia imbecil de dá-lo para seu atual pior inimigo, acreditando que ele realmente iria mudar suas atitudes? Daniel ficaria fulo da vida se descobrisse quem era a pessoa, ainda mais que ele resolvera nem aparecer. Aliás, seria decente da parte de Mason me devolver o ingresso depois de toda aquela confusão! No final das contas, o dinheiro do amigo de Daniel foi jogado fora! Tudo por causa de uma criancice!

— A culpa foi minha — falei. — Daniel disse que eu poderia chamar uma pessoa. Chamei minha amiga, mas ela teve que viajar de última hora... Então o ingresso acabou sobrando, desculpe.

Usei a carta Jenny dessa vez. Olha, minha capacidade de mentir estava melhorando cada vez mais. Não que isso seja algo para me orgulhar. Mas, naquele caso, foi bem útil.

— Relaxa, acontece — Daniel falou, despreocupado, e voltou a conversar animadamente com o pessoal. Ufa, ele nem suspeitara.

Depois de quase uma hora esperando, o mar de gente — que agora parecia mais o oceano Atlântico — se levantou, até os grupos de salgadinhos GG lá atrás, e senti pessoas começando a empurrar minhas costas. Os portões estavam abrindo.

— É AGORA!! — um amigo de Daniel berrou no meu ouvido, quase me deixando surda. — VAI ABRIR! VAI ABRIR!

Nem precisei do aviso do rapaz para saber que eles tinham aberto. Daniel segurou minha mão e foi correndo com o grupo em direção ao estádio. A euforia tomava conta do lugar. A multidão ia correndo para entregar os ingressos, pegar as pulseiras de suas respectivas sessões e encontrar bons lugares o mais rápido possível. Acho que, para nós, tudo isso aconteceu em cerca de dois minutos.

— Daniel! — falei, arfando, já na pista. — Você quase arrancou meu braço!

— Desculpa! — ele disse, com o rosto vermelho de adrenalina. — Mas olha a beleza de lugar que a gente pegou! Tá pertinho do palco! — Seus olhos brilharam.

O lugar era, de fato, ótimo. Tão perto que, se o baterista jogasse uma baqueta ali, alguém com certeza perderia o olho. Parecia tudo perfeito, mas estava me sentindo apreensiva. Kim dissera que Daniel era louco de me levar para ver o Green Day no meu primeiro show. Comecei a ver as pessoas à minha volta, empurrando e gritando, e um cheiro muito forte e esquisito pairava no ar. Já imaginava o que devia ser e vi como ninguém estava respeitando a regra do TD Garden de "Proibido fumar".

Daniel pareceu perceber minha cara de espanto em relação a tudo aquilo e segurou minha mão.

— Ei, fica tranquila. — Ele deu um sorriso caloroso. — Você vai se divertir, eu prometo. E não se preocupe, eu tô aqui. — Ele ergueu nossas mãos juntas, mostrando quanto estava perto de mim.

Envergonhada, agradeci e soltei a mão dele. Aquilo serviu para me acalmar um pouco. Mas não durou muito, porque, depois de um tempo, todas as luzes se apagaram e a plateia começou a berrar bastante. O som ensurdecedor de uma guitarra no amplificador do nosso lado mostrava que o show tinha acabado de começar.

8

Dois enormes jatos de fogo surgiram do chão de cada canto do palco, até quase alcançar o teto, jogando uma onda de calor em cima de nós. No centro, a banda apareceu, finalmente, deixando a plateia insana. Todos berravam muito, inclusive Daniel e seus amigos. O baterista bateu as baquetas quatro vezes, e eles começaram a tocar.

Considerando que o único show a que eu assisti ao vivo na vida foi o de estreia dos Boston Boys, em que nem na plateia eu estava, meu queixo estava no chão. Já havia assistido a vários no YouTube, mas era uma sensação completamente diferente estar lá, cantando, pulando, gritando! Por mais que me sentisse claustrofóbica às vezes com aquela muvuca, estava me divertindo bastante.

No fim da primeira música, Billie Joe, o vocalista — que Daniel teve a bondade de me lembrar o nome —, gritou para nós:

— Boa noite, Boston!!! Como estão hoje?! — Berros e mais berros foram a resposta da plateia. — Nossa próxima música é especial para as mulheres, vocês são todas gatas pra caramba!

Tá, admito que ele usou um termo um pouco mais chulo do que "Caramba". Mas deu para entender o espírito da coisa, né?

— Quero que todas cantem "She's a Rebel" comigo!

Kim, que estava atrás de mim, deu um berro tão agudo que, se eu tivesse um copo de vidro na mão, ele teria se estraçalhado. Ela agarrou e começou a sacudir meus ombros, e passamos a pular e gritar juntas, com todo mundo.

Depois de conversarem com a plateia — leia-se: eles perguntavam qualquer coisa e a plateia respondia com berros — e tocarem mais duas músicas, reconheci na hora a batida da próxima canção. Assim que a guitarra começou a acompanhar a bateria, percebi que, de fato, conhecia aquela. "Know Your Enemy". Meu estômago se embrulhou um pouco, e tentei afastar todas as lembranças que aquela música trazia.

Mas, aparentemente, o povo gostava muito dessa música. Tanto que começaram a empurrar e tentar chegar mais perto do palco. Procurei me manter firme no meio das dez pessoas que se jogaram na minha frente — entre elas, um cara de dois metros de altura, sem falar nos milhares de mãos que filmavam o show com seus celulares —, então ficou só *um pouco* difícil de ver.

Senti uma cutucada de leve. Estava pronta para falar de um jeito bem malcriado que não iria deixar mais ninguém passar na minha frente, mas quando virei vi que era Daniel, agachado, sorrindo para mim.

— Sobe aí!

— O quê? N-não, não precisa... — falei, imediatamente corando.

— Vem, você não tá vendo nada!

Bom, eu queria muito ver o show, e, mesmo naquele lugar bom, as mil cabeças e mãos na minha frente estavam impedindo a mim e a meu um metro e cinquenta e cinco de assistir. E Daniel estava oferecendo a oportunidade perfeita.

— Tem certeza? Não quero te machucar nem nada...

— Ronnie, você deve ter o peso de duas plumas. Vem!

Seria quase indelicado recusar aquela oferta, não? Assenti com a cabeça, subi em seus ombros, e ele me levantou. Nossa! Quase dei uma de Rose, do Titanic, e gritei "Sou a rainha do mundo!", mas me controlei. Nem dava para acreditar quanto eu estava no alto! Com a animação, me desequilibrei um pouco e agarrei a primeira coisa que senti firmeza abaixo de mim e gritei:

— Daniel, olha! O Billie está aqui pertinho! — Apontei, alegre como uma criança.

— Muito legal, Ronnie! — A voz dele soou meio sufocada.

— Só não agarra o meu pescoço, por favor...

— Desculpe! — Larguei-o, me equilibrei e comecei a bater palmas junto com a música. Isso que dá ser leiga em shows. Nem me ajeitar direito, eu conseguia. Mesmo assim, foi muito divertido!

No fim da música, pedi para Daniel me descer, por dois motivos: primeiro, ele já tivera a doçura de me carregar por uma música inteira; e, segundo, estava com medo de dar uma de leiga idiota novamente e acabar caindo para trás.

— O.k., pessoal! — Billie Joe gritou. — Quem aqui conhece a música "State of Shock"?! — Adivinha? Berros. — E quem aqui *sabe cantar* "State of Shock"?! — Mais berros. — O.k.!!! Quem quer subir aqui e cantar com a gente?!

E a histeria se elevou à décima potência. Peraí, ele ia mesmo chamar alguém para cantar com ele no palco?! Era o máximo, sim, mas e se ele chamasse sem querer uma psicopata como Piper Longshock? Seria "Adeus, Green Day". Se bem que ele parecia ser tão doido que nem se importaria, e já devia fazer aquilo havia muito tempo.

— Vamos escolher alguém pra vir aqui!!! — ele gritou.

Nesse momento começou o empurra-empurra. Todo mundo que estava mais para trás foi chegando para a frente, por motivos óbvios, querendo subir no palco. Só que eles pareciam ignorar uma certa lei da física que diz que dois corpos não ocupam o mesmo lugar. Tentei dar meia-volta para sair daquela confusão, mas não consegui ir contra o fluxo. Olhei para os lados, procurando algum rosto conhecido na multidão, e deparei com um que fez meu corpo inteiro congelar.

Nossos olhares se encontraram por apenas alguns segundos antes que ele virasse o rosto e eu o perdesse de vista, mas tinha quase certeza de que era... Não, não podia ser. Ele não poderia ter vindo. Em estado de choque, me deixei ser levada pela multidão, até que senti uma mão agarrando meu braço e me puxando para fora da muvuca.

— Ronnie, não some assim! — Daniel falou, ainda me segurando. Parecia preocupado. — Por que estava parada enquanto aquela galera toda passava por cima de você?

Sacudi a cabeça, ainda atônita.

— Eu... me distraí.

— Fica ligada, o.k.? Tem gente esquisita aqui, não sai mais de perto de mim, está bem? — ele disse, sério.

— O.k. — falei, mas eu que não iria segui-lo para ser espremida contra a grade, que era para onde eles estavam tentando ir.

Billie Joe acabou escolhendo uma garota da primeira fileira — não, não foi Kim, que empurrava para longe todos que tentavam passar na sua frente —, fazendo a muvuca se acalmar um pouco. A menina estava toda suada e hiperativa, usava uma camisa com o rosto dos integrantes da banda estampado em vermelho e correntes pelo corpo inteiro. Billie chegou bem perto dela — fazendo a plateia quase arrancar os cabelos de inveja —, e os dois cantaram a música juntos. Olha, não é que, para uma fã insana e desesperada, a menina até que era afinada?

— Como eu queria estar no lugar dessa garota! — Daniel reclamou para nós.

Mas Billie fez algo que levou a plateia ao delírio: deu um BEIJO na garota! E não foi um selinho, tipo beijo técnico, foi *intenso*! Fiquei boquiaberta.

— O.k., esquece o que eu disse — ele continuou, levando o grupo inteiro às gargalhadas.

E, quando eu achava que esse ser humano não seria capaz de me surpreender ainda mais, ele fez algo inesperado. Esse cara não era lá muito normal, né? Enfim, achei que foi a coisa mais louca da noite, que fez as meninas, que já estavam praticamente roucas, berrar e soltar todo o ar que tinha sobrado em seus pulmões. Billie Joe virou de costas e *baixou a calça* no meio do palco. O cara baixou a calça. No meio do palco. Por acaso isso é normal em todos os shows de rock?! Um hábito bem peculiar, não? Os Boston Boys em seu próprio show pareciam santos depois daquele acontecimento.

— Posso morrer feliz agora! — Kim falou, se derretendo toda.

— Meu... Deus... do céu. — Foi tudo o que consegui dizer. Não dava para... NÃO ficar sem encarar aquilo.

Depois disso, ele cobriu o bumbum, que estava de fora, vestindo a calça novamente, e voltou a tocar como se aquilo fosse a coisa mais natural do mundo. E a plateia só berrando, só berrando.

O show já estava no fim, pois Billie avisou que aquela seria a última música. E qual era a música? "American Idiot"! Uau! A música que eu poderia cantar a letra toda! Apesar de ter sido um ótimo show, já estava cansada de pular e ficar tanto tempo em pé, então fiquei feliz de aquela ser a última canção. Seria um encerramento perfeito.

Seria perfeito, mas não foi. Aliás, foi o oposto disso. Eu pensei que nada iria me atrapalhar na hora de cantar e pular alegremente e aproveitar o final do show. Mas não foi isso que aconteceu. Esse finalzinho, na verdade, foi o momento em que... *tudo* aconteceu.

9

A princípio, tudo estava indo bem. Eles começaram a tocar, e a plateia gritava feliz. De repente, umas sete pessoas que estavam mais para a frente saíram desesperadamente de lá e foram abrindo caminho entre o pessoal que estava mais atrás, para sair. Não entendi bem o motivo, mas vi um rapaz e uma garota ofegantes pedindo licença e com expressões de dor no rosto. Só que eles se meteram bem entre mim e Daniel, fazendo eu me separar dele.

Antes que eu pudesse me perguntar o motivo de aqueles dois terem se machucado, senti um empurrão nas costas que quase me fez cair. Atordoada, fui ver quem tinha sido o infeliz que me empurrou daquele jeito, mas atrás de mim só tinha a multidão, que agora chegava cada vez mais para a frente, para ocupar o lugar daquele grupo que saiu esbaforido de lá. Não sei se o grupo de Daniel foi empurrado ou se foi se enfiando lá na frente, mas em um piscar de olhos eles haviam sumido.

Ah, não. Senti uma onda de pânico me rondando.

Tentei erguer a cabeça para procurá-los, mas o empurra-empurra tinha começado novamente. Só que, dessa vez, ele foi muito mais forte. Fui conduzida até um grupo de vários caras sem camisa se batendo, rindo e berrando. Desesperada, tentei me enfiar em qualquer espaço para sair de lá e voltar a encontrar Daniel, mas para qualquer lado que eu ia me empurravam, pisavam no meu pé ou soltavam fumaça na minha cara. Parecia que aquele grupo de caras só aumentava, e cada vez eu era jogada de um lado para o outro.

Uma cotovelada na barriga me fez cair de joelhos, sem ar. Lutei para não ser pisoteada — sem sucesso, pois uma bota altíssima fincou o salto na minha perna, o que me fez quase não conseguir mais andar. Tonta, tentando respirar fundo, com a perna latejando e a cabeça doendo, estava quase desmaiando no meio daquela multidão. Sabia que seria meu fim se eu caísse de vez naquele meio. E de repente eu acordei. Uma descarga de adrenalina correu por minhas veias quando senti uma mão segurando a minha e puxando meu braço com tanta força que ele estalou.

— Ei! — gritei, assustada. — Me solta! Me deixe em paz!

Não conseguia ver quem estava me puxando, porque estava muito escuro. Por um momento de esperança pensei que fosse Daniel, mas ele não tinha vindo com um casaco preto e um capuz, como a pessoa que me puxava.

Debatendo-me e tentando me desvencilhar, mal percebi que estava sendo levada para fora da muvuca. A pessoa não disse nada, só continuou firme me puxando, até que chegamos a um local na extrema direita do TD Garden, uma porta que dizia, em um vermelho chamativo: "Saída de emergência".

Nunca fiquei tão aliviada ao sentir ar fresco na vida. Precisava daquilo. Já do lado de fora daquele estádio, apoiei as mãos nos joelhos e pude respirar fundo. A pessoa que me puxou, já tendo me soltado, se encontrava na minha frente, de costas para mim. O casaco e o capuz contribuindo para o mistério de sua aparência. Agora tinha entendido. Fui puxada daquele jeito para sair da multidão que estava me sufocando. Me senti até um pouco mal por ficar batendo na pessoa e gritando para que me soltasse.

— Obrigada... — falei sem jeito. — Por me tirar de lá.

— De nada. — Ouvi uma voz masculina, falando baixinho, e meu coração deu um pulo. — Não queria ter te assustado. Você está bem?

— Estou. — Meu ouvido estava chiando, meu corpo inteiro doía, e eu estava prestes a vomitar, mas, tirando aquilo, estava numa boa. Podia ser pior, eu poderia ter perdido um membro, sei lá.

— Que bom... Eu... hã... vou indo, então.

E ele começou a andar em direção à rua com as mãos nos bolsos do casaco, mas parou quando eu voltei a falar:

— Sabe... Uma vez eu confundi uma pessoa desconhecida com um amigo. Quase paguei caro por isso. — E fui me aproximando lentamente. — Mas... acabou que esse amigo me salvou, no último minuto. — O corpo dele se enrijeceu, mas ele não disse nada. — E depois daquele dia... — continuei, tocando de leve em seu ombro — ... nunca mais me esqueci da voz dele. Nunca mais eu o confundiria com nenhuma outra pessoa. — Dito isso, abaixei seu capuz, revelando seus cabelos dourados. — Obrigada, Mason.

E aquelas últimas palavras o desestabilizaram por completo. Ele se virou para mim, a expressão abatida, o lábio tremendo e os olhos azuis cheios d'água.

Mesmo tendo-o reconhecido no momento em que ele abriu a boca e disse "de nada", fiquei surpresa com seu rosto. Não estava nada parecido com o que eu via na televisão, nas sessões de fotos, nem mesmo pessoalmente em casa. Nunca havia visto Mason daquele jeito, nem mesmo quando fomos ver o sr. Aleine.

Depois de alguns segundos em silêncio, com os olhos cravados um no outro, Mason conseguiu falar, com a voz trêmula:

— Eu prometi a mim mesmo que iria te deixar em paz de vez, que não ia te atrapalhar. Eu não merecia ter vindo, muito menos estar falando com você agora. — Ele fez uma pausa, depois continuou: — Eu até fui hoje à sua casa te devolver o ingresso, mas não tive coragem de entrar. Eu sou um bosta mesmo.

Estava explicada a ida dele até minha casa que Piper flagrara hoje mais cedo.

— Eu vim porque... sei lá, achei que reuniria coragem para te falar uma coisa.

— O quê? — perguntei, meu coração disparando.

Ele respirou fundo. E disse:

— Ronnie... Eu quero me desculpar. Por tudo. Por causa do Daniel, por ter gritado com vocês, por ter perdido a cabeça, por... ter te dado aquele soco... — Ele soluçou, contendo as lágrimas que estavam prestes a cair. — Por ter sido o maior imbecil da face da Terra. Por causa de uma inveja idiota eu acabei afastando e magoando todo mundo que é importante para mim. Principalmente você.

Lembrei de Jenny falando sobre as inseguranças de Mason. Agora dava para ver bem claramente que ela estava certa. E, puxa, para alguém que nunca sequer me elogiava, ouvir que eu era importante para ele me trouxe um calor ao peito.

— Você tem todo o direito de não querer olhar na minha cara nunca mais, mas se você me der só mais uma chance... — ele segurou meus braços — ... eu juro que nunca mais faço você sofrer desse jeito. Nem de nenhum outro. — Ele se aproximou ainda mais. — Eu quero voltar para sua casa, Ronnie.

Não sabia o que dizer. Em um minuto estava sendo espremida num mar de gente roqueira, em outro Mason estava abrindo seu coração para mim e mostrando que havia se arrependido. Que montanha-russa emocional tinha sido aquele dia!

— Não se sinta pressionada a tomar nenhuma decisão agora. Eu nem acho que mereço ser perdoado assim, logo de cara. Só quero que pense a respeito. — Ele me soltou e se afastou um pouco.

Tentando pensar em algo a dizer depois daquilo, acabei perguntando:

— Mason... Quando foi que... você finalmente percebeu a maneira horrível como estava agindo?

Ele deu um sorriso triste.

— No momento em que você disse que nunca mais queria me ver.

Mordi os lábios, depois respirei fundo, com o coração inquieto.

— Você promete... mesmo, isso que falou?

Seus olhos se fixaram em mim novamente.

— Eu prometo.

— Então... hã... acho que está tudo bem... você voltar... para minha casa.

Ao ouvir aquilo, o rosto dele, que estava completamente pálido, pareceu ganhar uma nova cor. Seus olhos, que estavam cinza, agora brilhavam no azul-piscina de sempre. E ele abriu um sorriso tão sincero, tão feliz, que por um momento esqueci toda a dor e cansaço que estava sentindo.

— Quer dizer que... você me perdoa?

— Se não me der mais motivos para não perdoar, sim — falei, abrindo um sorriso.

Emocionado, Mason me envolveu em um abraço forte, tirando meus pés do chão por um momento. Que sensação boa! Como era bom poder confiar nele novamente! A quem eu estava enganando? Estava com saudade daquele folgado mimado insuportável.

O *meu* folgado mimado insuportável.

Aquele momento pareceu durar uma eternidade. Tinha esquecido praticamente de tudo ao meu redor. Mas meu celular que começou a vibrar freneticamente no bolso da minha calça me vez voltar à realidade. Mason o sentiu também, e me soltou, rindo.

Tirei o celular do bolso e li "Daniel" no visor do celular.

Opa.

Pobrezinho, devia estar louco de preocupação. Olhei para trás e vi as portas de saída do estádio todas abertas e o povo começando a ir embora. Daniel devia estar entre eles.

— Alô?

— Ronnie! — ele disse, desesperado. — Finalmente você atendeu! Eu te liguei umas cinquenta vezes! Quase me matou de susto!

— D-desculpe... — Senti como se estivesse levando um sermão da mamãe. A culpa não era minha se eu quase morri sufocada e pisoteada por um bando de insanos!

Pensei que era melhor nem mencionar aquele fato para Daniel; ele poderia ter um ataque cardíaco.

— Onde você está?

— Estou na... — Tentei procurar alguma placa que indicasse onde eu estava. — Saída C1, do lado do estacionamento.

— O.k., não sai daí! Já vou te encontrar! — Ele desligou.
Guardei o celular — depois de ver que tinha exatas treze ligações perdidas — e voltei para Mason.

— É Daniel. Ele... está vindo pra cá — falei sem jeito.

— Imaginei — Mason respondeu, assentindo com a cabeça.

Depois de mais ou menos um minuto e meio de silêncio constrangedor, avistei Daniel e sua camisa brilhante vindo em nossa direção, dando passos rápidos. Engraçado, Mason e eu tínhamos tanto para conversar, mas não conseguimos dizer mais uma palavra depois daquela ligação.

— Ronnie, você está bem?! — Daniel gritou, ofegante, quando chegou até mim.

— Estou, sim!

— O que aconteceu?!

— Hã... — olhei para meus sapatos — ... a gente só se afastou, né? Acontece nos shows. Foi aquela rodinha punk que me jogou para um lado e para o outro. Mas, sério, estou bem. Inteira.

— Ergui os polegares.

Daniel conseguiu relaxar um pouco.

— Que bom que está bem, pelo menos. Tenta não desaparecer mais, viu, cabeção? — E deu um sorriso.

— Pode deixar. E, na verdade, prefiro "Sherlock".

Daniel riu. Que bom que consegui deixá-lo menos preocupado.

— Você ficou sozinha esse tempo todo?

— Na verdade... — Mordi os lábios, depois apontei com a cabeça para Mason, que estava ao meu lado, mas cuja presença Daniel, em seu surto de preocupação, nem percebeu. — Masonmeioquemeajudou — falei rápido.

— O quê?! — Daniel olhou para onde eu estava apontando e arregalou os olhos.

— Ei. — Mason fez o sinal de "paz" com os dedos.

— O que *ele* está fazendo aqui? — Daniel, agora bem incomodado, perguntou.

— *Ele* — falei, no mesmo tom — queria te dizer uma coisa. Não queria, Mason? — Olhei para ele.

Era agora. A prova máxima de que Mason deixaria seu orgulho de lado para que eu finalmente pudesse confiar nele outra vez. Deixei isso bem claro com o olhar que lhe direcionei, caso ele mudasse de ideia e pirasse outra vez.

— S-sim. — Hesitante, Mason encarou Daniel e começou: — O.k... Bem, eu... eu te devo desculpas. Muitas desculpas. Eu fui um completo babaca. Desde que te conheci eu só te tratei mal e... queria muito que me perdoasse por isso. — Mason suspirou. Aquilo devia ser BEM difícil de admitir. — O motivo de eu ter sido grosso assim com você foi... foi...

— Foi...? — Daniel perguntou, erguendo uma sobrancelha.

Tentando sem sucesso esconder seu incômodo ao dizer aquelas palavras, Mason continuou:

— Foi porque eu me senti intimidado por você! Pronto, falei! — Era como se ele tivesse acabado de despejar algo que estava entalado em sua garganta havia muito tempo. E que devia ter um gosto horrível.

Daniel sorriu, satisfeito. Era tudo o que ele queria ouvir. Por um momento pensei que seu lado competitivo iria aflorar e ele apontaria o dedo na cara de Mason e começaria a rir freneticamente, gritando "eu venci!", mas, por sorte, Daniel era uma pessoa madura e controlada, diferente da minha imaginação.

— Você realmente se sentiu intimidado? — ele perguntou, cruzando os braços. O.k., ele era humano, claro que iria aproveitar aquele momento.

— É... sabe... você veio e ficou amigo de todo mundo tão rápido...

Ele ficou MEU amigo, os outros o trataram como se fossem lobos prontos para devorar um pobre e indefeso carneirinho, pensei, mas não quis estragar seu discurso.

— Achei que você queria me substituir. Mas agora percebi que nunca foi sua intenção. Você até que é... um cara legal.

— Obrigado — Daniel respondeu, tão surpreso quanto eu com aquela revelação.

— Então... pode me perdoar?

— Bem... — Daniel pensou um pouco, depois olhou para mim. — Ronnie, você o perdoou?

— Eu? — Apontei para mim mesma. Não estava esperando por aquilo. — Hã... perdoei.

— Está bem. — E ele se voltou para Mason. — Eu te perdoo.

Os dois sorriram e apertaram as mãos. Um pouco forte demais. Analisei seus rostos e percebi que nenhum dos dois estava confortável fazendo aquilo.

— Vocês ainda se odeiam, né? — perguntei.

Mason e Daniel soltaram as mãos e não disseram nada por alguns segundos. Depois começaram a pensar na pergunta e responderam:

— Eu não diria *odiar*, é uma palavra forte... — Daniel começou.

— Eu diria... *não simpatizar* — Mason continuou.

— É uma boa definição.

— Olha só, concordamos em alguma coisa.

— Pois é!

E os dois sorriram e deram um *high five*. Bati na testa. Todo aquele momento de desabafo tinha ido por água abaixo. Quer dizer... não, serviu para alguma coisa. Mason finalmente conseguira admitir que estava errado, e Daniel não guardou rancor. Mas, quando não se simpatiza, não tem muito que fazer, né? Garotos... Pelo menos eles teriam uma convivência pacífica daqui para a frente. Eu acho.

Nesse momento, alguns dos amigos de Daniel nos chamaram e vieram ao nosso encontro. Avistei Kim e Jason e mais outros rostos aleatórios suados e muito alegres.

— Ai, que bom que o Dan conseguiu te encontrar! — Kim falou. — Você sumiu, garota!

— Tive um pequeno contratempo — respondi, sorrindo. — Mas já está tudo bem agora, certo? — E lancei um olhar para Mason e Daniel.

Os dois entenderam o recado e responderam em uníssono:
— Certo.

Kim e os outros garotos se entreolharam, confusos.

— O.k., não sei o que rolou aqui, mas tanto faz. — Ela continuou: — Estamos todos mortos de vontade de ir comer uns cheeseburgers, vocês topam?

O ronco no meu estômago falou por si só. Eu topava fácil. Tinha certeza de que Daniel também. Agora faltava a terceira pessoa...

— Bem... eu nunca recuso um cheeseburger — Mason falou, um pouco tímido. Que graça vê-lo longe de sua zona de conforto, cercado por pessoas que nem deviam saber quem ele era, porque aquele grupo não fazia o estilo "fã de *boybands*". — Tem espaço para mais um?

Daniel olhou para mim, depois para Mason. Para Mason, depois para mim.

— Por que não? — Ele deu de ombros.

Mason e eu sorrimos.

— Ei, Ronnie — Kim cochichou no meu ouvido enquanto caminhávamos em direção à van. — Você conhece esse garoto, né? Não é um mendigo ou coisa parecida...?

Tapei a boca para não soltar uma gargalhada. Não era todo dia que o grande astro Mason McDougal era confundido com um mendigo faminto.

— Relaxa, ele é meu amigo.

E Daniel, seus amigos, Mason e eu partimos em direção ao Burger King mais próximo. Entre batatas, nuggets e cheeseburgers, os dois ficaram numa boa. Aliás, nós três ficamos.

Mas, mesmo assim, ainda havia várias questões a serem respondidas. Daniel havia de fato saído de *Boston Boys*? Mamãe e Marshall iriam dar um jeito de enfiar outro garoto na série e aquela odisseia toda se repetiria? Espera, ainda tinha a tal notícia que Daniel queria me dar, mas estava esperando tudo ser confirmado para me contar!

Aquilo era a prova de que, não importava quanto as coisas pareciam estar normais, sempre teria mais confusão na vida de alguém envolvido com os Boston Boys.

Mas, sinceramente, não gostaria que minha vida fosse de nenhum outro jeito.

10

Tinha chegado a hora. Sabia que não podia evitar aquilo para sempre. Eu havia me comprometido, e era uma pessoa de palavra, então precisava cumpri-la, apesar de não saber ao certo no que estava me metendo. Decidida, respirei fundo, preparei tudo que era necessário para aquilo e me sentei.

— Tem certeza de que vai fazer isso? — Mary perguntou, com as mãos fincadas no meu ombro.

— Tenho — falei, convicta. — Vamos acabar logo com isso.

Digitei as palavras no navegador e apertei "Enter". Agora não tinha mais volta.

E, diante de nós, uma luz surgiu na tela. Em seguida, lemos no topo da tela o título O mundo de Longshock, em letras grandes. Embaixo dele, havia caixas de texto que determinavam as categorias do blog de Piper, como "Fotos", "Resenhas", "Diário"…

Eu iria cumprir a promessa que fizera a Piper sobre ler suas histórias em troca de ela não me fazer um interrogatório sobre Daniel. Nos valemos de um dia que estávamos de bobeira no estúdio — cujo prédio inteiro havia sofrido um apagão, causando atrasos em todo o cronograma de mamãe — para entrar no blog dela. Aproveitei que Mary não tinha nenhuma gravação para prestar atenção no momento, para ela me ajudar a encontrar as tais histórias. Ficamos na salinha onde normalmente os meninos descansam entre as gravações ou comem alguma coisa e, mesmo com a porta fechada, ainda conseguíamos ouvir os gritos de mamãe com o atendente da companhia de energia ao telefone.

— Deixa eu ver... É aqui que tem que clicar — Mary falou, apontando para uma das caixas de texto.

Estranhei quando li o que estava escrito.

— "Fanfics"? O que isso tem a ver com Boston Boys?

Mary revirou os olhos.

— Está brincando, né? O que acha que *fanfics* são?

— Ora... São aquelas histórias que os fãs criam com personagens de filmes, livros e... — de repente, me senti uma anta por não ter pensado naquilo antes — ... séries de TV.

— Bingo! — Mary sentou do meu lado no sofá, esfregando as mãos. — Ah, isso vai ser bom! Com a cabeça doida dessa garota, quero só ver o que ela escreve!

Estava mais assustada do que animada como Mary, vou admitir. Eu conhecia Piper. Óbvio, era impossível saber o que se passava naquela mente perturbada, mas coisa boa eu sabia que não era.

Quando cliquei na tal aba de fanfics, uma página com vários links apareceu. Os links eram os títulos de suas histórias (caramba, eram muitas! Por que prometi comentar todas mesmo?!) e novamente estavam divididos em categorias. Só que essas já eram um pouco diferentes...

Enquanto descia pela página, fui lendo o nome das categorias: "Mason McDougal", "Henry E. Barnes", "Ryan Johnson"... Até aí tudo bem, era só o nome dos garotos. Só que, conforme fui descendo, comecei a ver "Mason e Henry", "Mason e Ryan", "Ryan e Henry", "Mason, Ryan e Henry"... e algo me dizia que não eram histórias de três amigos indo tomar sorvete no parque.

— E aí, qual você vai ler?

— Hum... — Segui minha intuição. Fui na categoria "Ryan e Henry" e escolhi a terceira história, intitulada "O destino é irresistível". Ai, meu Deus, no que eu estava prestes a me meter?

Era uma história de poucos capítulos, que se passava em um universo alternativo em que Ryan era um professor de educação física e Henry um professor de matemática, e ambos davam aulas na mesma escola. Com o tempo eles iam descobrindo que um poderia ajudar o outro em suas dinâmicas com os alunos, que tinham mais em comum do que pensavam, conversa vai, conversa vem, e, pronto, eles se apaixonavam.

Fui passando as páginas, e Mary e eu não dizíamos uma palavra. Não achava que uma fanfic de uma maluca *stalker* de Boston Boys seria o tipo de literatura que me prenderia tanto. Não acredito que vou dizer isso, mas... a história era legal! Os personagens eram bem construídos, a escrita era boa, as situações, inesperadas... Uau! Piper tinha talento! Um talento assustador e esquisito, mas, mesmo assim, era um talento!

Estávamos na metade do capítulo 4 quando a luz voltou. Ouvimos os suspiros aliviados de toda a equipe na sala ao lado. Imaginei como o rapaz que estava ao telefone com mamãe esse tempo todo também ficara aliviado, e deveria estar agradecendo aos céus por não precisar mais ficar com uma mulher à beira de um ataque de nervos gritando com ele.

A porta atrás de nós se abriu abruptamente, me fazendo ter um sobressalto.

— Ei, Pequenininha! Vamos voltar a gravar agora. Quer ir lá assistir?

E, para minha surpresa, Mary respondeu:

— Já vou, Ryan. Vou só acabar de ler isto aqui.

— O.k. — Ele se aproximou de nós e da tela do computador.

— O que estão lendo?

— Nada! — Me apressei em fechar a tela do laptop. Se algum deles me pegasse lendo histórias doentias sobre eles, e pior, *gostando* delas, seria o fim da minha reputação. Mas não me toquei que seria muito melhor eu inventar que estava lendo um artigo sobre a economia do Líbano ou algo do tipo, do que ter feito o que fiz. Nada deixa uma pessoa mais curiosa do que não deixá-la ver o que se está vendo.

— Ah, deixa eu ver! Por favor! — Ryan entrou no modo "criança de onze anos fazendo biquinho". Já imaginava com quem ele devia ter aprendido aquilo.

— Não é nada de mais! — falei, atrapalhada.

— Se não é nada de mais, por que eu não posso ver? — Ele se virou para sua maior confidente. — Pequenininha, o que é?

Encarei Mary com súplica nos olhos, mas ela parecia estar se divertindo com aquilo.

— Não sei se posso contar, Ryan... Isso aí é coisa da Ronnie...

Pequeno demônio, pensei, me sentindo traída por minha irmã falsa.

E, para piorar a situação, Henry e Mason entraram na sala logo em seguida.

— Ryan, estão chamando a gente. Por que está demorando?

— Foi mal, só queria ver um negócio que a Ronnie está escondendo...

E os dois olharam para mim de sobrancelhas erguidas.

— O que ela está escondendo? — Mason perguntou, logo ficando interessado.

— Não é da conta de vocês! — Me levantei, irritada.

— Esqueceram de uma palavrinha chamada *privacidade*?!

— Então por que está vendo aqui, em um estúdio cheio de gente? — Mason rebateu.

Droga. Ele tinha razão. Que ideia imbecil ver o blog insano de Piper longe das quatro paredes do meu quarto.

— Ei, gente — Henry falou. — Vamos deixá-la em paz. Se ela não quer mostrar, não mostra. Sejamos adultos.

Fiquei espantada ao ouvir aquilo, mas que bom que pelo menos um deles resolveu agir de modo maduro.

— Obrigada, Henry.

Estiquei o braço para pegar o laptop que tinha deixado no sofá, mas ele não estava mais lá.

— Onde está... — Não precisei nem procurar. — Não!

Tarde demais. No microssegundo em que me virei para agradecer a Henry por não ser um bisbilhoteiro, Mason pegou o laptop e agora já o tinha aberto nas mãos. Sua expressão foi evoluindo de confusa a intrigada, depois ele começou a rir.

— Srta. Veronica, sua danadinha!

Desgraçado.

— Argh! — Minhas bochechas começaram a queimar. — Eu posso explicar!

Mas ele não me deu ouvidos. Para piorar a situação, começou a ler em voz alta, fazendo uma interpretação exagerada:

— "As mãos de Henry foram acariciando lentamente os cabelos daquele tímido professor de educação física. Ele sentiu que estava sonhando, sabia que era errado estar ali com Ryan, naquele vestiário masculino após a aula, mas não se importava. Era lá que ele pertencia ao seu amado".

Arranquei o laptop da mão de Mason, que começou a gargalhar tão alto a ponto de se contorcer. Mary não aguentou e o acompanhou no ataque de riso. Ryan e Henry, por outro lado, me encaravam como se eu tivesse acabado de espancar um bebê.

— Por que as pessoas sempre criam lances estranhos comigo e o Henry? — Ryan choramingou, franzindo a testa.

Henry se aproximou de mim, confuso, tentando achar algo para dizer.

— Ronnie... hã... por que... estava lendo essa... coisa?

— Não é o que parece... — Cheguei a um ponto em que comecei a rir de nervoso. — Eu prometi para a autora que leria, foi só isso!

— Mas você parecia estar lendo superintensamente — Mason falou, recuperando o fôlego. — Estava gostando, não é?

— Francamente! — Bati os pés. — Não sou obrigada a responder isso. Vocês não têm uma cena para gravar, não?!

Nesse momento, Karen abriu a porta da sala, impaciente.

— Dá para ouvir vocês do outro lado do estúdio! O que estão fazendo? A Suzie está chamando!

— Por favor, mostra para a Karen, Ronnie! Por favor! — Mason pediu, animado.

— Não! — Henry e Ryan disseram em uníssono.

Karen estranhou aquele comportamento.

— Mostrar o quê?

— Uma história de amor que a *stalker* de vocês criou sobre Henry e Ryan! — Mary respondeu.

— Ah, que gracinha, meninos! — Karen levou as mãos ao peito, piscando os olhos carregados de maquiagem. — Sempre achei que vocês combinavam.

Se eu não tivesse acabado de ser tachada como "a pervertida que lê fanfics sobre pessoas reais", teria rido com o comentário de Karen, assim como Mason e Mary fizeram. Mas Henry e Ryan nem sequer esboçaram um sorriso.

— Podemos não falar sobre isso, nunca mais? — Henry falou, irritado.

— Concordo — Ryan respondeu.

De repente, lembrei das outras histórias de Piper e pensei que Mason merecia sofrer um pouquinho também, depois de envergonhar quase todos naquela sala.

— Ei, você não devia estar rindo tanto, ela escreveu umas histórias esquisitas sobre você também.

Mas ele teve exatamente a reação oposta que eu achei que teria. Apenas cruzou os braços e me encarou com um olhar malicioso.

— Gosta de ler histórias esquisitas sobre mim, Ronnie?

Rosnei, com vontade de esganar seu pescocinho. Fui até ele e comecei a empurrá-lo em direção à porta da sala.

— Sai daqui, vai gravar que você está precisando! Vai, vai!

Estava quase fechando a porta quando Karen, que estava na frente, parou ao ver algo em seu celular, exclamando, surpresa.

— Não acredito!

Henry, que estava logo atrás, acabou trombando nela, quase causando um efeito dominó nos outros. Karen abriu passagem e voltou para a sala de descanso. Analisava a tela de seu celular com capa de cristais Swarovski verdes com uma expressão embasbacada no rosto.

— O que houve? — Henry perguntou.

Ela o ignorou e veio direto até mim.

— Você sabia disso?!

E ela me mostrou a tela de seu Facebook, que continha uma foto cujo título em prateado era: BOSTON ACADEMY — ESTREIA EM BREVE. Acima dele se encontravam cinco adolescentes que pareciam ter nossa idade, sorrindo, três meninos e duas meninas.

No meio deles estava Daniel, segurando uma guitarra.

Eu sabia daquilo, mas Daniel tinha pedido que não contasse a ninguém. A tal sra. Viattora, que ligou para ele no dia do show semanas atrás, era a diretora desse novo programa, Boston Academy, e estava selecionando atores para o elenco, e ele passou. Daniel não só havia saído de Boston Boys; ele tinha trocado de série e se tornado o personagem principal.

E foi isso. O fim da breve participação de Daniel Young em Boston Boys. Agora, como eu ia explicar aquilo para seus novos "rivais"? Porque, afinal, ele havia entrado em uma série que passaria no mesmo canal, para o mesmo público e com pessoas da mesma idade.

— Hã... bem... eu...

— Espera, eu conheço essa garota de algum lugar... — Henry falou, me cortando, apontando para uma das meninas na tela. Admito que fiquei aliviada.

— Verdade. Ah, claro! Ela é aquela famosinha das redes sociais — Mary respondeu, analisando a tela.

Pessoas famosas de redes sociais, traduzindo: pessoas que gostam de documentar cada segundo de sua vida perfeita, com amigos, roupas, cabelo e lugares perfeitos. Aquelas pessoas que podem postar "hoje eu tirei meleca" e vão ganhar milhões de curtidas, retweets etc.

Mas a garota era realmente bonita. Seu cabelo era castanho perto da raiz e loiro nas pontas, curto, com uma franja jogada para o lado; seus olhos eram castanho-claros e sua pele era morena. Usava um vestido branco de alças bem colado, favorecendo seu corpo magro. Só faltava escrever "I love LA" na testa para parecer ainda mais californiana.

— Essa vaca! — Karen bateu o salto alto no chão, encarando a tela do celular com ódio.

Nossa! Eu entenderia se alguém dissesse isso de Daniel por ter trocado de série — na verdade, não, porque não foi culpa dele —, mas, só de olhar para a menina por dez segundos, Karen já a odiava?

— Hã, Karen... Você a conhece? — Ryan perguntou, estranhando aquela atitude.

— Conheço. — Karen franziu a testa. Parecia que estava falando de uma antiga rival. — Ela também fez o teste para entrar em *Boston Boys*.

Ah, agora tinha uma explicação. Nossa, dois dos cinco integrantes de *Boston Academy* eram atores frustrados que não conseguiram ficar em *Boston Boys*. Aquilo ia ser interessante.

— Mas não foi talentosa o suficiente para entrar. Coitadinha... — Karen riu de escárnio e jogou o rabo de cavalo para o lado.

— Nossa, então vocês já se conhecem há um bom tempo — Mason falou. — Mas, Karen... Por que *você* a odeia? Quer dizer, foi você quem conseguiu o papel.

— Isso não a impediu de tentar me sabotar. Disse para todo mundo que eu não tinha talento, ficou toda revoltadinha... E, pior, nós íamos sempre ao mesmo salão, então eu ouvia toda semana ela fofocando para as manicures como Karen Sammuel não merecia entrar na série. Invejosa!

Tão simples quanto andar duas ruas e ir para outro salão, pensei, mas fiquei quieta. Coisa típica de atrizes metidinhas. Apesar de Karen não ser lá essas coisas atuando, ela enganava pessoas

que era uma beleza — e eu sei muito bem disso —, agora também na TV.
— Karen, e se ela ganhasse o papel e você, não... O que você faria? — Resolvi fazer um experimento.
— Querida, isso nunca iria acontecer. — Karen me olhou de cima a baixo. — Até parece que essa ridícula sem talento iria conseguir ganhar de mim.

Revirei os olhos, e acho que os meninos também. Karen era a única que não havia mudado. Imaginei que ela e a menina do pôster seriam farinha do mesmo saco.

— Mamãe nem falou nada... — Mary comentou, mudando de assunto.

— Típico — respondi. O que era verdade. Susan Adams dando notícias relevantes antes do tempo? Jamais!

— Será que a gente vai poder conhecê-los? — Henry perguntou olhando para a tela, tentando esconder um sorriso.

Mason lhe lançou um olhar malicioso.

— Já gostou das garotas, hein? Você não perde tempo, hein, cara? — E deu risada.

Ao ouvir isso, as narinas de Karen inflaram, e ela agarrou Henry pela gola da camisa polo.

— Nem pense na *possibilidade* de sequer *falar* com essa loira de farmácia fajuta, você me entendeu?!

Todos arregalamos os olhos.

— Ei, não amassa a minha camisa! — Henry se soltou. — Não tô falando dela, ela parece ser tão chatinha quanto você.

Emburrada, Karen lhe mostrou a língua.

— Estava pensando na outra. — Henry puxou o celular da mão de Karen e apontou para a menina com sardas, de cabelos pretos e cacheados do outro lado de Daniel. — Ela é bem bonitinha.

Ryan esticou o pescoço para olhar mais de perto e assentiu com a cabeça.

— É mesmo.

Mary, ao ouvir aquilo, fez a mesma expressão raivosa de Karen ao falar da inimiga. Puxou Ryan pelo braço e andou em direção à porta.

— Chega de olhar para esse pôster! Vamos, que tem gravação agora! — Dito isso, os dois saíram da sala.

— Menos mal — Karen falou, torcendo o nariz. — Apesar de que essa parece ser um nojinho também.

Bufei. Karen realmente não conseguia se dar bem com nenhum ser do sexo feminino. Será que tinha alguma amiga? Ou rejeitava qualquer contato com as meninas porque as achava feias, sem talento, ou coisa do tipo? Devia ser uma vida bem solitária...

Pensei em Jenny. Não aguentaria viver sem ela. Já estava sendo um sacrifício só de ficar sem falar com ela durante as férias de verão. Imaginei se Karen teria alguém assim em sua vida. Será que essa menina era tão horrível quanto Karen estava dramatizando?

— Karen, posso dar uma olhada no pôster?

— Pode. Mas vai rápido. — Ela me mostrou a tela.

Todos os adolescentes tinham sorrisos bonitos e naturais. Pareciam realmente felizes. Olhei para Daniel, no centro da imagem. Ele merecia aquilo. Era uma pessoa boa e talentosa. Eu estava orgulhosa de as coisas terem funcionado para ele. Mesmo que significasse que eu não o veria com tanta frequência quanto se ele ainda estivesse trabalhando em *Boston Boys*.

De repente, meus olhos se desviaram de Daniel para os créditos do pôster. Embaixo de cada pessoa estava escrito um nome. Li com indiferença cada um deles, até que cheguei à menina meio morena, meio loira. A nêmesis de Karen. Estava escrito "Sabrina Viattora". *Viattora*, assim como a mulher que dera o papel para Daniel. A estrela de *Boston Academy* era a filha da diretora.

— Tudo bem, Ronnie? — Mason perguntou, percebendo minha súbita mudança de expressão.

— Hã? Sim, sim. — Com incerteza, devolvi o celular a Karen.

Um pressentimento horrível percorreu meu corpo. Era aquilo mesmo que eu estava pensando? Daniel iria passar a conviver com praticantes de nepotismo todos os dias! Não, não podia pensar daquele jeito! Talvez a menina fosse realmente talentosa e tivesse merecido o papel. Ou ela poderia ser assim como Karen descrevera. No final das contas, mamãe achou que *Karen* era mais talentosa que ela.

Tudo o que eu podia dizer a Daniel era quanto ficara feliz por sua estreia e como eu o apoiava, mas admito que agora estava preocupada com o que a convivência com aquelas pessoas faria com ele.

Por favor, que eu estivesse errada...

11

Queria muito contar para alguém sobre minha recente descoberta a respeito de *Boston Academy*, mas não tinha opções. Ignorei o pedido de Jenny para que eu não ligasse para ela, senão sua avó lhe tomaria o celular. Mas estava sem sinal, para variar. Não queria que os meninos tivessem nada a ver com a nova série, do contrário correríamos o risco de viver aquela odisseia novamente. Mamãe e Mary não ajudariam muito, e a última coisa de que Daniel precisava era de uma neurótica falando que seus novos colegas de profissão poderiam ser pessoas ruins. Ou seja, tive que ficar com aquilo preso dentro de mim.

Tentando tirar aquela neura da cabeça, quando cheguei em casa fui assistir a umas comédias pastelão no Netflix para ver se esvaziava minha mente. Fiquei tanto tempo vendo uma atrás da outra que acabei apagando no sofá da sala, com o laptop no colo.

Como as janelas da sala não tinham cortinas, acabei acordando às seis da manhã com a luz dos primeiros raios de sol invadindo a casa. Minhas coxas estavam dormentes de tanto ficar com o computador no colo, que por sorte não caiu no chão depois que eu apaguei. Me espreguicei e, ainda um pouco grogue de sono, fui conferir se meu celular ainda estava com bateria.

E foi aí que vi a mensagem piscando nele.

"Assim que acordar me avise! Estou em Boston!", e várias carinhas felizes mandando beijos.

Arregalei os olhos. A mensagem era de Jenny. Minha melhor amiga, que havia sido quase que exilada para a Inglaterra durante as férias de verão e que eu achava que só iria voltar daqui a duas semanas, estava em Boston?! Não era um sonho?!

Meu sono pareceu se esvair imediatamente. Agarrei meu celular e digitei seu número o mais rápido que pude. Imaginei que ela ainda estaria no horário da Inglaterra, então não teria problema em receber uma ligação a essa hora.

Tocou duas vezes, e uma voz estridente veio do outro lado da linha, quase me deixando surda:

— Ronnieeeee!!

Afastei o celular do ouvido e o cocei duas vezes, tentando tirar o zumbido, mas nem me importei. Como era bom saber que ela estava de volta!

— É você mesmo? Não é uma pegadinha? Não vou aparecer no YouTube? — perguntei.

— Pode acreditar!

— Você pode fazer o favor de nunca mais desaparecer da civilização desse jeito? — falei, rindo.

— Nem me fale! — Ela riu também. — Eu estou roxa de saudade! Ei, vamos tomar café em algum lugar? Eu preciso saber *em detalhes* tudo o que aconteceu enquanto eu estive fora!

Em detalhes? Aquilo ia ser complicado de explicar... Nem sabia por onde começar.

— Pode ser. — Contive um bocejo. — Aonde você quer ir?

— Ao Andala! — ela respondeu sem nem pensar duas vezes.

— Estou com saudade de lá!

O Andala Coffee House era um café a que eu e Jenny adorávamos ir depois da escola. Sua decoração era toda tradicional e fazia parecer que estávamos numa casinha rústica e aconchegante. Tomar um café e comer umas deliciosas panquecas não eram má ideia.

Troquei de roupa, penteei o cabelo — que estava em pé por eu ter dormido de mau jeito no sofá — e deixei um bilhete para que mamãe soubesse onde eu estaria quando acordasse, sem pensar que eu havia sido sequestrada ou coisa do tipo. A caixa de correio estava cheia quando saí de casa, mas fiquei com preguiça de levar as cartas até o restaurante, então deixei uma nota mental para mim mesma para que as pegasse quando voltasse para casa.

Assim que cheguei ao Andala, vi que a porta estava fechada e nela havia uma placa mostrando o horário em que o restaurante abria. Verifiquei a hora; eram seis e quarenta. Em vinte minutos poderíamos entrar. Passei longos dez minutos esperando sozinha lá. A rua estava praticamente vazia, um ventinho gelado volta e meia soprava, o café fechado, e nem sinal de Jenny.

Atrasada como sempre, pensei, cruzando os braços. Estava quase ligando para saber onde ela estava, mas, no momento em que fui pegar o celular no bolso, senti um corpo se jogando contra mim e enroscando os braços na minha nuca. Quase caí, e meu coração deu um pulo com o susto. Reconhecia aquele abraço de urso de qualquer lugar. Juntando isso com os cabelos cor de mel no meu rosto e o perfume com cheiro suave de coco, já sabia quem era. Minha melhor amiga.

— Nem acredito que você voltou! — falei, alegre. — Achei que ia me trocar pra sempre pela casa de campo na Inglaterra!

— Deus me livre! — Jenny se soltou, rindo. — Se algum dia eu for morar lá, pode ter certeza de que não vai ser naquele fim de mundo que nem sinal de celular tem! Você não faz ideia do quanto senti sua falta! — E ela me abraçou novamente, dando pulinhos.

— Faço, sim. Você fez muita falta — respondi, lhe dando um soquinho de brincadeira.

Jenny olhou para seu relógio branco e dourado — que assumi que era novo, porque nunca a vira usando — e depois para as portas fechadas do café.

— Achei que você só ia me responder lá pelas dez, onze horas da manhã. — Ela se apoiou no vidro. — Estava acordada de madrugada?

— É, acabei pegando no sono assistindo filmes na sala, que não tem cortinas. — Dito isso, dei um bocejo involuntário e longo.

— Ah, entendi. — Ela assentiu com a cabeça.

Nesse momento, um senhor gordinho, calvo, com um grande bigode grisalho e usando um avental com a marca do restaurante, abriu a porta para nós.

— Bom dia, senhoritas! Parece que alguém está com fome, não? — Ele deu uma risadinha.

— Muita! — Jenny entrou no café, animada. — Bom dia!

Os outros garçons só deram um pequeno aceno, com cara de cansados. Imaginei se Jenny estaria com aquela energia toda se já estivesse no fuso horário de Boston.

Já que nós duas éramos as únicas no restaurante, escolhemos uma mesa perto do balcão de doces e salgados, e o senhor — em cujo crachá lia-se Frederick — nos entregou os cardápios.

— E então? — falei, tirando minha echarpe e colocando-a na cadeira vazia ao lado. Jenny fez o mesmo. — Se divertiu na Europa?

— Sim! Eu reclamo que a vovó é antiquada e meio casca-grossa, mas foi muito bom rever a família.

Toda a família por parte da mãe de Jenny vinha da região rural da cidade de Somerset, Inglaterra. Quando sua mãe foi para a faculdade, ela se mudou para Londres, onde conheceu o marido, e os dois, juntos, fundaram uma empresa de turismo e viagens. Quando Jenny tinha três anos, se mudou com os pais para Boston. Sua avó, que não gostou nada de ver a filha e a neta indo para tão longe, para essas "cidades barulhentas e imundas", como ela diz, as fez prometer que a visitariam de tempos em tempos na sua tranquila cidade natal.

O sotaque britânico de Jenny parecia estar ainda mais forte depois de sua viagem, o que era perfeitamente compreensível. E Jenny começou a contar sobre como ela e os primos conseguiram escapar e passar um tempo em Londres, sobre suas compras, os restaurantes que visitaram, os bares e as festas... Não, mesmo sendo na Inglaterra, Jenny ainda não tinha idade suficiente para beber e entrar em boates, mas eu conhecia minha amiga. Ela com certeza tinha dado um jeitinho.

Depois de uns quinze minutos de Jenny tagarelando sem parar sobre tudo o que fez — apenas com um intervalo para pedir nosso café da manhã para Frederick —, ela parou de falar e estudou minha expressão por alguns segundos.

— O que foi? — perguntei, estranhando.

— Você vai continuar fingindo que está tudo normal e que não tem um milhão de coisas para me contar de quando estive fora? — Ela apoiou o queixo no punho fechado, dando um sorriso travesso.

Minhas bochechas enrubesceram. E não foi porque meu cappuccino estava quente demais. Jenny tinha razão. Eu estava louca para dividir com ela tudo o que se passava na minha mente até aquele momento. E nem sabia por onde começar. Aquelas férias de verão tinham sido uma montanha-russa de emoções que não parava.

Terminei de engolir o pedaço de omelete que estava comendo, respirei fundo e falei. Continuei a história de onde havia parado. Contei de quando Mason e eu quase nos beijamos, do show do Green Day, de Daniel. Jenny ouviu tudo sem dizer uma palavra, nem sequer tocou em suas panquecas de chocolate.

— Então... é isso. "Conturbadas férias de verão", uma novela escrita por Veronica Claire Adams — concluí. Consegui contar em tantos detalhes que, quando terminei, já tinha mais gente no restaurante. Meu omelete já devia estar gelado.

— E eu pensando que minhas férias entrando clandestinamente em boates tinham sido agitadas. — Jenny deu um risinho.

— O.k. Fora isso, tem algum comentário a fazer? — perguntei, já imaginando que seria inundada por uma penca de perguntas.

Jenny pensou um pouco, depois respondeu:

— Só queria saber... como você está se sentindo em relação a tudo isso, Ronnie.

— Eu? Bem... estou preocupada se a série de Daniel vai dar certo e tudo o mais...

— Não. Não isso. Quero saber o que você sente agora quando está com Mason. Ou Daniel. Quando ouve o nome deles.

O que eu sentia quando estava com eles? Que pergunta era aquela? Se eu soubesse já teria contado a ela! Ou não. Droga, agora nem eu mesma conseguia me entender!

— Eu... Não sei. — Encarei o prato. — O que acha que eu deveria sentir?

— Ronnie, não posso responder isso por você! — Jenny sorriu. — Você tem que descobrir isso sozinha.

Senti um olhar pesado sobre mim, talvez me julgando, mas não me atrevi a olhar nos olhos amendoados dela.

— Sei lá... Pelo menos as coisas estão bem agora, sabe? Sem confusão, sem discussões... Podia continuar desse jeito, exatamente assim, para sempre.

Sabia que devia ter continuado encarando o prato. Levantei o rosto e dei de cara com Jenny de sobrancelha erguida. Agora, sim, ela estava me julgando.

— Sério? — ela perguntou, incrédula.

— Sim! Quer dizer... Talvez... hã... Ah, tanto faz! — Dei um gole grande no meu cappuccino e fiz uma careta. Aquele negócio continuava quente, e quase queimou minha garganta inteira.

Jenny começou a rir.

— Sabe, quando te vi hoje pela primeira vez achei que tinha algo diferente em você. Um brilho nos olhos, talvez. Mas acho que me enganei. Você continua a mesma menina atrapalhada e fofa que prefere fazer uma prova de matemática a conversar sobre sentimentos.

— Ei, pelo menos em matemática só tem uma resposta certa — falei, piscando para ela.

Sorrindo, Jenny ergueu seu copo de suco de cranberry e disse:

— Um brinde a nós. Sobrevivemos a nossas férias separadas e estamos aqui juntas, exatamente como antes.

— Obrigada por ser a única coisa estável na minha vida. — Ergui minha caneca e brindamos.

— Ainda vou tentar entender o que se passa nessa sua cabecinha — Jenny falou, depois de tomar um gole do suco.

— Quando descobrir, me avise.

Depois disso, voltamos a comer. Jenny e eu, no Andala Coffee, assim como nos velhos tempos. Mas aquela pergunta me deixara intrigada. O que eu sentia em relação a Mason? O astro de TV que conseguia irritar cada um dos meus milhões de nervos, mas que já vira inúmeras vezes o meu lado vulnerável? E Daniel, que foi uma das únicas pessoas em que consegui confiar, conhecendo-o há tão pouco tempo? Eu me mantinha firme e forte com o pensamento de que me apaixonar por um cara famoso era uma ideia péssima, e queria continuar assim. Mas até quando esse lado racional iria me guiar?

Jenny comentou que eu não havia mudado. Mas será que era verdade? Será que ela tinha dito da boca para fora só para ver como eu ia reagir? Eu era uma pessoa com tantas paredes ao meu redor, e às vezes sentia que podia derrubar mais uma ou duas. Que *alguém* poderia derrubá-las para mim.

Esse alguém era Mason? Era Daniel?

Argh, se "Compreensão de sentimentos" fosse uma matéria na escola, eu com certeza estaria de recuperação.

Depois de bem alimentadas, voltamos para minha casa e encontramos Mary e Mason, ambos ainda de pijama, tomando café da manhã na mesa da sala. Só lembrei de pegar as cartas na caixa de correio já em casa, quando as vi na mesa da cozinha. Nossa, que milagre era esse que alguém além de mim havia lembrado de pegar?

— Bom dia — falei, mas fui ignorada. Ambos estavam com os olhos cravados na tela de seus celulares. Inacreditável. Nem cem por cento acordados estavam e já mexendo no celular. Pigarreei. — Vocês podem pelo menos fingir que são educados e se apresentar melhor para a visita?

Os dois tomaram um susto ao ouvir aquilo. Mary logo ajeitou o cabelo despenteado — provavelmente achou que era Ryan —, e Mason tentou esconder o que estava usando, provavelmente achando que era qualquer outra pessoa que não poderia ver o grande astro de *Boston Boys* comendo cereal e usando um pijama velho estampado com o Homer Simpson bebendo cerveja. Mas, quando viram que era Jenny, relaxaram.

— Visita coisa nenhuma, eu sou da casa! — Jenny comentou e deu um abraço em cada um. — Que saudade de vocês!

— Vem cá, que milagre é esse que um dos dois lembrou de pegar as cartas no correio hoje? — perguntei.

— Pois é, acho que acordei inspirado — Mason respondeu, se sentindo orgulhoso. — Mas, relaxa, é só coisa inútil. A Suzie cuida disso depois.

Inútil porque não é você que paga as contas, pensei, mas resolvi deixar quieto.

— Falando na tia Suzie, cadê ela? — Jenny perguntou.

— Ela pediu para ninguém incomodá-la, porque está com enxaqueca — Mary respondeu.

— Ela está tipo a Ronnie no Quatro de Julho — Mason comentou, dando uma risadinha.

— Ha-ha — falei, sem achar a menor graça. — Enxaqueca é uma coisa, fobia é outra. E as duas são coisa séria, seu insensível.

— Desculpe, é que é difícil não rir lembrando de você enrolada no cobertor que nem um cachorrinho com medo dos fogos de artifício.

— Como se você não tivesse nenhum medo estúpido, tipo... Sei lá... palhaços? — Dei um sorriso maléfico. Dois podiam jogar aquele jogo.

— O quê? — Jenny perguntou, surpresa. — Você tem medo de palhaços?

Mason me encarou, se sentindo traído por eu espalhar seu segredo.

— Não é medo... É meio que um trauma infantil.

—Ah, por favor! Você fez aquele teatrinho todo fingindo que estava doente quando teve que gravar aquele episódio no circo!

— Eu *estava* doente. — Mason cruzou os braços.

— Não estava, não.

— E como você sabe?

— Porque no dia você não só tomou uma jarra inteira de limonada com gelo, como acabou com o pote de *frozen yogurt* daqui de casa.

Mason ficou quieto. Sem saber o que dizer, voltou a comer seu cereal. Jenny e Mary caíram na gargalhada.

— Agora que espalhou meu segredo, me deve uma limonada. — Mason apontou com a cabeça para a cozinha.

Já que estava de bom humor ao rever minha melhor amiga, e por ver Mason naquela situação, concordei e fui até a cozinha. Enquanto preparava a limonada, ouvi Jenny se sentando junto com eles e falando sobre a Inglaterra. Foi prudente de sua parte omitir o fato de que ela, sendo menor de idade, entrou em várias boates. Sabe, para não dar nenhuma ideia a Mary.

Assim que joguei fora as cascas dos limões, meu celular vibrou no meu bolso. Limpei a mão numa toalha pequena em cima do balcão e, assim que vi o número na tela, franzi a testa e atendi.

— Alô? — falei, hesitante, me perguntando qual seria o motivo daquela ligação.

— Veja seu Facebook.

— Bom dia para você também, Karen. Estou bem, e você? — falei, debochada.

— A-hã. Agora veja seu Facebook.

Como esperado de Karen, nada de boas maneiras. Mas por que diabos ela queria que eu olhasse meu Facebook? Não havia nada interessante nele, eu mesma mal entrava.

— O que houve?

— Só veja a droga do seu Facebook! — ela falou, impaciente.

Estranhando aquilo, abri a rede no meu celular.

— Estou vendo. Agora pode me dizer o que é?

— Você recebeu algum convite?

— Convite? — A única coisa que aparecia na tela eram fotos e publicações de pessoas aleatórias da escola, vídeos de cachorros tocando instrumentos e bebês dançando.

— É. Não tem nada nas suas notificações?

Cliquei no botão vermelho que mostrava minhas notificações, e só apareciam solicitações para eu jogar joguinhos virtuais, pessoas que eu não fazia ideia de quem eram me solicitando amizade e umas quinhentas mensagens de Piper Longshock querendo saber ainda mais sobre a minha vida.

— Não. Nenhum convite. Por quê?

— Ah. — E depois disso ela não disse nada.

— Karen, por que está me perguntando isso? Convite para quê?

— Bem... Eu estou um pouco surpresa. Achei que você e Daniel eram BFFs.

Espera, onde *Daniel* entrava naquela história? Aquilo me deixou ainda mais intrigada.

— O que quer dizer com isso?

— Nada... Só pensava que você tinha recebido um convite para a festa.

— Que festa...? — Aquilo não estava servindo para me deixar menos curiosa.

— Bom, uma hora você vai descobrir. Seu queridinho fará uma festa na semana que vem. E me parece que vai ser *a* festa.

Me apoiei no balcão.

— Como assim... *a* festa?

— Sabe, aquelas festas que os artistas de TV dão em suas casas antes de seus episódios-piloto irem ao ar e eles se tornarem superfamosos e compromissados? Essas festas costumam ser as mais... divertidas. — Ela deu um risinho.

Pisquei duas vezes, sem saber o que dizer.

— Ah... *essas* festas.

— É... Se serve de consolo, nem eu nem ninguém de *Boston Boys* fomos convidados. Eles devem estar com tanto medo da concorrência que nem querem se misturar. Patéticos.

— Hã, Karen... Se não foi convidada, como ficou sabendo da festa?

— Não sendo uma ermitã de redes sociais como você, querida. Sabrina Viattora já postou em todos os lugares que foi ao shopping comprar uma roupa perfeita só para esse evento.

Apertei o celular com força. Ouvir aquele nome piorou a situação. Já estava um pouco incomodada de não ter sido convidada, agora a atriz bonitona que ele devia conhecer havia muito menos tempo ganhava um convite VIP? Tentei esconder meu incômodo e responder de um jeito indiferente:

— É. Então não fui convidada. É isso. Não me importo nem um pouco. Era só isso, Karen?

Boa, Ronnie. Que excelente atriz você é.

— Claro que não. Você tem uma missão.

Bufei. Lá vinha.

— O que você quer...?

— Você vai pedir para ele convidar a gente.

— O quê?! De jeito nenhum! Pede você!

— Ei, é pra hoje, tá? — Ouvi Mason reclamando da sala, mas o ignorei.

— Eu não sou amiguinha dele para lhe pedir alguma coisa! — Karen zombou.

—Aparentemente eu também não sou. — Cuspi as palavras.

— Ah, meu Deus, escute você mesma! Está louca para ir!

— Eu NÃO! — falei aquilo um pouco alto demais. Mas, que droga, aquela provocação não estava ajudando! Tentei controlar melhor o tom de voz. — Karen, por que você quer tanto ir a essa festa?

Ela fez uma pausa. Mason voltou a reclamar:

— Foi colher os limões, por acaso?

— Cala a boca! — gritei, depois voltei a escutar.

Karen falou suavemente:

— Porque no momento estou pensando o mesmo que você. — Ela começou a falar em um tom debochado. — "Por que só minhas irmãs feias foram convidadas para o baile e eu não? Eu sou a verdadeira princesa, eu deveria ir!".

Revirei os olhos.

— Muito engraçado — falei, sem um pingo de humor.

— Mas é sério. Essa festa vai dar o que falar, e eu preciso estar lá. E você sabe que quer ir também.

— Querendo ou não, não vou pedir para que ele me convide. Ainda tenho um pouco de dignidade.

— Tem mesmo?

Respirei fundo e tentei controlar a vontade de esganar aquela patricinha.

— Está bem. Não vou ficar insistindo. Mas, caso Daniel resolva te convidar de última hora, peça para ele nos incluir no pacote, está bem?

Suspirei. Não tinha escolha. Só assim ela me deixaria em paz.

— O.k. Eu peço.

— Ótimo — Karen disse, satisfeita. — Mande um beijo pro Mason por mim. Tcha-au! — E desligou o telefone.

Precisei de alguns segundos para processar tudo aquilo. Certamente Daniel era próximo de muitas pessoas antes de mim, mas mesmo assim... Nem passara pela cabeça dele me convidar? Não gosto de festas, não gosto de ficar em pé a noite inteira usando roupas desconfortáveis e ouvindo música ensurdecedora e chata, mas o que custava enviar só um convitezinho para mim? Eu nem ocupo tanto espaço! Só por consideração, sabe? Só porque eu não era famosa, ou linda, ou popular como Sabrina Viattora?

Irritada, terminei de preparar a limonada. Voltei para a sala e coloquei com força o copo na mesa. Jenny, Mary e Mason me encaravam sem dizer nada, pois era óbvio que tinham escutado minha alegre conversa com Karen no celular.

— Hã... Está tudo bem? — Jenny perguntou, hesitante.

— Tudo ótimo. Por que não estaria? — falei, ríspida, cruzando os braços.

— Porque você quase quebrou o copo, mesmo sabendo que é supermegacaro e sua mãe ia te matar se isso acontecesse

— Mason respondeu, tomando um gole da limonada.

Argh, tinha que aprender a esconder melhor minha frustração.

— Eu ouvi algo sobre uma festa — Jenny falou, cutucando meu braço.

— Nem se anime, nenhum de nós foi convidado — cortei-a. — Aparentemente, só os integrantes do *Boston Academy* são legais o bastante para ir.

Eu não devia estar falando sobre aquilo para Mason, nem para Mary, mas estava tão irritada com a situação que acabei soltando um pouco de veneno, mesmo sem querer.

— Então a festa é do Daniel? — Mary perguntou. — E ele não te chamou?

Não falei nada, peguei um pedaço de pão na mesa e o comi, sem olhar para nenhum deles.

— Eu sabia. Sabia que no fundo esse cara não prestava — Mason comentou, convicto.

Encarei-o com ódio. Aquilo não estava ajudando. Mason deu de ombros e voltou para seu cereal.

Depois de alguns segundos de um silêncio constrangedor, Jenny resolveu quebrar o gelo.

— Ele vai te convidar. Tenho certeza.

— Jenny, você nem o conhece. Como pode ter certeza?

— Depois de tanto que você falou dele, acho que o conheço, sim. — Ela deu um risinho. — Só não sofra por antecedência.

— Tá — respondi, sem levar fé.

E, como uma força cósmica do destino, alguns minutos depois meu telefone vibrou em cima da mesa, alertando que eu havia recebido uma mensagem, e na tela se lia o nome de ninguém mais, ninguém menos que... Daniel.

Jenny deu um sorriso animado.

— E foi mais cedo do que você imaginou, não?

— Hã... pode não ser nada. Ele pode nem falar da festa — respondi com incerteza. Segundos atrás estava chateada com Daniel, e agora ele me mandava uma mensagem que poderia ou não mudar completamente meu humor.

— Ele deve estar mandando alguma coisa idiota sobre o Green Day, achando que a Ronnie liga — Mason falou, revirando os olhos.

Peguei o celular e quase toquei no ícone de mensagem, mas parei ao ver aqueles três pares de olhos curiosos me encarando.

— Lê, anda logo! — Mary falou.

Ah, que saudade de ter um pouco de privacidade na minha vida. Antes que pudesse pensar se ia ler em voz alta ou não, Jenny arrancou o celular da minha mão e leu a mensagem:

— "Sherlock, está convocada para a festa que vou dar lá em casa no próximo sábado, às nove da noite. Vamos comemorar a estreia da minha nova série, e eu aproveito para te apresentar para o pessoal. Espero que possa ir!", blá-blá-blá, endereço... "P. S.: Estou te chamando por aqui porque sei que você e o Facebook não se misturam, então sinta-se especial". Ownnnn, viu? Eu disse que ele ia te chamar!

— Devolve! — Tentei sem sucesso resgatar meu celular, morrendo de vergonha de mim mesma por ter julgado Daniel antes do tempo e por Jenny estar lendo aquela mensagem em voz alta.

— "P. S."? — Mason perguntou, com cara de nojo. — Quem usa "P. S." numa droga de mensagem de texto? Francamente...

— E "Sherlock"? Não sabia que vocês tinham apelidos... — Jenny comentou, rindo.

— Não é nada de mais! — falei, as bochechas queimando. Jenny começou a digitar na tela. — Ei, o que está fazendo?!

— Respondendo que você vai, ora. Você vai, certo?

— Eu nem sei se vou!

— Ah, Ronnie! — Mary apoiou os cotovelos na mesa. — Depois desse showzinho todo de você reclamando que não tinha sido convidada, o mínimo que você tem que fazer é ir, né?!

Ela tinha razão.

— E eu ouvi você falando lá na cozinha com a Karen. Pede para ele chamar o pessoal do *Boston Boys*! E aproveita e me leva junto. — Jenny deu uma piscadela.

— Como é que é? — Mason falou, erguendo uma sobrancelha.

— Jenny, não! — respondi. — É muita cara de pau pedir uma coisa dessas. Colocar um convidado a mais até vai, agora cinco?!

— Quatro — Mason corrigiu. — Eu não vou a festa nenhuma. Ficar implorando para o bondoso Daniel me convidar? De jeito nenhum.

Que estranho ouvir aquelas palavras. Sabe, Mason dizendo que não queria ir a uma festa. Se bem que suas razões eram bem compreensíveis.

— Ah, é? — Jenny o encarou, cética. — Você não se importaria se todo mundo fosse menos você?

— Não — ele respondeu, terminando de comer o cereal.

— Não se importaria se eles fossem se divertir pra caramba e só voltassem de madrugada, e você em casa sozinho?

— Não.

— Então tá. — Ela deu de ombros, depois deu um sorriso maldoso e virou para mim. — Mas, Ronnie, cuidado com as demonstrações de afeto em público com Daniel, viu? Com certeza algum enxerido vai tirar fotos, e uma vez que isso caia na rede...

Melhor nem arriscar, né? Então, se quiser conversar com ele em particular, melhor ir para um lugar reservado, como o quarto, o banheiro...

— Jennifer Diana Leopold, CALE A BOCA! — gritei, tampando os ouvidos de Mary.

Jenny explodiu em uma gargalhada. Mason franziu a testa, completamente sério.

— Pensando melhor, hã... Vai pegar mal todo mundo ir, menos eu — Mason falou. — Pode pedir pra me colocar na lista, Ronnie. Mas não fala que eu pedi.

Bati na testa. Nenhum deles estava levando em consideração o fato de que eu *não queria* pedir para Daniel colocar *ninguém* na lista?!

— Relaxa, Ronnie. Se ficar com vergonha, deixa que eu peço — Jenny falou. — Aliás, Daniel vai vir para cá daqui a pouco, então quando ele chegar eu falo com ele.

Arregalei os olhos.

— Como assim, ele está vindo para cá?!

Com um sorriso travesso, Jenny me mostrou algo que me fez querer despachá-la para a Inglaterra com uma passagem só de ida. Ela devolveu meu celular, que agora tinha uma nova mensagem de Daniel respondendo uma mensagem que supostamente eu havia enviado: *Claro que eu vou! Aliás, tinha um favor para te pedir. Você esqueceu sua jaqueta aqui em casa, então, se quiser vir pegar agora, eu te falo quando você chegar. Beijos!*

— Eu te odeio — falei, querendo esganar minha melhor amiga.

— Você vai me agradecer por isso — Jenny respondeu, depois bateu palmas, animada. — Finalmente vou conhecer o tão famoso Daniel Young!

12

Mason foi o primeiro a sair de casa assim que soube que Daniel estaria lá em breve. Mesmo os dois tendo "feito as pazes" — coloque muitas aspas aí —, o melhor para manter a convivência pacífica era evitar ao máximo um contato pessoal. Mary resolveu ficar em casa, pois, quando soube que ele vinha, resolveu convidar Noah para vir também.

Era quase meio-dia quando a campainha tocou. Respirei fundo. Ainda estava morta de vergonha por estar na situação de ou eu ou Jenny pedir para Daniel enfiar mais cinco pessoas na lista de sua festa.

— Não comente nada sobre a festa, a menos que eu te dê algum sinal, ouviu? — falei, séria, caminhando até a porta.

Jenny ergueu o polegar em sinal de positivo. Suspirei e abri a porta.

— Ei, você — Daniel disse, abrindo seu caloroso sorriso.

— Ei, você — repeti e o abracei, sentindo um delicioso perfume. Não que eu tivesse fungado ou algo do tipo. Foi automático.

— Ei, vocês dois. — Ouvi a voz de Noah ao lado de seu irmão. — Vou subir, tchau. — E em cinco segundos, passando direto por mim e Jenny, Noah foi ao encontro de Mary.

— Oi, Noah — falei para o vazio onde ela se encontrava segundos atrás, depois voltei para Daniel. — Pode entrar. Ah, e esta é minha amiga Jen...

Fechei a porta e, quando me virei, me surpreendi tanto com a expressão de Jenny que quase esqueci o que estava falando. Ela sempre fora tagarela e animada quando conhecia uma pessoa nova, mas bastou olhar para Daniel que parecia que seu corpo inteiro havia congelado. Seus olhos cor de mel, fixamente cravados no rosto de Daniel, pareciam ter adquirido um tom de dourado.

— Você, eu não conhecia! — Ele estendeu a mão, amigavelmente. — Prazer, Daniel.

Após ficar alguns segundos absolutamente estática, Jenny piscou duas vezes, depois abriu um sorriso envergonhado.

— Jennifer. Pode me chamar de Jenny. Hã, se quiser. — E lhe apertou a mão.

O que diabos estava acontecendo? Pensei que *eu* era a amiga tímida!

— Gostei do seu sotaque. Deixa eu adivinhar, inglesa?

— Somerset, nascida e criada lá. — Ela assentiu com a cabeça.

— Uau! Já encontrou o rei Arthur alguma vez?

— Ah, não. Mas uma vez vi o Mick Jagger comprando cigarros.

— Isso é irado também! — E os dois riram.

Notei que as bochechas de Jenny adquiriram um tom mais rosado do que o normal.

— Então, Ronnie, você disse algo sobre uma jaqueta minha...

Droga. Tinha esquecido da desculpa que Jenny inventara para que Daniel pudesse aparecer lá. Não havia reparado até aquele momento que não tinha jaqueta nenhuma de Daniel na minha casa, então não fazia a mínima ideia do que iria dizer a ele.

— Hã... Então... — Olhei para meus sapatos, sem saber mesmo o que falar. *Céus, que patético!*

Felizmente, Jenny já saíra de seu pequeno transe e pensou rápido.

— Sabe o que é? A jaqueta era minha. Ronnie achou que era sua porque ela era... grande. Mas acabou que era minha mesmo. — Ela deu um risinho amarelo. Uma desculpa bem idiota, e acho difícil que Daniel tenha caído naquele papo, mas pelo menos ela disse algo. Então só concordei com a cabeça.

—Ah... O.k., então. — Daniel olhou em volta, sem saber o que dizer em seguida. Devia ter percebido que se deslocara de sua casa até a minha por nenhum motivo. Pelo menos Noah se deu bem com aquela visita.

E, mais uma vez, Jenny quebrou o gelo.

— Eu, hã... vou pegar uns biscoitos pra mim. Digo, para nós. A menos que não goste de biscoitos, Daniel. Posso pegar outra coisa, se quiser. Ah, posso fazer brownies!

— Nossa! — Daniel falou, rindo. — Estou bem com biscoitos, mas só se não for incomodar.

— Imagina, eu sou da casa! — Jenny respondeu com um riso esquisito. Meu Deus, o que estava acontecendo com ela?!

— Então eu aceito, obrigado.

Jenny deu um aceno rápido e entrou na cozinha.

— Então essa é a tão famosa Jenny Leopold, melhor amiga de Ronnie Adams? — Daniel perguntou, se sentando no sofá.

— Pois é. — Me sentei ao lado dele. — Ela é normal, juro. Não parece, mas é. — Sorri amarelo.

—Achei-a engraçada. — Ele sorriu, olhando para a porta da cozinha. — E vocês parecem ser bem próximas mesmo.

—Com certeza. Aliás, acho que não teria conseguido passar por tudo o que passei com essa história de Boston Boys se não fosse por ela. — E não estava mentindo. Lembrei que, quando a notícia de que Mason iria morar comigo se espalhou pela escola, Jenny me livrou de muitas fãs malucas e revoltadas. Só não conseguiu me livrar de Piper Longshock, mas aí já era outra história... — Já recebeu uma ameaça de morte? Não é nada legal.

—Imagino... — ele respondeu, cruzando a perna. Deu uma olhada rápida na porta fechada da cozinha, depois voltou para mim. — Quer que eu a chame para a festa?

Arregalei os olhos. Ele estava realmente perguntando aquilo? Ia ser tão fácil assim? Comecei a agradecer em pensamento a todos os deuses por não me fazerem passar a vergonha de ter que pedir eu mesma. Nossa, Jenny ia pirar.

—Tem certeza?

—Claro! Eu te conheço, Ronnie. Festas não são muito sua praia. Acho que a companhia da sua melhor amiga te deixaria bem mais à vontade. — Ele sorriu.

Ele estava cem por cento certo. Caramba, aquilo era muito gentil da parte dele. Onde a Karen estava para ouvir aquelas palavras meses atrás quando não quis convidar Jenny para sua festa de aniversário só de birra?! Deveriam existir mais pessoas como Daniel no mundo.

—Você me conhece mesmo. — Sorri também. — Obrigada, de verdade.

—Imagina. Gosto de casa cheia! — Ele me envolveu em um abraço.

Então, assim... Já que você gosta de casa cheia... Rola colocar mais quatro pessoas na lista?, pensei, mas não tive coragem de dizer. Daniel já estava sendo extremamente legal comigo convidando Jenny para que eu não ficasse excluída em sua festa. Mencionar o elenco de *Boston Boys* seria abusar muito de sua boa vontade.

Enquanto eu pensava no que dizer, Jenny abriu a porta com um pote cheio de biscoitos recheados de chocolate e morango, uma garrafa grande de Coca-Cola e cinco copos em cima de uma bandeja. Uau, será que ela teria todo esse capricho se fosse Mason que pedisse a ela todo dia sua santa limonada? Duvido.

— Mary, amiga da Mary, desçam! — ela gritou no pé da escada. — Tem biscoito e refrigerante aqui!

E rapidamente as duas correram lá de cima e desceram a escada para atacar os biscoitos. Não culpava Jenny por não saber o nome de Noah, já que ela nem teve tempo de se apresentar.

— Noah, tenha modos! — Daniel falou, repreendendo a irmãzinha, que enfiava dois biscoitos ao mesmo tempo na boca.

— Desculpa — ela disse de boca cheia.

— Então, Jenny — ele revirou os olhos e depois se virou para ela —, a Ronnie já deve ter te falado sobre o meu programa, que vai estrear em breve, não é?

Jenny lançou um rápido olhar para mim, depois respondeu:

— Falou. Já vi o pôster na internet também.

— Ótimo! Eu vou dar uma festa para comemorar a estreia lá na minha casa. Gostaria de ir?

E novamente os olhos de Jenny adquiriram um tom de dourado. Ao ouvir aquilo, ela quase se babou com o biscoito.

— S-sério?

— É. Mas, se não quiser ir, sem prob...

— Eu vou, claro! — ela falou, um pouco animada demais. Depois conseguiu conter seu tom de voz. — Quer dizer, pode ser. Sei lá.

Mary e Noah deram uma risadinha. Era realmente engraçado ver Jenny, que era tão confiante e tão acostumada a ter o menino que ela quisesse na palma da mão, fora de sua zona de conforto daquele jeito.

— Ah, falando na tal festa... — Noah disse, depois de engolir os biscoitos. — Você realmente não vai chamar o Mason e os outros Boston Boys, Danny?

Não acreditei no que acabara de ouvir. Eu tinha me livrado de não só um constrangimento, mas *dos dois*! Excelente, a irmã mais nova fez o papel da cara de pau! Ah, nunca amei tanto aquela pestinha desde que a conhecera. Queria abraçá-la para sempre naquele momento.

Mas Daniel franziu a testa. Parecia que não estava muito contente com a irmã tocando naquele assunto.

— Eu pensei em convidar... mas não sei... O que vocês acham?

Mordi os lábios. Ele estava perguntando a nossa opinião, certo? Dizer o que eu pensava não era me intrometer, ao contrário do que seria se eu tivesse mencionado aquilo antes de Noah.

— Bem... a festa é sua, você tem que estar à vontade com quem você colocar dentro de sua casa — falei.

— Mas...? — ele perguntou.

— Como sabe que teria um "mas"?

— Estava implícito. — Ele riu.

— Mas... eu adoraria ver vocês se dando bem. Sabe, sem ressentimentos. Talvez a festa possa ser uma boa oportunidade para isso.

Daniel apoiou o queixo na mão, pensativo.

— E, hã... — Jenny complementou —, acho que seria bom para a imagem de vocês também. Se os fãs vissem o elenco de *Boston Boys* e de *Boston Academy*, digamos, confraternizando... não geraria rivalidades, e as pessoas iriam querer assistir aos dois programas.

Ao ver os olhos cor de esmeralda de Daniel se fixarem nela assim que disse aquilo, todo o sangue de Jenny subiu ao seu rosto, e ela quase deixou cair seu copo de Coca-Cola.

— Isso faz sentido.

Jenny merecia um *high five*. Daqueles bem épicos, com direito a música de fundo e um salto-mortal no final. Aliás, ela e Noah mereciam. Que belo trabalho de equipe. Karen teria que beijar nossos pés depois daquela jornada para convencer Daniel da maneira mais natural possível.

— O.k., vou colocá-los na lista, então.

Jenny e eu trocamos um sorriso, satisfeitas.

Agora, já mais relaxadas com todo aquele caso da festa, conseguimos conversar sobre assuntos aleatórios com Daniel. Ele falou sobre sua série, Jenny falou sobre as bandas inglesas que já encontrara nas viagens para sua cidade natal, e eu falei do mico que passei lendo as fanfics de Piper Longshock para os meninos. Nem percebemos o tempo passar.

— Caramba, eu tenho que ir — Daniel falou, vendo o horário em seu relógio de pulso. Depois chamou uma contrariada Noah, que aceitou ir embora de cara amarrada e se despediu de nós. — Jenny, foi um prazer te conhecer. Te vejo na festa!

— Tchau, Daniel! — Jenny acenou, dando um sorriso bobo.

— Eu levo vocês até a porta — falei, me levantando.

Já na frente de casa, acenei para Noah — que parecia não querer papo —, depois me despedi de Daniel.

— Até mais, Sherlock.

— Até mais, Watson — respondi, sorrindo. — Ah, e obrigada novamente por colocar esse bando de gente na lista. Sério, foi muito legal da sua parte.

— Que nada. Faço com o maior prazer coisas para quem eu gosto.

De repente, senti meu coração saltar dentro do meu peito. Eu, hein, qual era o motivo daquilo? Ele estava simplesmente falando da nossa amizade! Enfiei as mãos nos bolsos do casaco e dei um sorriso tímido. Antes que pudesse responder, fui puxada para o delicioso abraço de Daniel. Era impressionante o quanto aquele abraço fazia eu me sentir tranquila, segura.

Senti aquele *tum-dum* outra vez. O que diabos estava acontecendo?!

— Bom, a gente se vê! — Daniel me soltou e foi embora com Noah.

Fiquei parada por alguns segundos, tentando processar que química tinha dado errado com meu corpo para ele reagir daquela maneira. Não era a primeira vez que Daniel me abraçava, então por que me senti… diferente?

Pisquei duas vezes e fechei a porta, torcendo para ser só meu sangue que resolveu circular de maneira errada. Voltei para o sofá e fui atacada pelas mãos de Jenny se fincando nos meus ombros e seus olhos cor de mel olhando profundamente nos meus.

— Meu. Deus. Do. Céu! — Foi tudo o que ela disse.

— É, meu Deus mesmo. — Me afastei. — Quem era aquela songamonga que resolveu entrar no lugar da minha melhor amiga?

— Também gostaria de saber. — Ela deu risada. — Sei lá, parecia estar tudo sob controle, eu tinha certeza do que iria falar para ele quando o conhecesse e tudo o mais... Mas, caramba, Ronnie! Esse moleque é maravilhoso! O cabelo bagunçado, os olhos verdes, aquela gracinha de sorriso... — Ela suspirou, pensativa.

— Argh, quando resolver voltar do País das Maravilhas, me avise.

— Ah, Ronnie! Me dá um desconto! — Ela jogou uma das almofadas do sofá em mim, brincando. — Ver uma pessoa em fotos e depois ela pessoalmente são coisas muito diferentes! Esse cara parece ter saído, sei lá, de um filme! Vai dizer que não o acha uma graça? — Ela ergueu uma sobrancelha.

Tentei ao máximo não pensar no momento que tivera havia pouco com o abraço e a minha reação involuntária.

— Ele é bonito, sim.

— Não, Ronnie. Presta atenção — ela me interrompeu, agora totalmente séria. — Aquele ruivinho do comercial de pasta de dente, ele é bonito. Agora o Daniel... ele é... o pacote completo!

— E seus olhos brilharam feito diamantes.

— Tá, já entendi. Ele é bonito, é simpático, é inteligente... Com ele tudo parece ser... mais fácil... — Parei, sentindo meus dedos formigar.

— Ronnie? — Jenny perguntou. — Está tudo bem?

Parei de viajar nos meus próprios pensamentos.

— Claro, está, sim. Me ajuda a guardar as coisas? — falei, erguendo a bandeja em cima da mesa.

— O.k. — Com hesitação, ela pegou o pote de biscoitos vazio e a garrafa de refrigerante.

Não dissemos uma palavra. Só depois de lavarmos a louça e guardarmos tudo, ela resolveu tentar novamente.

— Ronnie, o que está havendo entre você e o Daniel? Zoações à parte, juro.

— Nada — falei, olhando para o chão.

Me lembrei da conversa que tivemos mais cedo, no Andala Coffee, sobre como nem eu mesma conseguia entender meus próprios sentimentos. E continuava sem entender. E, que droga, eles pareciam vir de um jeito tão abrupto, tão inesperado!

— Ronnie... — ela insistiu.

— Jenny, estou falando sério. — Finalmente olhei para ela. — Somos só amigos. Posso parecer diferente porque estou me abrindo para confiar em outras pessoas. Mas é só isso. Eu prometo.

Aquilo não deixava de ser verdade. O fato de que Daniel era uma das poucas pessoas com quem eu conseguia me abrir. Mas sabia que não estava contando tudo para ela. Até Jenny sabia. Porém não queria dizer nada de que fosse me arrepender depois. Nem eu tinha certeza do que estava sentindo. E, sinceramente, estava torcendo para que aquilo fosse embora.

Mas, em vez de me fazer ainda mais perguntas, Jenny apenas me deu um abraço apertado.

— Você é minha melhor amiga. Sabe que estou aqui para tudo, entendeu? Confio em você.

Sorri, e a abracei de volta.

— Obrigada. Pode contar comigo para qualquer coisa também.

E ficamos por um bom tempo sem dizer nada, somente abraçadas. Eu tinha muita sorte em ter Jenny como amiga. Queria muito ser como ela. Conseguir me abrir, compartilhar o que eu sentia, sem me reprimir. Queria ser uma amiga melhor, mostrar que confiava nela. Mesmo assim, não conseguia. Alguma coisa dentro de mim me fazia travar. E aquilo só me preocupava cada vez mais.

 Meu sorriso se esvaiu. Não adiantava tentar espantar aqueles pensamentos. Estavam ficando cada vez mais fortes.

 O abraço dele.

 Seu perfume.

 O jeito como ele falava comigo.

 Como ele era apenas... Daniel.

13

Esperei alguns dias para ligar para Karen e avisar que ela estava convidada para a festa, vou admitir, só por maldade mesmo. Foi divertido vê-la pirar de felicidade e de desespero, sabendo que teria tão pouco tempo para comprar uma roupa para chamar mais atenção que Sabrina Viattora. Sabrina Viattora. Entenda, eu não tinha nada contra ela — afinal, nunca a conhecera pessoalmente —, nem contra as cinquenta mil fotos que ela postava por dia em suas redes sociais. Eu não as acompanhava, óbvio, mas passei a receber um relatório diário de uma enciumada Jenny, já que, dessas cinquenta mil fotos, quarenta mil eram com Daniel. "Eu e Daniel no shopping." "Eu e Daniel no Starbucks." "Eu e Daniel tomando sorvete, e olhem só! Que boba eu sou, deixei cair um pouco no meu nariz! Ha-ha-ha!" Ela podia sair com quem bem entendesse e fazer o que quisesse, agora, precisava documentar cada segundo de sua vida de um jeito tão descarado como estava fazendo? Mas, enfim, eu tinha que ser a maior pessoa naquilo tudo e apenas torcer para que ela fosse um doce de pessoa. Porém aquilo não significava que eu não iria me esforçar para ficar apresentável também. Não me orgulho do que eu fiz, mas precisava agir rápido. Tinha uma semana para melhorar a minha aparência, nem que fosse um mínimo, e não ia conseguir aquilo sem ajuda. Obviamente não iria me transformar em uma Karen Sammuel ou em uma Sabrina Viattora, até porque teria que nascer de novo para que isso acontecesse. Mas, já que tinha alguns contatos disponíveis, por que não usá-los, certo?

O primeiro item para melhorar na minha lista era meu porte físico. Devido à minha estrutura óssea miúda e meu sedentarismo, eu era uma pessoa pequena e esguia, sem nenhuma massa muscular. Obviamente não iria desenvolver nada em tão pouco tempo, mas uma semana de exercícios poderia ajudar um pouco, nem que fosse para aumentar o nível de endorfina no meu organismo. E, claro, contatei a pessoa que eu sabia que mais gostaria de embarcar nessa jornada de malhação comigo: Ryan Johnson. E logo depois me arrependi.

Como Ryan era a celebridade de sua academia, não houve objeções, por parte dos recepcionistas, quando ele me colocou para dentro. Ainda não me sentia totalmente bem em usar a academia sem pagar, então prometi a mim mesma que no final do treino iria comprar pelo menos um suco na cantina.

— Vamos, Ronnie, você consegue! Só mais um pouquinho!

— Não... consigo... não... argh! — falei, ofegante. Por que para ele parecia tão fácil?! Aliás, eu mesma não entendia como não conseguia erguer meu próprio peso. Tinha que ser muito fracote mesmo.

— Só mais quatro! Vamos lá! — ele disse, animado. — Um... Vai, Ronnie!

Gemi enquanto tentava sair do chão com dificuldade.

— Isso! Dois...

Minha vista começou a ficar turva enquanto fazia a flexão. Sacudi a cabeça e continuei. Era por um bem maior.

— Vai, Ronnie, tá quase! Três...!

— Ryan, eu vou morrer... — Minha voz mal saía.

Nesse momento, uma sombra cobriu a luz da parede na minha frente. Ergui a cabeça e quase caí, por causa do susto que tomei com minha irmã mais nova com o rosto quase colado ao meu, gritando:

— Deixa de ser molenga, garota! Você quer ou não quer ganhar um corpinho?! Cala essa boca e FLEXIONA!!!

Choramingando, fiz a última flexão, depois caí com tudo no colchonete. Tive que esperar alguns segundos para me recuperar. Meu Deus, que patético. Eu mal havia começado a série e já estava naquele estado. Parecia uma fumante de oitenta anos.

— Pequenininha, não precisa falar assim, ela estava fazendo!

— Humpf! — Ela cruzou os braços. Parecia um treinador de time de futebol. Um treinador de um metro e quarenta, mas que ainda era durão. Ao contrário de Ryan, que tinha por volta de um e oitenta e era dez vezes mais gentil. — Ela é muito mole! Desse jeito não vai ganhar músculo nenhum!

— Já entendi, Mary — falei sem paciência, ainda com a cara no chão. — Por que você veio mesmo?

— Porque sou a assistente do Ryan! — Ela segurou seu braço, animada.

Revirei os olhos, me arrependendo profundamente de ter chamado Ryan para me ajudar.

— É assim mesmo no início, Ronnie. O importante é não parar. Que tal pegarmos uns pesos?

— Que tal descansar? — Gemi.

— Ai, levanta! — Mary me puxou. — Vai lá pegar os pesos! — Ela apontou para o lado esquerdo da sala. Bem que podia surgir um segurança da academia e colocar aquela pequena peste para fora, né...?

Respirei fundo e comecei a passar no meio de um monte de caras enormes e com expressões de sofrimento enquanto erguiam pesos que deviam ter umas cinco toneladas, por alguns gordinhos com muita força de vontade e por umas meninas que pareciam gêmeas da Karen: maravilhosas, mas com a maior cara de que se achavam superiores. Mas deviam se achar mesmo. Uma delas era um pouco mais alta que eu e erguia uns quinze quilos *em cada mão!* Em. Cada. Mão.

Tímida, tentei passar por trás de um rapaz que urrava como se estivesse sendo torturado em um aparelho de musculação, e analisei a prateleira de pesos. Comecei a olhar as pessoas em volta. Tirando os extremos insanos, a maioria das meninas erguia pesos de seis, sete quilos. Pensando como uma iniciante, peguei o peso de cinco quilos e quase o deixei cair no meu pé quando o ergui.

— Já escolheu? — Ryan perguntou, atrás de mim.

— Hã... acho que vou ter que começar com o peso de um quilo.

Ele deu risada, achando que eu estava brincando. Mas sua expressão ficou um pouco mais preocupada quando ele me viu esticando o braço para pegar, de fato, o peso menor.

— Ah, não! Pelo menos este, vai! — Ryan me entregou os pesos de três quilos, um em cada mão. Eram um pouco pesados, mas eu sabia que seria um vexame ainda maior ficar levantando aqueles pesinhos ridículos de um quilo. Que droga, até o de três parecia pouco comparado com aquele bando de gente saudável.

— Está bem... — falei com incerteza, segurando os pesos.
Ryan me mostrou o movimento que eu teria que fazer com os braços. Fiquei imaginando quanto aquilo era fácil para ele. Ele devia conseguir erguer aqueles pesos com o dedo mindinho. Foi sofrido, mas consegui fazer as séries com os pesos. Coloquei-os no chão de qualquer jeito, e os meus braços latejavam quando acabei.

— Tudo bem, um minuto de descanso — Ryan falou, enquanto pegava os pesos para guardar.

— Só um minuto? Eu levantei esse troço umas trinta vezes, não posso descansar mais um pouco...? — reclamei, mas logo fui repreendida por Mary novamente.

— Você o ouviu, um minuto! — minha irmã falou. Mas depois sua expressão rígida se suavizou, dando lugar a um sorriso bobo. — Adoro quando ele faz isso...

— Isso o quê?

Quando virei o rosto, entendi o que ela estava falando. Enquanto esperava meu descanso, Ryan aproveitou para erguer seus próprios pesos. Mas ele não parecia o Incrível Hulk que nem os outros caras, estava com uma expressão séria e compenetrada. E seus bíceps se contorciam de maneira suave. Não era de espantar que toda a população feminina da academia lhe lançasse olhares bem indiscretos.

— Seu minuto acabou! Vamos continuar? — E, em um piscar de olhos, Ryan já estava em pé ao meu lado. E lá íamos nós novamente...

Ele me levou para o outro lado da academia, onde ficavam os aparelhos. Como era de manhã, o horário mais cheio, todos estavam ocupados. Esperamos até um dos aparelhos vagar, e infelizmente o primeiro a vagar foi o do homem na extrema esquerda, sofrendo para levantar a quantidade máxima do aparelho, todo vermelho e suado.

Quando Ryan me guiou até o aparelho, arregalei os olhos, com medo. O cara, não satisfeito em quase quebrar a pobre máquina, quando terminou sua série se levantou, expondo a cadeira atrás dele toda molhada de suor. Quase tive um refluxo. Mary tapou a boca para não rir. Não prestei atenção direito na explicação que ele deu porque só conseguia observar as gotinhas de suor caindo do encosto da cadeira. Deus do céu, que nojo! Por que as pessoas gostavam tanto daquele ambiente cheio de gente nojenta, barulhenta e usando roupas tão desconfortáveis?

Para ficar com o corpo sarado, Ronnie. Diferente do seu. Fracote.

Não tenho certeza se quem disse aquilo foi minha voz interior ou minha irmã mesmo. Ela com certeza diria essas palavras também.

Prendendo a respiração do nariz, lá fui eu para aquela cadeira nojenta fazer o tal exercício. Enquanto ajeitava a cadeira para o meu tamanho, fiquei imaginando se aquilo valeria a pena. Se era certo tentar mudar de um jeito tão rápido e drástico assim. Pensei em Daniel e Sabrina Viattora, sentindo uma leve náusea. Sacudi a cabeça e tentei ignorar aquele pensamento.

Ajustei o peso — que estava em cem — para quinze, como fui instruída. Ryan percebeu minha dificuldade ao puxá-lo na primeira vez, mas, em vez de diminuir o peso, ele puxou junto comigo, colocando meu braço na posição certa.

Teria terminado a série tranquilamente se não fosse por três garotas que surgiram do lado de Ryan e pediram para ele tirar fotos com elas. Já que ele não queria desapontar suas fãs e era um pouco lento, sem pensar direito nas consequências de suas ações, ele simplesmente concordou e *largou o aparelho*. Meu braço esquerdo, que estava dobrado e conseguindo segurá-lo com a ajuda de Ryan, voou para a frente e estalou, e senti uma dor absurda.

E esse foi o fim da minha breve experiência numa academia. Depois daquilo, não só paguei o maior mico de gritar de dor no meio daquele lugar, como fui forçada a usar uma tala no braço... na semana da festa. Que irônico, não? Fui para a academia a fim de ficar com a aparência melhor e saí de lá com um troço cinza e feio cobrindo meu cotovelo.

Talvez fosse o universo tentando me mandar uma mensagem, quem sabe?

Quando o dia da festa chegou, não pensei que demoraria tanto para escolher uma roupa. Primeiro, eu nunca ia a festas; segundo, sempre colocava o conforto acima de tudo em relação ao que ia usar. Mas, confesso, nesse dia estava realmente indecisa. Além do mais, precisava arranjar algo que escondesse ao máximo a tala horrorosa no meu braço, que ainda latejava por causa da minha pequena aventura com Ryan na academia.

Jenny chegou à minha casa mais cedo para me ajudar a me arrumar. Ela sempre fazia isso nas poucas festas que eu ia. Sabia arrumar o cabelo e fazer maquiagem do jeito que eu gostava: bonito e sem chamar muita atenção. Ela estava linda, e parecia nem ter se esforçado para aquilo. Usava um macacão social branco sem mangas, sapatos de salto altíssimo, um belo cinto dourado e o cabelo cor de mel preso em uma trança embutida.

Acabei escolhendo — digo, Jenny acabou escolhendo — uma blusa azul de manga comprida e uma saia preta muito pouco confortável, mas era a única coisa que eu tinha que combinava com a blusa que escondia perfeitamente a tala.

Pensei em usar minha pulseira prateada que tinha um pingente em formato de floco de neve, que ganhara de mamãe, mas não a encontrei de jeito nenhum. E eu não era suicida de perguntar para mamãe onde estava, porque ela me daria o maior esporro se descobrisse que eu havia perdido seu presente. Dei de ombros. Uma pulseira não faria muita diferença no meu visual naquela altura do campeonato.

Estávamos todas prontas, Mason era o único que faltava. Como sempre sobrava para mim apressar a Rainha de Sabá da casa, que adorava se atrasar. Lá fui eu bater na porta do seu quarto. Não ouvi resposta, só um barulho de secador de cabelo vindo de lá de dentro.

Claro que ele seria o último de nós a ficar pronto.

Abri a porta já falando:

— Mason, acelera aí, que nós já temos que... Ah! — Cobri os olhos depressa ao ver Mason em seu banheiro secando o cabelo... E a única coisa que cobria seu corpo era uma toalha amarrada na cintura.

Ao ouvir meu gritinho, Mason rapidamente fechou a porta do banheiro.

— Ei, srta. Veronica, que tal bater da próxima vez?

— Eu bati! — reclamei, morrendo de vergonha. — Você que estava muito ocupado secando cada fio dessa droga de cabelo e não ouviu!

— Perdão, mas pelo menos um de nós tem que estar bonito nessa festa, né? — ele respondeu, sarcástico.

Aquilo não teria me incomodado tanto se eu não estivesse com a maldita tala no braço que limitou minha escolha de visual. Marchei até o banheiro e dei um soco na porta.

— Se arrume logo, senão você fica!

Irritada, saí do quarto e entrei no meu, batendo a porta.

— Nossa, está tudo bem? — Jenny perguntou.

— Está. Só o idiota do Mason que está demorando, pra variar.

— Você parece bem irritada com essa demora... — Ela deu um risinho.

Não respondi, e parei em frente ao espelho. Olhei para aquele corpinho magro, tentando se equilibrar nos saltos baixos, e para as mangas da blusa cobrindo a tala. Franzi a testa.

— Ronnie, o que houve?

Suspirei, com os ombros caídos.

— Sei lá, me sinto meio... sem graça.

— Sem graça? — Ela levantou e veio para o meu lado. — Como assim? Você está linda!

Aquelas palavras não me convenceram.

— Jen, posso estar arrumada, mas nunca vou ser bonita como a Karen, ou a Sabrina... ou você! — Murchei.

— Ronnie... — Ela segurou minha mão. — Por que está pensando nisso? E desde quando só existe um tipo de beleza? Tem garotas bonitas que são superproduzidas e vivem cheias de maquiagem, como Karen e... argh, Sabrina Viattora. — Ela fez uma pequena careta ao dizer esse nome. — Tem garotas como eu, que têm um estilo diferente, mas se arrumam também, e tem garotas como você...

— Sem graça — completei.

— Não, boba! Discretas. — Ela virou meu rosto para o espelho. — Aquelas que não gostam de chamar a atenção e não enxergam quanto são bonitas. Isso faz parte do seu charme. — Ela deu uma piscadela. — E que também não percebem que as pessoas que elas menos esperam pensam isso delas também.

— E que pessoas seriam essas? — perguntei.

E, de repente, a porta do meu quarto se abriu, e Mason apareceu. Usava um jeans escuro e uma camisa social azul-marinho.

— O.k., madame, estou pronto. Doeu esperar cinco minutinhos?

Olhei de relance para Jenny, que deu um risinho. Não, aquilo era uma grande coincidência, só podia ser.

— Ah, e achei isso aqui embaixo da minha cama. Você deve ter deixado cair num dia de faxina, sei lá.

E ele mostrou a pulseira prateada com o floco de neve.

— Obrigada... — falei, sem saber ao certo o que dizer no momento. — Acho que vou usar hoje.

— O.k. — Com a maior naturalidade, Mason abriu o fecho e prendeu a pulseira no meu pulso. Seus dedos tocaram levemente a minha pele, o suficiente para me fazer corar. Por sorte acho que ele não percebeu. — Olha, ficou bonito.

Me virei para o espelho de novo, e estranhamente me vi de uma maneira diferente. A pulseira não mudava nada, era só um brilhinho a mais no meu pulso que eu mal conseguia ver. Mas agora, não sei por quê, conseguia ver, mesmo que de leve, o que Jenny estava dizendo. Dei um sorriso satisfeito, depois me virei para Mason.

— Está me elogiando? Quem é você e o que fez com Mason McDougal?

— Eu tenho meus momentos. — Ele deu de ombros. — Agora vamos? Você não estava toda apressadinha?

Assenti com a cabeça e peguei minha bolsa. Fechei a porta do quarto, e podia jurar que, momentos antes de apagar a luz, vi que Jenny falou através de leitura labial: "Eu te disse".

— Aproveitem a festa! — mamãe falou, assim que parou o Audi na fachada da casa de Daniel. O carro do pai de Ryan parou logo atrás de nós. — Ronnie, quero o celular a postos o tempo inteiro, ouviu? Jenny, nada de beber, e Mason... qualquer coisa que você fizer vai ser gravada por milhares de celulares, então juízo, viu?

Depois de fazer seu último check-up, garantindo que nós todos tínhamos dinheiro para pegar um táxi na volta e não estávamos levando bebida escondida, e nos alertando para ficarmos atentos caso alguém nos oferecesse um "Boa-noite, Cinderela", mamãe foi embora. Dei uma olhada na casa de Daniel por fora antes de encontrar Ryan e o resto. Tinha três andares, a parede era de cor bege, com grandes janelas de vidro e uma porta grande, branca e quadrada, bem moderna. De lá já conseguia ver que a casa estava lotada.

Após alguns segundos estudando a linda fachada da casa de Daniel, ouvi Jenny me chamando. Fui até eles e cumprimentei Henry e Ryan, dei um rápido "oi" para Karen e... espera, tinha uma quarta pessoa com eles. Estava com o cabelo castanho preso em um alto rabo de cavalo, por isso não a reconheci de imediato. Mas, assim que a vi de mãos dadas com Ryan, quase voei no pescoço dele.

— Amy... Oi! — falei, tentando disfarçar ao máximo.

— Oi, Ronnie, quanto tempo! — Ela me deu um abraço.

Esperei Amy soltar a mão do namorado e cumprimentar os outros para puxá-lo discretamente.

— Oi, Ronnie, como está o seu braç...?

— Por que você a trouxe? — o interrompi.

— Ué, a Karen falou que você conseguiu acesso para todo mundo... — ele respondeu, inocente.

— Ryan, isso não é uma festa qualquer de escola! Daniel escolheu os convidados um por um, e já foi legal de convidar vocês, e você me aparece trazendo mais gente?!

— Desculpa... — ele disse, cabisbaixo. — Eu achava que não ia ter problema...

Bati na testa. Ele era um sem noção mesmo. Mas sabia que não fizera por mal.

— Bom, vamos torcer para o segurança não encrenar com isso — falei, sem levar fé que aquilo daria certo. Mandei uma mensagem para Daniel nos encontrar na porta de casa se houvesse alguma confusão.

Demos os nossos nomes e fomos entrando um por um, e por sorte Daniel chegou à porta antes que Ryan e Amy tentassem entrar. Usava uma de seus milhares de camisetas de alguma banda de rock aleatória, calça jeans e uma jaqueta de couro preta. Estava lindo. Nos cumprimentou educadamente — o "oi" para Mason foi o menos caloroso de todos, mas fiquei feliz por não ter havido nenhum confronto — e depois falou:

— Gostei do visual!

— Obrigada — Jenny e eu falamos ao mesmo tempo, depois nos entreolhamos, sem saber direito para quem ele havia dito aquilo, já que estávamos uma do lado da outra.

Daniel, sendo o amor de pessoa que era, falou que não havia problema em Amy entrar na festa e liberou a entrada para o casal sem noção.

O barulho da música e das pessoas conversando quando entramos estava altíssimo, mas consegui me acostumar. Percebi que a maioria das pessoas se encontrava no lado de fora da casa, onde havia um gramado com uma grande piscina, mesas, cadeiras e um barman preparando drinques. Os pais de Daniel iriam agradecer por aquele bando de adolescentes se concentrar o mais longe possível de seus preciosos móveis e objetos. A iluminação baixa variava entre verde, amarelo e roxo, o que dava um charme ainda maior para o lugar.

Daniel estava nos mostrando a casa quando foi surpreendido por uma mão com unhas pintadas na cor vinho segurando delicadamente seu braço.

— Dan, estava te procurando!

Assim que ouvimos aquela voz, demos meia-volta e a avistamos. Meu corpo no mesmo minuto travou. Reconheci-a de imediato, mesmo nunca a tendo visto pessoalmente. O rosto perfeito de Barbie, o corpo magro porém com curvas, o vestido tomara que caia colado — elegante e provocativo —, a pele bronzeada, os olhos castanho-claros, o cabelo curto e loiro nas pontas. *Sabrina Viattora.*

14

— **Que bom que você apareceu!** — Daniel falou, sorrindo para ela. — Bom que já te apresento ao pessoal. Esses são Mason, Henry, Ryan...

E Daniel foi falando os nomes enquanto Sabrina cumprimentava a todos. Cada aperto de mão que ela dava fazia um barulho, devido aos milhares de pulseiras cheias de badulaques em seus pulsos. Quando a apresentação chegou em Karen, que nem sequer fingiu ser simpática, Sabrina apenas a abraçou, do jeito mais falso possível.

— Karen Sammuel! Quem diria que iríamos ser amigas de emissora?

— Pois é, quem diria... — Karen revirou os olhos, dando dois tapinhas em suas costas. E a tensão só piorava no recinto.

Depois ele apresentou Jenny, que lhe apertou a mão com um sorriso falso, e chegou em mim.

— E esta é a... — Daniel começou, mas nem precisou terminar a frase.

— A famosa Ronnie Adams — ela completou.

— Famosa? — perguntei, olhando de relance para Daniel.

— É. Dan me falou sobre você. — Ela me olhou de cima a baixo, piscando os longos cílios cheios de maquiagem. — Bem, é um prazer conhecê-la.

— Hã... Igualmente. — Apertei a mão dela, e seus olhos rapidamente se direcionaram para o volume extra no meu cotovelo esquerdo.

— O que é isso, uma tala? Se machucou?

Nossa. Sabrina estava indo razoavelmente bem na apresentação, mas bastou ela dizer aquilo em menos de um minuto após tê-la conhecido que já a detestei. Por que a maldita tinha que ter comentado da droga da tala que eu me esforcei tanto para esconder?!

— Não foi nada... — respondi, querendo mudar de assunto.

E bastou eu falar isso para que os olhares de todos fossem direto para o meu cotovelo esquerdo.

— Pode levantar a manga? Desculpe, é que meu pai é médico, e ele me conta tantas histórias que fico preocupada! — ela falou.

Argh. Falsa. Mentirosa. Só queria que eu mostrasse para todo mundo aquela tala horrorosa. Sem ter escolha, suspirei e levantei a manga, mostrando o machucado. O pai "médico" dela devia ser um dr. Hollywood da vida.

— Nossa, Ronnie! Como você se machucou assim? — Daniel perguntou.

E, antes que eu pudesse inventar alguma desculpa, Ryan abriu sua doce e estúpida boquinha.

— Ela foi malhar comigo um dia e acabou tendo um acidente com um dos aparelhos. Mas antes disso ela estava indo muito bem!

Encarei-o, indignada. Será que agora eu já podia pular no pescoço daquele avoado?!

— Espera... — Mason perguntou. — Você foi mesmo pra academia? Tipo levantar peso, correr, fazer flexão?

Já querendo me matar, apenas respondi:

— Foi só uma vez...

E Mason começou a rir descontroladamente.

— Nunca imaginei você malhando, Ronnie — Henry comentou. — Mas aposto que se continuar vai ficar ainda mais gatinha!

E aquele comentário só serviu para Mason rir ainda mais alto. Dei-lhe um soco no braço, fazendo-o parar.

Daniel, percebendo meu constrangimento, resolveu mudar de assunto.

— Hã, vou lá chamar os outros para conhecerem vocês; já volto. — E ele deu meia-volta. Não era exatamente o que eu esperava, sabe, ele nos deixar sozinhos com Sabrina.

Ficamos alguns segundos sem saber o que dizer. Pessoas passavam por nós, cumprimentando Sabrina e falando com os garotos, mas, ainda assim, aquilo estava bem desconfortável.

E finalmente Daniel voltou, trazendo consigo três pessoas, cujos rostos eram os mesmos que vimos no pôster de divulgação da série. Dois garotos exatamente iguais — não digo isso por eles se vestirem do mesmo jeito que todo adolescente famosinho costuma se vestir, os dois eram realmente gêmeos idênticos —, um pouco baixinhos, de cabelos loiro-escuros e olhos castanhos, e uma garota bonita, alta, de cabelos cacheados pretos e cheia de sardas no rosto.

— Pessoal, estes são Jackson, Emmett e Nikki.

Um dos gêmeos não conseguiu conter a animação ao ver Karen e já puxou seu celular e aproximou seu rosto do dela.

— Cara, você é ainda mais linda pessoalmente! Por favor, deixa eu esfregar na cara das pessoas que te conheci hoje, por favor!

Karen o encarou como se ele fosse um lunático — e sua atitude não o fazia parecer muito diferente disso — e acabou saindo na foto com essa cara mesmo, ao lado do menino com um sorriso de orelha a orelha.

— Esta vai pro Twitter! — ele disse, teclando freneticamente no celular.

— Jackson, para! — o irmão o puxou, constrangido, e os dois terminaram de nos cumprimentar.

Quando foi a vez de a menina bonita falar conosco, percebi uns olhares bem indiscretos dos garotos para ela. Não era de espantar; o rosto da menina parecia de porcelana. Mas só depois percebi que não era seu rosto que eles estavam encarando... Era seu decote. Argh, homens.

— Seja discreto, pelo menos. — Ergui o queixo de Mason com o dedo.

Levemente envergonhado, ele cumprimentou a menina, que lhe deu um "oi" tímido. Mas os olhos verdes dela se iluminaram quando foi falar com Henry.

— Henry Barnes... Eu nem acredito que estou te conhecendo... — Ela ajeitou uma mecha cacheada atrás da orelha, olhando para o chão. — S-sou uma grande fã sua.

E claro que Henry adorou ouvir aquilo. Já amava quando era reconhecido por fãs, ainda mais uma fã com aquela aparência. Ele agradeceu, dando um sorriso bobo.

— Se quiser, seria um prazer tirar uma foto com você. — ele piscou e se virou para Karen, que estava do seu lado. — Karen, quer ser um amor e tirar uma foto nossa?

— Não sou um amor — ela disse, cruzando os braços.

— E pare de encarar o peito da garota, seu pervertido.

— Ei! — Henry protestou contra a sinceridade de Karen. — O que custa você tirar uma foto minha e da minha fã? Você tirou com o seu sem problema nenhum!

— Ele que tirou, seu mané! Eu tenho cara de fotógrafa? Apareço em fotos, não as tiro! — Ela bateu seus saltos prateados no chão.

E, como sempre, os dois pareciam ignorar que estavam em público e começaram a se alfinetar.

— Por que você é sempre tão egoísta?

— Ah, Henry, por favor, admita que você só quer uma foto com ela porque gostou da comissão de frente!

Arregalamos os olhos. Os gêmeos não conseguiram evitar uma risada, e Ryan, constrangido, tapou os ouvidos de Amy ao ouvir aquilo. Enquanto isso, a pobre Nikki, que só queria expressar sua admiração por seu ídolo, parecia querer cavar um buraco na terra e não sair nunca mais de lá.

Daniel, vendo que aquela discussão já estava chamando a atenção demais das outras pessoas, resolveu interrompê-los:

— Hã, que tal irmos beber alguma coisa? — ele disse com um sorriso amarelo.

— Ótima ideia! Vamos indo! — Sabrina, que ficara quieta o tempo todo, pegou a mão de Daniel e foi com ele até o bar. Nikki e os gêmeos seguiram logo atrás.

— Bom... — Ryan comentou. — Isso foi... estranho.

— Sabia que não era uma boa ideia a gente ter vindo — Mason falou.

— Ei, reclame com a rainha do drama que começou toda essa história. — Apontei com a cabeça para Karen.

— Eu? — Karen pôs as mãos na cintura, indignada. — É essa falsa da Sabrina que vai estragar a festa, vocês vão ver.

— Achei ela gata — Henry falou, não contribuindo para o humor de Karen, que já não estava lá essas coisas.

— Se vai babar por alguém, faça isso com a timidazinha de agora, só não me invente de dar em cima daquela cobra!

— Você se incomoda tanto assim com quem eu dou em cima?

— Henry ergueu a sobrancelha, dando um sorriso maldoso.

— Não, senão me incomodaria com todas as garotas do planeta.

E rapidamente o sorriso de Henry desapareceu.

— Dar ou não dar em cima dela não vai fazer diferença — Jenny comentou, olhando torto para Sabrina no bar, agarrada ao braço de Daniel. — Ela já parece ter estabelecido um alvo há muito tempo.

E todos olhamos para aquela cena. Apertei os punhos. Ela não conseguia largá-lo um segundo sequer?!

— Ah, eles até que fazem um casal bonitinho — Amy comentou. Rapidamente eu, Jenny e Karen a fuzilamos com o olhar. Será que ela passava tanto tempo com Ryan assim, para pegar sua tontice? — Hã... Só eu achei?

— Amor, vamos pegar uns salgadinhos? — Ryan tocou os ombros da namorada e a guiou até a mesa de comida perto da piscina.

— Boa ideia — Mason concordou, e ele e Henry foram atrás do casal.

E sobramos eu, Jenny e Karen, o trio que tinha algo em comum: não fazíamos parte do fã-clube de Sabrina Viattora.

— Homens são tão idiotas — Karen bufou, puxando um espelho pequeno de sua bolsa e verificando a maquiagem.

— Nem me fale — Jenny concordou. Nossa, que estranho ver aquelas duas confraternizando e não tentando se matar. O inimigo em comum realmente conseguiu fazê-las se unir.

Mas ouvi-las reclamando e encarando Sabrina como duas velhas amargas me fez pensar um pouco. Será que não estávamos exagerando? Tudo bem que eu não era nenhuma adoradora de festas, mas minha melhor amiga estava comigo. Eu podia estar me divertindo muito mais do que aquilo. E, mesmo que Sabrina estivesse deixando tão na cara que estava dando em cima de Daniel, nada garantia que ele sentisse o mesmo por ela, certo?

Me lembrei de quando nos conhecemos. Do vexame que dei entrando no banheiro masculino, e ele, como o doce de pessoa que é, só se preocupou com meu joelho machucado. Lembrei da disputa interminável entre ele e Mason, de todas as vezes que ele apareceu lá em casa e de tantos amigos que ele poderia ter escolhido para levar ao show, mas Daniel escolheu a mim. E, depois daquilo, tantas outras pessoas entraram na vida dele. A própria Jenny não conseguira resistir, e Sabrina, então, nem me fale.

Distraída com aqueles pensamentos, fui me apoiar na mesinha de doces atrás de mim, e não percebi que algum gênio deixou uma minitorta de chocolate bem no cantinho da mesa. Assim que botei a mão para trás, senti algo meio gosmento nela e, quando virei, avistei a manga da minha blusa azul com uma mancha marrom.

— Ótimo. Era só o que faltava — bufei, pegando um guardanapo e tentando sem sucesso tirar o chocolate da blusa.

Depois de quase um minuto tentando limpar aquela droga na minha manga, Karen e Jenny perceberam que eu não estava participando da discussão das dondocas.

— Vou ao banheiro limpar isto — avisei-as.
— Quer que eu vá com você? — Jenny perguntou.
— Não precisa. Já volto.
E eu ia voltar mesmo. Definitivamente não ia tentar conversar com Daniel, já que, além de Sabrina ter construído praticamente uma cerca elétrica em volta dele, ele parecia bem com seus amigos, e toda hora algum convidado ia falar com ele sobre como a festa estava boa. Mason e Henry estavam cercados por umas vinte meninas, tirando fotos, como sempre, e Ryan estava muito bem com sua namorada. Então não tinha ninguém para conversar, além das duas.
Pelo menos era o que eu pensava.

Assim que saí do banheiro — consegui limpar a mancha depois de umas cinquenta esfregadas —, deparei com aquela pessoa que me fizera entrar no submundo das trevas das fanfics da internet, aquela pessoa que conseguia estar em qualquer lugar e a qualquer hora, mesmo eu tendo certeza *absoluta* de que ela não havia sido convidada para a festa. Lá estava ela, com seus olhinhos de psicopata, que você consegue avistar de longe, cravados em minha direção.
— Piper Longshock. Quanto tempo! — Me aproximei dela, jogando fora o papel que usei para secar a manga da blusa.
— Não faz tanto tempo assim — ela respondeu. — Vi todos vocês hoje mais cedo.
— Onde você est...? Ah, deixa para lá. — Desisti de perguntar, lembrando que, para que Piper nos observasse, não era necessário que nós a víssemos. — Também nem vou perguntar como você conseguiu passar pelo segurança na entrada.

— Não é um mísero segurança que vai me impedir de entrar na casa de Daniel Young.

Cruzei os braços.

— Persegue Daniel agora? Pensei que tínhamos um acordo.

— Não, queridinha. — Ela tomou um gole da Sprite que segurava na mão. — Nosso acordo foi que eu não procuraria nenhuma informação sobre Daniel com *você*. Agora, minhas outras fontes estão liberadas.

Pensando bem, ela tinha razão.

— Deixa eu adivinhar, já sabe até a marca da cueca preferida dele, né?

Piper deu uma risada.

— Calvin Klein, obviamente.

Revirei os olhos. Ai, Piper...

Mas, de repente, me veio uma ideia na cabeça.

— Ei... Você lembra daquela vez que você buscou umas informações sobre aquele Stephen Podolack, que queria tirar o Mason da banda?

Ela franziu a testa.

— Lembro. Depois disso resolvi guardar certas informações que eu descubro só para mim. Por quê?

Uau. Aquilo era até bastante altruísta. Mas altruísmo não era o que eu precisava no momento.

— Por quê? No final elas foram bem úteis!

— Mas isso quase custou a separação dos Boston Boys — ela disse, desamparada.

— É... quase. Mas eles não se separaram e ficaram ainda mais unidos! — Dei um sorriso amarelo.

É, definitivamente *altruísmo* não era minha palavra do dia.

—Aonde quer chegar, Adams? — Ela me encarou, intrigada.

— Bom... — Mordi os lábios. — Você podia, talvez, quem sabe... me contar algumas coisinhas que descobriu sobre Daniel. Sobre, sei lá, a família dele, ou as comidas que ele curte... ou se está acontecendo algo entre ele e Sabrina Viattora... Sabe, coisas básicas... — Dei um risinho.

Eu realmente precisava melhorar meu jogo de cintura. Aquilo foi patético.

— Ora, ora. — Ela deu um sorriso sarcástico. — Me parece que alguém está com ciúme.

Minhas bochechas coraram.

— Eu... só não quero que ela machuque meu amigo.

Piper ergueu uma sobrancelha.

— Claro, claro — ela disse, irônica. — Falando em amigos, por que não está com Jenny Leopold? Ela está na festa. Por que está tão fixa em Sabrina Viattora que mal consegue ficar perto da sua suposta melhor amiga?

Ei, que tipo de terrorismo psicológico era aquele? Claro, essa fixação por Sabrina não era saudável, e eu realmente devia confiar em Daniel e dar mais apoio à minha melhor amiga, mas... E o que eu sentia? E as dúvidas na minha cabeça? Já era coisa demais para lidar!

— Foi bom te encontrar, Piper, mas, hã, acho que eu já vou — falei, totalmente desconfortável com o que ela me dissera.

— Uma última coisa. — Ela fincou a mão no meu ombro, me fazendo estremecer. — Tem coisas que você não precisa da minha ajuda para descobrir.

— O que quer dizer? — perguntei, não entendendo direito o que ela queria dizer.

Dito isso, ela apontou com a cabeça para algo atrás de mim. O jeito como ela me olhou me deixou completamente alarmada. Não era um olhar de ódio, de rancor, nem nada do tipo.

Era um olhar quase... de pena.

Confusa, virei a cabeça na direção que ela apontara. A princípio não vi nada de mais: só a mesa de salgadinhos, pessoas dançando e alguns casais se beijando apoiados numa parede lá no fundo.

— O quê...?

— Melhor chegar mais perto para ver. — Ela disse isso e saiu.

Assustada, me aproximei mais daquela parede. Estava escuro, por isso não conseguia enxergar direito. Cheguei a uma distância onde finalmente conseguia identificar aquelas formas, e quase caí para trás ao ver o casal que Piper apontara.

O cabelo castanho em cima e loiro nas pontas e o vestido curto foram facílimos de reconhecer. Sabrina Viattora. Estava demorando até que ela agarrasse alguém naquela festa.

Mas o que doeu mesmo foi ver quem ela estava beijando. Quando Sabrina ergueu o rosto e o puxou, pude identificar os cabelos castanhos e a jaqueta de couro em cima da camisa de banda.

Sabrina estava beijando Daniel.

15

Não.

Não.

Fiquei sem reação por uns dez segundos. Quando me dei conta de que, de fato, aquilo estava acontecendo, que Sabrina e Daniel estavam se agarrando naquela parede, senti como se tivesse levado um soco no estômago. Um nó se formou na minha garganta, e virei o rosto para o outro lado, porque achei que iria explodir se visse aquilo por mais um segundo.

Como eu era idiota. Achava mesmo que haveria uma possibilidade de Daniel ser uma das únicas pessoas a não cair de amores por aquela menina. Que talvez ele pudesse se interessar... por uma garota como eu. Todo aquele jeito meigo como ele me tratava não passava de uma amizade; ele apenas era gentil com todas as pessoas. Que burra! Que ingênua!

Saí da casa a passos largos e com o olhar desnorteado. Esbarrei sem querer em umas três pessoas. Não conseguia pensar em mais nada. O mundo à minha volta estava um borrão. A imagem daqueles dois não parava de assombrar minha mente.

Procurei por Jenny, mas não a achei. Não sabia ao certo o que diria quando a encontrasse, talvez pudesse até confessar a ela tudo que estava escondendo, não sei. Meu cérebro não estava funcionando direito. Enquanto passava pelas pessoas que dançavam e conversavam, acabei encontrando Mason morrendo de rir com um grupo de garotos.

— Ei, Ronnie! — ele me chamou, e, relutante, parei. — Vem aqui rapidinho! Pode contar aquela história do Quatro de Julho de novo? Eles não acreditam na sua fobia de fogos de artifício!

Os músculos do meu rosto nem sequer se moveram.

— Agora não, Mason — falei, com a voz falhando.

— Ei, relaxa! — ele continuou. — Não é nada de mais, não precisa ficar emburrada. Só conta então aquela parte que...

— Mason, eu disse *agora não*. — Elevei o tom de voz. Comecei a sentir meus olhos úmidos.

De repente a expressão de Mason foi de brincalhona e risonha para preocupada.

— Ronnie, tá tudo bem?

Não se atreva a chorar, Ronnie. Não. Se. Atreva.

— Tá... Eu só... quero ir pra casa. — Virei as costas e comecei a andar em direção à saída.

— Espera aí! — Mason me alcançou. — Ir embora? Por quê? A festa mal começou!

— Já vi o suficiente hoje — falei, olhando para o chão.

— Calma. — Mason estacou na minha frente, me fazendo parar de andar. — Você vai com alguém? Falou com a Jenny?

— Ela está se divertindo, não vou tirá-la daqui agora. Não tem problema, juro.

— Tem, sim, porque você não pode voltar sozinha — ele disse, sério.

— Por que não?
— Porque prometi à sua mãe que não ia te deixar voltar sozinha. É perigoso a essa hora.
— E desde quando você segue todas as regras? — Cuspi as palavras e tentei contorná-lo e continuar andando, mas ele foi mais rápido e segurou meu braço.
— As mais importantes, eu sigo. — Ele fixou seus olhos nos meus. — Fica aqui um pouco mais, Ronnie. Aí a gente volta todo mundo junto, é melhor.
— Eu não quero mais ficar aqui. — Desviei o olhar.
Mason suspirou e me soltou. Pensou um pouco, depois disse:
— A comida tá gostosa. Se não quer ficar pela festa, fica pelos doces, pelo menos.
Olhei para a linda mesa de doces que parecia intocada do outro lado da piscina.
— Não pode comer os doces ainda. É só mais para o final da festa.
E ele abriu um sorriso travesso.
— Esse tipo de regra não tem problema quebrar. — Ele tirou do bolso um papel amassado. — Esse cara aqui era um brownie cinco minutos atrás.

Se eu não tivesse dado de cara com Daniel e Sabrina antes, teria aberto um grande sorriso naquele momento. Mas ainda estava me sentindo mal. Bem, pelo menos o nó na garganta conseguiu ir embora.

— Vai, eu sei que suas artérias estão pedindo por um pouquinho de açúcar agora.

Cruzei os braços e olhei novamente para a mesa. Eu poderia ignorar o pedido de Mason, desobedecer mamãe, levar um esporro quando chegasse em casa e ficar vendo filmes depressivos tomando sorvete durante o resto da minha noite... Ou poderia esconder na bolsa um monte de brownies e comer clandestinamente com Mason, estragando "sem querer" a decoração da mesa de doces. A última opção parecia mais divertida.

— Posso comer uns docinhos.

— Isso! — Mason comemorou, depois levou o dedo aos lábios. — O segredo é ser discreta. Me segue que eu te mostro.

Atravessamos a piscina e chegamos à mesa. Ficamos um tempo roubando doces, comendo alguns e escondendo outros para comer mais tarde. Mason parecia um profissional: pegava um doce, cumprimentava algumas pessoas, pegava outro, tirava algumas fotos com fãs...

Nem percebi o tempo passar. Comemos tantos doces que agora já estava bem evidente na mesa. Foi meio que um aviso, nos dizendo que já estava na hora de parar. Bem, isso e uma voz atrás de nós:

— Seus ladrõezinhos...

Teria ficado alarmada se não houvesse reconhecido imediatamente o sotaque inglês.

— Não vai contar pra ninguém, vai, Jenny? — Mason perguntou, rindo.

— Não sei... O que eu ganho com isso?

Abri minha bolsa e respondi:

— Depende. Pode ser de coco, chocolate, nozes...

— Nozes! — Ela bateu palmas. — É o meu preferido!

Tirei um bombom de nozes da bolsa e entreguei para ela, que comeu tudo de uma vez só.

—Ah, eu precisava disso. — Ela suspirou.

E pude perceber que a expressão de Jenny, por mais que estivesse sorridente, parecia um pouco abalada. Não era o sorriso caloroso de sempre.

Ela já deve saber o que aconteceu.

— Pronto, encontrou sua amiga — Mason disse para mim.

— Vou voltar pra lá agora, tá? Acabei não contando o final da história. — Ele apontou para onde estava quando nos encontramos.

— Tá. Estava querendo roubá-la mesmo — Jenny respondeu.

— Qualquer coisa, me chamem! — Ele acenou e voltou para seus novos amigos.

Jenny esperou Mason chegar a uma distância considerável para dizer:

— Então... Você já deve saber sobre Daniel e Sabrina.

— O que me entregou? — perguntei, lambendo os dedos.

— Sua cara toda suja de chocolate. — Ela deu um risinho, mas murchou logo em seguida. — Chegou a ver ou Mason te contou?

— Mason? — perguntei, confusa. — Ele sabia?

— A festa inteira já sabe. Cheguei até a comentar com ele mais cedo. — Ela ergueu uma sobrancelha — Ele não te contou?

— Não... — Olhei de relance para ele conversando com o grupo de garotos.

Então ele sabia o tempo inteiro? Desde o momento em que me viu indo para a saída... E não fez nenhum comentário. Pelo contrário, tentou me fazer parar de pensar naquilo, me levando para a mesa de doces. Desde quando ele era tão sensível assim em relação aos meus sentimentos...?

— Bem... — Jenny deu de ombros, com um sorriso triste.
— Pelo menos agora sabemos a verdade. A verdade é uma droga, mas... é melhor saber do que ficar alimentando falsas esperanças.

— Acho que sim. — Suspirei. Não estávamos nos olhando. Estávamos lado a lado, apoiadas na mesa de doces, apenas observando a festa ao nosso redor. — As pessoas parecem felizes demais, não?

— É. Aposto que todos estão cheios de problemas e não querem falar. Tipo aquela menina ali — ela apontou para uma garota alta e muito magra —, que deve estar pensando: "Tudo que eu queria nesse momento era um hambúrguer".

— E os gêmeos ali. — Apontei para os colegas de série de Daniel, que conversavam com Nikki, a menina tímida que tentou sem sucesso tirar uma foto com Henry. — Os dois devem estar duelando mentalmente para ver quem a deixa mais interessada.

— Com certeza.

Depois de alguns segundos de silêncio, Jenny falou, finalmente olhando para mim:

— Quer fazer biscoitos na sua casa quando a gente chegar? Já estou assumindo que vou dormir lá.

— Já sabia disso. Hã... — Olhei para minha barriga. — Não sei, já comi tantos doces...

— Ah, vamos! Podemos botar M&M's dentro! Ficam tão gostosos...

Lembrei da minha ida desastrosa à academia na minha tentativa frustrada de ganhar um pouco de músculo para aquela festa. Mas aquilo agora não tinha mais propósito algum.

Que se dane também.

— Quer saber? Vamos fazer, sim. Um pacote inteiro.
— Assim que eu gosto!

E batemos as mãos. Depois nos abraçamos e ficamos assim por um bom tempo, sem falar nada, mas de certa forma entendendo uma à outra. Duas amargas, deprimidas, trocadas por uma turbinada nojenta. E mesmo assim minha noite acabou bem melhor do que eu achava que iria acabar.

Pelo menos estávamos juntas.

* * *

Daniel não mandou nenhuma mensagem nos dias seguintes. Não ia tentar falar com ele de jeito nenhum, então aquilo de certa forma estava até me ajudando a evitá-lo. Ele devia estar ocupado demais com sua nova namorada. Procurei me distrair continuando a série de livros As crônicas de gelo e fogo — "Todos os homens merecem morrer", estava quase estampando aquilo em uma camiseta — e me ofereci para ir ao mercado no lugar de mamãe quando chegou o dia das compras. Pode me chamar de estranha, mas gosto de ir ao mercado quando estou de saco cheio de tudo e de todos. Sei lá, me ajuda a relaxar. Pelo menos penso mais em alface do que em garotos.

Mary acabou indo comigo, porque as opções que mamãe deu a ela eram ajudar a irmã mais velha nas compras ou limpar os banheiros. Muito esperta, ela resolveu me fazer companhia. Já estávamos com quase tudo no carrinho, e, enquanto íamos pegando alguns iogurtes, Mary tagarelava animadamente sobre o mico que um menino de sua turma tinha pagado no recreio no outro dia. Não estava cem por cento concentrada na história porque estava tentando decidir se levava a marca em promoção ou uma mais cara, que era mais gostosa.

Mas de repente ouvi uma voz do outro lado do corredor que quase me fez largar os iogurtes todos no chão.

— Danny, deixa eu pegar só um pacote de Skittles!

Só pode estar de brincadeira. Senti um calafrio. Mary percebeu que eu havia parado de ouvir sua história ao ver o pânico repentino que tomou conta do meu corpo.

— O que foi?

Fiz sinal para que ela parasse de falar, a fim de ter certeza de que tinha ouvido direito.

— Quem comeu tudo da última vez foi o papai, não fui eu! Por favor, Danny!

— Essa é a voz... da Noah? — Mary perguntou.

— N-não... — falei, já suando frio. — Deve ser impressão...

Mas a outra voz que falou logo em seguida me fez congelar completamente, como se eu tivesse sido jogada dentro da geladeira de iogurtes na minha frente.

— Está bem, mas só um. Lembra da última vez que você teve aquela dor de barriga horrível?

— E essa é a voz do... — Mary começou.

— *Daniel* — completei, palavrões explodindo dentro da minha cabeça. Com tantos mercados na vizinhança, com tantos dias na semana para fazer compras, por que aqueles dois tinham que estar na mesma hora, no mesmo lugar que eu?!

— Oba, obrigada! — A voz de Noah agora estava mais próxima, como se ela estivesse andando em direção ao nosso corredor. — Quer que eu pegue os iogurtes enquanto você pega os vegetais?

— Está bem. Toma aqui a lista.

Encarei os dois tipos de iogurte na minha mão e, sem pensar, joguei o mais barato no carrinho, puxei o braço da minha irmã e saí apressada empurrando o carrinho na direção oposta da voz de Noah.

— Ei! O que você tá fazendo?! — Mary protestou.

Não respondi e continuei dando passos rápidos — não tão rápidos como eu gostaria, porque aquele carrinho estava bem pesado —, desejando com toda a minha força não encontrar os irmãos Young.

E a situação conseguiu se tornar pior do que se Noah tivesse nos visto. Assim que virei o carrinho para sair do corredor, bati com tudo na frente de outro carrinho que vinha na direção oposta...

O carrinho de Daniel.

— Opa! Vou anotar a placa! — Ele riu, mas não ri junto. Não queria vê-lo. Não conseguia parar de imaginá-lo beijando Sabrina na parede.

— Desculpe — falei, seca, desviando o olhar.

— Sem problemas, foi barbeiragem minha também. Mas que coincidência te encontrar aqui!

É, o destino às vezes gosta de torturar algumas pessoas.

— Muita — respondi no mesmo tom, sem emoção.

— Parece que as duas pequenas já se acharam também. — Ele apontou por cima do meu ombro, e avistei Mary e Noah na seção de iogurtes conversando alegremente. — Mas e aí? Você sumiu na festa! Acabei perdendo você de vista depois de um tempo.

Primeiro: sério que ele ia agir como se NADA tivesse acontecido?!

Segundo: minha vontade de falar de um jeito bem passivo-agressivo "Quem sumiu foi *você*, meu querido. E todos nós sabemos o motivo" era grande, mas me controlei. Não queria explodir no meio da seção de iogurtes.

Terceiro: por que eu saí de casa mesmo?!

— É... Estava cheio, né? A gente acaba se desencontrando mesmo — menti.

Daniel me encarou um pouco confuso.

— Você está estranha. Aconteceu alguma coisa?

Apertei os punhos. A única coisa mais irritante do que ficar relembrando aquela cena era Daniel se fazendo de idiota. Ou *me* fazendo de idiota.

— Não. Está tudo bem. A festa foi ótima. Tenho certeza que você curtiu bastante também. — Olhei meu relógio de pulso. — Nossa, olha só a hora! Tenho que correr!

Comecei a empurrar o carrinho para sair da frente de Daniel, mas, antes que eu conseguisse, ele falou:

— Ronnie, sou eu. Pode me falar qualquer coisa. Se tem alguma coisa te incomodando, não precisa esconder.

Meu sangue ferveu. Das duas, uma: ou Daniel estava sendo extremamente hipócrita ou era muito tapado mesmo. E algo me dizia que a primeira opção era mais provável.

— Engraçado você falar sobre esconder as coisas — rebati. Não aguentava mais guardar aquilo dentro de mim.

Ele ergueu uma sobrancelha.

— Do que você está falando?

— Ah, Daniel, por favor! — Cruzei os braços. — Posso não usar o Facebook e não ser a pessoa mais antenada do mundo em relação a fofocas de celebridades, mas não se esqueça de que eu fui à sua festa e que todo mundo ficou sabendo do seu pequeno romance na parede.

Ele ficou pálido. Balbuciou algumas coisas incompreensíveis e depois conseguiu formular uma frase completa:

— O.k., antes que você me julgue, eu posso explic...

— Julgar? Por que eu te julgaria? — respondi, irônica. — Você é solteiro, Sabrina é solteira...

— Mas eu não...! — Ele respirou fundo e diminuiu o tom de voz. — Nada está acontecendo entre a gente.

— Sua troca de salivas discorda disso.

Ele ficou sério.

— Eu sei que isso é difícil de acreditar, mas... não estamos mesmo juntos. Desculpe, mas... não posso te contar o motivo agora.

Nossa, que desculpa mais esfarrapada. As razões só podiam ser duas: ou Daniel estava realmente a fim de beijar a menina, mas sem compromisso nenhum, ou sei lá, os dois fizeram aquilo para chamar a atenção da mídia. Qualquer uma das duas o fazia parecer meio ridículo.

— Eu realmente não ligo — falei, fria. — Você tem liberdade para fazer o que quiser.

Ele me encarou, triste.

— Ronnie... Por favor, acredite em mim. Quando for o momento certo, eu te conto o motivo.

— Está bem. Vou esperar sentada. — Depois que disse isso, contornei-o e me afastei. — Vamos, Mary! Temos que pagar as compras!

— Ronnie! — Ele seguiu atrás de mim, mas parou ao ouvir o barulho de várias garrafas se quebrando.

Virei a cabeça para ver o que tinha sido aquilo. Noah fizera um pequeno estrago na seção de vinhos.

— Noah! — ele disse, desesperado. Me olhou uma última vez, depois correu na direção da irmã mais nova.

Chamei por Mary mais uma vez, e conseguimos ir para a fila pagar e depois ir embora. O incidente de Noah foi até bom, pois consegui despistá-lo.

Eu não me sentia bem com aquilo. Sei que minha atitude não foi a mais madura, mas ainda não conseguia digerir aquilo direito. Estava profundamente magoada. Aquele não era o Daniel que eu conheci no estúdio havia alguns meses. Queria acreditar que nunca chegaria o momento em que aquela série nova iria transformá-lo. Mas acabou acontecendo, e antes mesmo de ela estrear.

Chegamos em casa e encontramos Mason aspirando a sala de estar.

— Ah, tá sem o aventalzinho de panda hoje? — Mary perguntou.

Ele desligou o aspirador e respondeu:

— Hoje, não. Obrigado, Lakers! — Ele riu, se referindo ao jogo de basquete do dia anterior. Mary e Mason sempre apostavam em um dos times, e o que perdesse teria que usar o avental cor-de-rosa ao fazer as tarefas domésticas.

Caminhei até a cozinha em silêncio e deixei as compras na bancada. Enquanto guardava as coisas em seu devido lugar, escutei Mary falando, da sala:

— Adivinha quem a gente encontrou no mercado!

— Deixa eu adivinhar, o "Danny"? — Mason falou com escárnio.

Me aproximei da porta para escutá-los melhor.

— É. Eu e Noah ouvimos ele e Ronnie discutindo. As coisas estão meio tensas entre eles.

Mason bufou.

— Eu sabia que esse cara não prestava. Como ela está?

Não consegui ouvir a resposta de Mary, porque ela diminuiu o tom de voz. Parecia que ela sabia que eu estava tentando escutar. Sem opção, continuei a guardar as compras.

Comecei a pensar no que eu dissera a Daniel. O jeito como o ataquei no mercado. Será que eu tinha sido muito estúpida com ele? Será que ele realmente tinha um bom motivo para ter beijado Sabrina? Aquilo parecia loucura. Você beija uma pessoa porque quer beijar, simples assim!

Mas... e se ele estivesse sendo sincero de verdade?

Fiquei tão perdida nas minhas dúvidas que nem ouvi o barulho da porta da cozinha se abrindo.

— Mary me contou que você comprou uns limões bem bonitos...

Virei de costas e vi Mason com um sorrisinho no rosto.

— Deixa eu adivinhar... quer que eu te faça uma limona...? — falei sem a menor animação, mas ele me interrompeu.

— Não, não! Eu pensei em algo diferente.

Ergui uma sobrancelha.

— Diferente do tipo...?

— Do tipo você me *ensinar* a fazer limonada!

Encarei-o, confusa.

— Você quer que eu... te ensine a fazer limonada?

— É. Que tal? — Ele sorriu.

— Hã... O.k., eu acho.

Realmente, era algo diferente. Nunca pensei que ouviria aquelas palavras de Mason.

— Irado! Tá, por onde começamos?

Ainda não entendendo direito aquela decisão dele, peguei os limões e lhe entreguei um.

— Vamos cortá-los na metade.

Mason pegou uma faca enorme do faqueiro e começou a cortar.

— Não! — Tirei a faca da mão dele. — Já que é sua primeira

vez, vamos usar uma menos... letal, pode ser?

— Ei, acha que sou tão incompetente a ponto de cortar meu próprio dedo fazendo limonada?

— Para ser sincera... um pouquinho.

Mason começou a rir. Não consegui evitar um sorrisinho. E, enquanto continuávamos a preparar, percebi exatamente o que Mason estava fazendo. A mesma coisa de quando fomos pegar doces na festa.

Ele sabia que eu estava me sentindo um lixo por causa da situação com Daniel e, em vez de atacá-lo diretamente, estava tentando me distrair fazendo outra coisa.

E deu certo. Até fizemos guerra de cascas de limão no final. Senti meu coração se aquecer um pouco.

Mason podia ser a peste que era, mas de vez em quando conseguia salvar meu dia. E salvou este.

16

— **Ronnie, vamos!** — ouvi mamãe gritando do lado de fora da casa, buzinando com toda a força.
— Já disse que não quero ir! — gritei em resposta, na porta.
— Mas que falta de educação! — ela resmungou, não se importando com a vizinhança inteira ouvindo sua voz estridente. — Depois de tudo que Daniel passou durante as gravações de *Boston Boys*, ele ainda foi gentil o suficiente para nos convidar para conhecer o estúdio do seu novo programa, e você não vai por birra?!

Respirei fundo, tentando não gritar de volta, porque sabia que não daria certo responder a mamãe daquele jeito. Fazia apenas dois dias desde a confusão no mercado com Daniel. Como eu ia explicar para ela o motivo de ele ser a última pessoa do mundo que eu gostaria de ver no momento?! Tenho certeza de que seria estranho para ele me ver invadindo seu espaço, bem no meio de sua gravação. E decerto aquele convite inconveniente devia ter sido enviado muito antes da festa.

— Mãe, deixa eu ficar aqui! Que diferença vai fazer eu ir ou não?!

— Vai parecer que temos antipatia com o novo programa dele, *Boston Academy*, o que não pode acontecer. Temos que ser parceiros, não rivais.

Não conseguia entender o motivo de mamãe querer ficar tão na paz com um programa que obviamente era uma cópia barata do dela.

— Obrigue o Mason a ir com você, então! Nada dirá "bandeira branca" melhor do que isso!

— Ah, Ronnie, sabe que eu adoraria ir... — Mason falou, cínico, me envolvendo com seu braço. — Mas o convite só diz "Susan, Ronnie e Mary Adams"... Que pena, né? — Ele riu.

Me soltei de seu braço, irritada.

— Mãe, não faz sentido você querer ir! Eles vão achar que você quer espionar a gravação da série deles!

— Ora, que ideia! É justamente esse o motivo de irmos!

— Eu não vou! — Bati o pé. Parecia uma criança de seis anos, mas não estava nem aí.

— Vai, sim, porque eu decidi que você vai comigo e com sua irmã.

— Mas m...!

— Sem mais! — Nossa, esse grito com certeza o pessoal do outro quarteirão conseguiu ouvir. Minha mãe às vezes é tão escandalosa...

— Argh! — Marchei emburrada até o Audi e fechei a porta com força. Era mais ou menos assim como eu me sentia quando mamãe me obrigava a ir ao seu estúdio, logo depois que eu descobri que ela tinha se tornado produtora de *Boston Boys*.

Estava em pânico. Quase explodindo por dentro. Como eu iria conseguir olhar na cara de Daniel... E na de Sabrina Viattora?! Não estava pronta para vê-los ainda! Tudo que eu queria era cavar um buraco na terra e nunca mais sair dele.

Chegamos, e minhas mãos não paravam de suar. Ao contrário do prédio onde ficava o estúdio de *Boston Boys*, o de *Boston Academy* tinha bem menos andares, mas era mais largo. Ele também se localizava mais no centro da cidade.

Paramos em frente ao portão preto que cercava o prédio, e mamãe digitou o número no interfone. Depois de dois toques, uma mulher atendeu.

— Boa tarde.

Tarde demais para fingir um derrame...?, pensei, respirando fundo.

— Boa tarde — mamãe respondeu. — Sou Susan Adams, vim para a sala 205. Estou com minhas filhas, Ronnie e Mary.

— Só um minuto, por gentileza.

Esperamos o tal minuto, conforme a moça pediu. E depois mais um minuto. E mais outro. Quando olhei no relógio, estávamos naquele portão havia mais de cinco minutos.

— Hã... Será que ela esqueceu da gente? — Mary perguntou. Preocupada, mamãe falou:

— Alô? Tem alguém aí?

Depois de quase mais um minuto sem resposta, finalmente a voz voltou a falar:

— Podem subir.

E o portão se abriu. Estranhando aquela demora, entramos no prédio.

Tentei respirar fundo enquanto subíamos no elevador. Estava rezando para que Daniel e Sabrina estivessem ocupados demais gravando alguma cena para que nem nos percebessem. Ah, Deus, só não queria mais nenhum confronto.

Batemos na porta da sala 205 e fomos recebidas por um homem baixinho, de óculos e pouco cabelo, mas com uma expressão amigável.

— Susan Adams! É um prazer te conhecer! — Ele apertou a mão de mamãe, sorridente. — E você trouxe suas lindas filhas, que bom!

— Prazer. — Mary e eu apertamos a mão do homenzinho simpático.

— Sou Christian Kaplan, produtor de *Boston Academy*. Mas podem me chamar de Chris!

Ah, então Chris era a versão masculina e possivelmente mais amável de mamãe de *Boston Academy*.

— Gostariam de conhecer o estúdio?

— Seria um prazer! — mamãe respondeu.

E fizemos um rápido tour pelas salas, que eram basicamente as mesmas do estúdio de *Boston Boys*. Salas de edição, uma de descanso, um depósito, camarins... E, por fim, a sala de gravação. Quando Chris ergueu a mão para abrir a porta, senti meu estômago embrulhar, como se eu tivesse comido uma pizza estragada.

Todas as luzes da sala estavam acesas e apontando para o centro do recinto, cujo cenário imitava um quarto feminino. Várias câmeras estavam apontadas para... Adivinha? Sabrina e Daniel.

Tivemos que chegar bem na hora em que os dois faziam uma cena romântica. Ao cravar os olhos naqueles dois de mãos dadas e trocando carícias, quis morrer.

É só uma cena, é só uma cena..., tentei dizer a mim mesma, mas não deu certo. A raiva não ia embora. Aquilo só me fazia lembrar com maior clareza da festa, dos dois se agarrando na parede.

Virei o rosto e procurei pensar em coelhinhos, arco-íris e unicórnios. Não adiantou.

Os dois continuaram na lenga-lenga por mais alguns minutos — que pareciam horas. Descobri o mais novo método de tortura para mim: ficar sentada olhando Daniel e Sabrina se amando —, até que uma voz feminina atrás das câmeras gritou "Corta!".

Finalmente, pensei, aliviada.

— Bom trabalho! — Chris foi até o cenário, alegre.

— Não gostei — disse a mulher, que deduzi ser a diretora...

... A mãe de Sabrina.

Quando ela se levantou da cadeira e foi até a luz, pude ver traços semelhantes nas duas. A diretora era alta, morena, com longos cabelos castanhos ondulados, com reflexos claros, e grandes olhos castanhos. Usava um blazer azul-marinho elegante — até demais para quem trabalhava com uma série de TV — e saltos que a deixavam ainda mais alta. Percebi que tinha um pouco de sotaque espanhol, por isso ela logo me lembrou a atriz Sofía Vergara.

— Daniel, o que eu falei sobre seu lado bom do rosto?! E, Sabrina, sorria com os lábios, não com os dentes! Cadê a emoção?! Cadê a química?! Vamos, de novo!

Opa, o lance da química eu concordava. Mas uau. Em menos de dez segundos a mulher já havia detonado a cena inteira. Perto dela mamãe parecia um doce de pessoa. Chris, então, um santo.

— De novo? — Sabrina bufou, sentando-se na cama de seu falso quarto. — Mãe, chega! Já gravamos mil vezes esta cena!

— Não ligo se temos que gravar mil, dez mil, cem mil vezes! Ela tem que ficar perfeita, você me entendeu?

Arregalei os olhos. Olhei de relance para mamãe e Mary e percebi que elas fizeram o mesmo. Estava com medo de quando aquela hispânica raivosa notasse que estávamos ali. Seria capaz de ela nos chutar para fora com seus saltos altíssimos.

— Hã... Elena, podemos fazer uma pausa de alguns minutos? Temos visita — disse Chris, apontando para nós e fazendo toda a equipe notar que estávamos lá.

— Ronnie? — Daniel perguntou, parecendo surpreso ao me ver. Ah, como eu gostaria de ter o poder de me tornar invisível...

— Quem são? — A tal Elena apontou para nós, nos encarando de cima a baixo.

— Lembra que eu falei que a produtora de *Boston Boys*, Susan Adams, e suas filhas viriam nos visitar? — disse Chris.

Elena continuou encarando seu produtor com um olhar incrédulo.

— Eu falei que Daniel as havia convidado há um tempo e que...

— *Você* as convidou? — Ela virou o rosto para Daniel, fazendo um barulhinho com seus pesados brincos.

Por que estava sentindo que aquilo não iria acabar bem?

Antes que Daniel pudesse responder — ele obviamente estava nervoso, pois tinha feito o convite bem antes de toda a confusão acontecer —, Chris foi mais rápido.

— Sim, mas já tem um tempo! Acho que esqueci de lembrá-la ontem...

Nossa, era mal de produtor esquecer de avisar coisas importantes com antecedência...?

— Ah, excelente! — gritou Elena, furiosa. — Como se nós não tivéssemos um prazo curtíssimo e várias cenas para gravar, temos que parar as gravações porque você esqueceu de me avisar que receberíamos visitas! E como se não bastasse também "esqueceu" — ela fez o sinal de aspas com os dedos — de avisar que não tínhamos tempo para recebê-las!

Estava estarrecida. Tanto que até esqueci por um momento que estava com raiva de Daniel e Sabrina, de tão assustada que ficara com a atitude daquela mulher. Ela berrava com o pobre do produtor, ignorando completamente o fato de que as visitas estavam bem ao lado dela. Espiei as expressões de Daniel e Sabrina. Ele encarava o chão com a testa franzida, e ela revirava os olhos, como se já estivesse acostumada a aturar a mãe barraqueira.

Ao terminar de dar seu esporro em Chris, Elena se voltou para nós e falou, um pouco debochada:

— Desculpem, eu não sei como vocês trabalham, mas suponho que sua agenda deve ser bem tranquila para vocês estarem nos visitando assim no meio da semana. Aqui fazemos um trabalho sério, então não vamos poder atendê-las agora. Minha assistente Betty vai lhes mostrar o caminho da saída.

Até o momento mamãe estava ouvindo calada a mulher dar seu escândalo, mas ao receber aquela indireta — que na verdade foi bem direta — de que o programa dela era o menos sério dos dois, não deixou aquilo barato.

— Para sua informação, somos profissionais. Temos uma agenda muito cheia e resolvemos aproveitar nosso pouco tempo livre para fazer uma visita a um amigo. Vejo, pelos seus maus modos, que não somos bem-vindas neste lugar, então não se preocupe, sairemos sozinhas.

Uau, que classuda! Ponto para mamãe. Aquela Elena mereceu ouvir aquilo, não passava de uma grosseira e invejosa.

— Claro, uma visita para dar uma olhada nas nossas ideias, para reproduzir na sua série.

Ih, agora o negócio ia ferver. A mamãe boazinha que foi visitar o estúdio em sinal de paz tinha batido as asinhas e ido embora. Agora só sobrara a mamãe-ursa, que não aceitava de jeito nenhum quando falavam de sua série, e a defenderia com garras e dentes.

— Hã, senhoritas, vamos nos acalmar e... — Chris tentou cessar a briga, sem sucesso.

— Muito engraçado ouvir isso de alguém que copiou descaradamente o nome da *nossa* série! — Mamãe cuspiu as palavras.

—Ah, então o nome da cidade em que estamos é exclusivo de vocês?!

Nesse momento percebi que Sabrina, cansada de ouvir a mãe discutindo, puxou Daniel pelo braço e os dois caminharam em direção à porta da sala. Meu Deus do céu, nem enquanto uma pessoa de sua família soltava os cachorros ela conseguia largá-lo?!

— Ronnie, leve sua irmã para o banheiro — mamãe falou, séria, encarando Elena com fogo nos olhos.

— Mas eu não quero ir ao...! — Tapei a boca de Mary antes que ela completasse a frase e puxei-a para fora daquela sala.

Assim que saímos, meus olhos cruzaram rapidamente com os de Sabrina, e ela puxou Daniel para a sala de descanso e fechou a porta.

Uau. U-a-u. Dava para entender agora de quem ela herdara essa cara de pau toda. Mas que ninho de cobras que Daniel havia entrado.

Mary e eu ficamos em silêncio, sem saber o que dizer. Na porta à nossa frente, mamãe e uma mulher que ela havia acabado de conhecer se xingavam e se ofendiam, e, na porta de trás, Daniel e Sabrina provavelmente estavam "ensaiando" suas cenas de romance. Argh, que vontade de vomitar!

De repente, o barulho do meu celular vibrando quebrou o silêncio. Tirei-o do bolso e vi que Daniel acabara de me mandar uma mensagem. Apreensiva, li as palavras: "Só estamos conversando aqui, juro".

— Ah, por favor! — Enfiei o celular de volta no bolso, irritada. Ele achava que eu era idiota ou o quê?

Depois de mais um tempo encarando o mofo no teto, a porta da sala de gravação se escancarou e uma Susan Adams soltando fumaça pelas ventas saiu marchando de lá até a saída. Assustada, Mary foi logo atrás. Antes de segui-la, dei uma última olhada na porta fechada da sala de descanso, imaginando mil coisas que Daniel e Sabrina poderiam estar fazendo lá dentro, e pensei na sua mensagem de texto. Mas meus pensamentos foram interrompidos pelo berro de mamãe:

— Veronica Claire Adams, vamos!

O.k. Nome completo, sinal de raiva em grau altíssimo. Corri até elas, que já estavam no elevador me esperando. Chris veio logo atrás de mim, pedindo mil desculpas, mas a porta do elevador fechou antes que ele nos alcançasse.

Mamãe não falou nada até chegarmos ao carro. Virou a chave de tutu lilás com toda a sua força, fazendo o Audi dar um tranco. Eu não gostava nadinha quando mamãe dirigia irritada; isso significava ignorar por completo os limites de velocidade. Como se já não bastassem Jenny e Mason fazendo isso constantemente. Depois de furar o terceiro sinal vermelho seguido, ela finalmente falou:

— Quando chegarmos em casa, vocês vão se reunir com os meninos e tentar chegar a um consenso.

— Consenso... de quê? — perguntei, apreensiva, agarrando a alça de teto do carro.

— De alguma competição.

Aquilo só me deixou ainda mais confusa.

— Quem vai competir com quem? — Foi a vez de Mary perguntar.

— Vocês. Contra o elenco de *Boston Academy*.

— O que... — Mas, antes que pudesse perguntar o que diabos estava acontecendo, mamãe freou bruscamente porque um cachorro surgiu no meio da rua. Me recuperei do susto e continuei a falar: — Mãe, pode explicar isso, *por favor*?

— Não vou deixar barato o que aquela cobra disse. Argh, as coisas que ela falou sobre a nossa série! — Ela apertou o volante com força.

Eu entendia a raiva dela. *Boston Boys* era como um filho para mamãe. Eu a conhecia, sabia quanto ela era protetora da série e dos meninos.

— Por isso decidimos que vocês vão competir em alguma coisa, e quem perder terá que afirmar em rede nacional que a outra série é sua favorita! Ah, mal posso esperar para ver a humilhação nos olhos daquela maldita!

Ela estava falando sério...? Se bem que, depois de conviver dezesseis anos com ela, já sabia do que era capaz. Mesmo assim, aquilo parecia aposta de adolescentes num colégio, não de adultos com empregos sérios!

— Deixa eu ver se entendi isso direito... — falei, ainda não acreditando. — Os meninos vão competir com Daniel, Sabrina e os outros, e, se Daniel perder, vai ter que falar na TV sobre quanto ele adora *Boston Boys*? E, caso ganhe, Mason vai ter que falar que ama *Boston Academy*?

— Exato — ela afirmou, fazendo uma curva fechada, e Mary quase caiu no banco de trás.

— Que doideira! — minha irmã comentou. — Mas parece legal! O que acha, Ronnie?

— Concordo no sentido de ser doideira — respondi com a maior sinceridade.

Pensando bem, seria interessante ver Sabrina Viattora afirmando que a série concorrente era superior.

— Mas... eu topo participar disso — completei.

— Ótimo — mamãe falou. — Então combinem logo com os meninos alguma coisa; quero decidir isso o mais rápido possível.

— Deixa comigo. — Mary tirou o celular do bolso e começou a digitar freneticamente. — Ryan já falou que topa!

E, enquanto Mary ia convocando um por um na velocidade da luz com seus dedinhos rápidos, fiquei imaginando algum tipo de competição para Sabrina perder. E de um jeito bem humilhante. Para que todos vissem que ela não é perfeita como fica esfregando na cara de todo mundo. Para que ela sentisse que não pode ter tudo na palma da mão.

Oh-oh, a Ronnie vingativa estava começando a tomar conta de mim outra vez. Não podia deixar de lado minha sensatez.

E então lembrei de Sabrina puxando Daniel descaradamente para a outra sala. E, depois, da mensagem que recebi.

Ah, eu com certeza ia achar um jeito de esmagar aquela garota.

17

Tivemos que esperar Ryan sair da academia, Henry voltar do barbeiro, Karen acabar a manicure e Mason voltar do Starbucks — ele realmente se deu ao trabalho de ir lá para tomar limonada porque eu não estava em casa —, mas finalmente conseguimos reunir o elenco de *Boston Boys* para decidir o tal desafio maluco em que mamãe os havia enfiado. Chamei Jenny para ajudar, porque sabia que ela teria alguma ideia mirabolante para colocar Sabrina em seu lugar. A reunião acabou se tornando um jantar.

— Que tal um concurso de música? — Mary foi a primeira a opinar.

— Nós com certeza sairíamos em vantagem — Mason falou, interessado.

— É, mas ficaria injusto também — Henry comentou. — De todos eles, só o Daniel sabe tocar um instrumento, não?

Henry tinha um ponto. Três contra um realmente não seria muito legal. E duvido que o elenco de *Boston Academy* aceitaria isso.

— Além dele, alguém sabe cantar? Pode ser um caraoquê — Ryan sugeriu.

— Sim! — Karen concordou, animada. — Eu quero participar! Vou acabar com a ridícula da Sabrina cantando! — Ela se levantou, imitou aquela famosa pose da mão no ouvido que as cantoras pop gostavam de fazer e soltou a voz: — GIVE ME A SIIIGN! HIT ME, BABY, ONE MORE TIME!!!

O som que saiu de sua boca foi como mil almas perdidas sendo torturadas e gritando. Meu ouvido começou a zumbir, e vi que todos na mesa fizeram a mesma cara de incômodo ao ouvir o pequeno show da diva.

— Ou podemos competir para ver quem deixa o outro mais surdo; nessa, você com certeza ganha — Henry falou, debochado, coçando o ouvido esquerdo.

— E que tal uma competição de baixo? — Karen retrucou.

— Ah, espera, ninguém liga pra esse instrumento!

— Entre na minha conta do Twitter para dizer isso e vamos ver quantas pessoas ligam — Henry respondeu, na lata. Tapei a boca para não rir. *Touché*.

Karen ia responder do jeito "Karen", mas os interrompi antes que aquilo se tornasse uma briga, como sempre acontecia. Estava cansada de tantos barracos.

— Chega, vocês dois! Não vamos perder o fio da meada!

— Então sugira alguma coisa, garota — Karen falou, voltando a sentar em seu lugar.

Várias opções surgiam na minha cabeça, mas nenhuma delas eu sentia que poderia vencer Sabrina de jeito.

— Façam um jogo, então. — Foi a vez de Jenny sugerir.

— Jogo, tipo tabuleiro? — perguntei, sem animação.

— Não, vovó! Jogo de verdade! — Mason respondeu. — Tipo boliche!

Os olhos dos garotos rapidamente se iluminaram. Jenny pareceu interessada na ideia também, já eu e Karen… não muito. Não tinha nada contra boliche, mas, além de quase não aguentar o peso da bola mais leve, eu era recordista em errar epicamente as jogadas, sempre enfiando a bola na canaleta.

Felizmente, Karen vetou a opção antes que eu pudesse dar minha desculpa de fracote.

— Sabem quanto custou isto? — Ela mostrou suas unhas grandes, certinhas e recém-pintadas de marrom. — Trinta dólares. Sabem o que enfiar os dedos numa bola de boliche destrói? Exatamente isto.

— Ah, sem graça — Mason comentou. — Íamos acabar com eles no boliche.

— Vem cá, passaram ouro nessa unha pra você pagar isso tudo? — Henry perguntou, encarando as mãos dela.

Karen revirou os olhos.

— Vocês, homens, não entendem do processo de terapia das mãos da srta. Wong. — Ela tocou as próprias bochechas com a costa das mãos, sorrindo com prazer. — Macias como pele de bebê.

Jenny e eu trocamos um rápido olhar de "Não são só os homens que não entendem", mas resolvemos deixar quieto.

— Então fale um jogo que você aprove, alteza — Henry disse, cruzando os braços.

— Calma, estou pensando.

Todos pensamos mais um pouco entre as garfadas do espaguete, até que Ryan deu sua ideia:

— Que tal um jogo de basquete? Ou uma corrida?

Obviamente o sr. Malhação ia sugerir coisas desse tipo. Como se tivesse esquecido da minha experiência nada agradável na academia.

— Jogos menos atléticos, por favor — pedi.
— Melhor, senão essa aí acaba com outra tala no braço. — Mason riu, e chutei-o debaixo da mesa.
— Já sei! — Mary falou. — Disputa naquela máquina de dança!
— Não! — os três garotos disseram, em uníssono.
— Tá difícil, hein? — Henry comentou, apoiando os cotovelos na mesa. — Onde vamos arranjar um jogo que agrade a todo mundo, não exija muitas atividades atléticas e não quebre a unha de ninguém...?
Silêncio.
Passamos um tempinho terminando de jantar, porque as ideias estavam escassas. Fiquei imaginando se os concorrentes já tinham pensado em alguma coisa.

Jenny foi a primeira a terminar de comer, e pegou seu celular para passar o tempo. Alguns segundos depois me cutucou e mostrou a tela, onde estavam uma foto de Sabrina e Daniel rindo e a legenda "Só você me conhece tão bem!", com várias carinhas felizes e coraçõezinhos feitos no teclado. Meu sangue ferveu.

— Até parece que é verdade — Jenny falou, enfezada. — Eles se conhecem há dois meses, no máximo. Ele nem deve saber o nome do gato dela, se ela tiver um gato.

Assenti com a cabeça, depois dei um gole na minha água.

E de repente a fala de Jenny fez com que uma luz se acendesse em minha mente.

Pensei em todas as fotos que Sabrina havia postado com Daniel, como se eles fossem as pessoas mais próximas do universo. Pensei na tímida menina que se dizia fã de Henry e em um dos gêmeos que disse o mesmo sobre Karen. Por fim, pensei no que mamãe me dissera havia um tempão, quando os meninos fizeram seu primeiro show.

Você tem uma ligação com eles diferente de todos nós.

Eu os conhecia. De verdade. Há muito mais tempo do que Sabrina conhecia Daniel, e de um jeito bem diferente do que ela se gabava em suas redes sociais.

Quebrei o silêncio da sala com a ideia que me veio à cabeça:

— Jogo de quem se conhece melhor.

Todos me olharam confusos, intrigados e interessados ao mesmo tempo.

— Como assim? — Ryan perguntou.

— Chamamos uma pessoa para fazer perguntas sobre nós, como coisas preferidas, medos e o que gostam de fazer, e o grupo que tiver mais respostas certas vence.

Todos precisaram de um momento para digerir aquela ideia, mas, convenhamos, era genial! Nós com certeza sabíamos mais uns sobre os outros do que nossos adversários, mas eles nunca admitiriam isso, e com certeza aceitariam competir! Era perfeito!

Jenny pareceu perceber isso logo de cara. Deu um sorriso determinado e falou:

— Acho uma ótima ideia.

Os meninos se entreolharam, provavelmente questionando em silêncio quanto de fato conheciam um ao outro.

— Vocês se conhecem desde os catorze anos! — argumentei.

— É verdade — Henry disse, interessado. — É uma boa, Ronnie. Genial como sempre. — Ele deu uma piscadela e ergueu o polegar em sinal de positivo.

— Eu tô dentro! — Ryan falou, se animando.

— Eu também, vai ser legal ver a naja sem palavras tentando adivinhar coisas sobre aquele bando de esquisitos — Karen deu um risinho maldoso.

E todos os olhares caíram em Mason, que era o único que não havia se pronunciado ainda. Depois de pensar um pouco, ele disse, abrindo um sorriso:

— Vamos acabar com eles.

— Isso! — Os meninos fizeram um *high five*, Karen bateu palminhas, e Jenny e eu batemos os punhos. Aquilo ia ser épico.

— Esperem só um minuto — Mary falou, depois de limpar a boca com o guardanapo. — Vocês vão precisar de um juiz, certo? Já pensaram em quem vai ser?

— Verdade… — Ryan concordou. — Tem que ser alguém que saiba tanto sobre a gente quanto sobre os outros.

— E nos mínimos detalhes — Mason completou. — Tipo, tem que saber até nossa marca de cueca preferida.

E outra luz se acendeu na minha cabeça. Que pessoa que nós conhecíamos que aceitaria participar daquilo de boa vontade, que soubesse ou conseguisse descobrir facilmente os segredos mais obscuros de cada membro participante?

A resposta estava clara como água.

— Já sei a pessoa perfeita para isso — falei, convicta, já abrindo meu celular e mandando a seguinte mensagem: "Me encontre no meu gramado às nove da noite em ponto. É importante. Não se atrase".

Nem dois minutos se passaram e já senti meu celular vibrar e, quando o peguei, vi que já tinha uma resposta:

"É bom que seja importante mesmo. E não se preocupe, querida. Piper Longshock nunca se atrasa."

Às nove em ponto, depois que todos já tinham ido embora, me certifiquei de que ninguém percebesse que eu ia sair de casa para encontrar Piper. Era de esperar que ela já estivesse lá, com seu binóculo e seu bloquinho, me esperando perto da árvore, onde volta e meia ela escalava para espiar o quarto de Mason.

— Engraçado você falar em pontualidade e chegar dois minutos atrasada.

— Desculpe, cozinhei para um batalhão hoje e ainda sobrou para mim lavar a louça depois — respondi, e estava sendo sincera. Impressionante como de repente surge um compromisso inadiável para todo mundo bem na hora de limpar as coisas.

— Tá, que seja. O que você quer, Adams?

— Bem... — Olhei para os lados, só para garantir que estávamos sozinhas no quintal. — Você já deve ter descoberto várias coisas sobre o elenco dessa nova série, *Boston Academy*, não é mesmo?

Ela ergueu uma sobrancelha.

— Deixa eu adivinhar, quer saber os podres da beldade latina?

Beldade latina, mais um nome para a compilação de apelidos de Sabrina. Só Karen já havia contribuído com oitenta por cento da lista.

— Latina? — perguntei.

— É, ela é de Porto Rico. Se bem que não sei se isso conta como ser latina... Normalmente estou dormindo nas aulas de Geografia.

Assenti com a cabeça, interessada. Já dava para ver que Piper havia feito seu dever de casa.

— É esse tipo de informação que eu gostaria que você reunisse — falei.

— E por que quer que eu faça isso?

Contei a Piper a discussão de mamãe com Elena Viattora, a disputa em que as duas acabaram nos metendo e o jogo de que havíamos decidido participar.

— Claro que não pensei em ninguém além de você para ser a moderadora. — Resolvi dar uma puxada de saco a mais, só para convencê-la por completo. — Só uma fã tão dedicada e amorosa como você conseguiria...

— Poupe seus elogios, Adams — Piper me cortou. — É mais que óbvio que eu nasci para fazer esse trabalho.

— Claro, claro — concordei, esperançosa. — Então... você pode formular as perguntas e estar presente no dia?

Ela ergueu seu bloquinho cheio de anotações.

— Já tenho boa parte do que preciso aqui, mas pode deixar que vou pegar mais algumas informações cruciais. Aliás... — ela deu um sorriso travesso — há alguma coisa em particular que você gostaria de saber sobre Sabrina Viattora?

Mordi os lábios. Como dizer aquilo de um jeito que não parecesse desesperado, vingativo ou irracional?

— Só... garanta que vai ficar difícil para a equipe dela fazer pontos. Só isso.

— Só isso mesmo? — O sorriso dela não diminuiu, e seus enormes e assustadores olhos azuis me encararam, vendo até minha alma.

— Hã... — Cocei a cabeça. — Se quiser pegar uma ou outra coisa um pouco mais... constrangedora... não acho que seria um problema tão grande assim...

Ela deu risada, depois balançou a cabeça negativamente e cruzou os braços.

— Veronica Adams... — Ela me olhou de cima a baixo. — Você mudou, sabia?

— Eu? — perguntei, hesitante. — Eu não mudei, eu só… estou ficando mais esperta.

— Mais maldosa, você quer dizer.

Não queria admitir, mas Piper realmente tinha um fundo de razão naquilo. Mas eu não era uma pessoa totalmente diferente e do mal como ela estava me fazendo parecer! Eu só não queria mais ser a garota idiota que abaixa a cabeça e deixa os outros fazer o que bem entendem de mim! Eu tinha que me impor também… Do meu jeito!

— Quer saber? Pegue as informações que quiser, não me importo.

E me virei para voltar para casa, mas parei ao ouvir Piper dizer:

— Tem certeza? Acho que ela acabou de postar algo que você gostaria de ver.

Dei meia-volta e vi que ela segurava o celular com uma mão no quadril. Revirei os olhos, imaginando que seria mais uma dos trinta e cinco milhões de fotos que Sabrina postava com Daniel, mas, com o tom que Piper usara, fiquei curiosa. Me aproximei e, assim que vi a foto na tela e a legenda, quase caí para trás. Meu queixo foi parar no pé.

A legenda dizia: "Melhor companheiro para tomar limonadas, não existe! Temos que fazer isso mais vezes! Obrigada pelo dia maravilhoso!", e vários desenhos de coração.

E na foto estava ela, segurando um copo de limonada do Starbucks…

… beijando a bochecha de Mason, que segurava um copo igual.

Só não peguei aquele celular e o destruí com minhas próprias mãos porque Piper o tirou do meu alcance. E ela ainda complementou:

— Eu estava no Starbucks quando a foto foi tirada. Ela viu Mason pedindo uma limonada, pediu para tirar uma foto com ele, e depois cada um seguiu seu caminho. Parece que ela quer mostrar ao mundo uma vida completamente diferente da que vive.

Parei de ouvir o que Piper dizia depois de um certo momento. Meus olhos estavam tão cravados na foto que, por um momento, esqueci de piscar.

Senti uma veia pulsando na testa. Quem ela pensava que era?!

Eu não sabia o que aquela louca queria fazer postando aquelas fotos, mas ela já havia arrastado Daniel para dentro daquela confusão, e agora havia ido longe demais. Fora exatamente assim que sua relação com Daniel começou, e, sendo real ou não, os dois acabaram se agarrando na festa. Não ia deixar de jeito nenhum que o mesmo acontecesse com Mason.

E todo o meu lado racional que estava tentando lembrar que não se pode julgar alguém antecipadamente, e que dizia para eu dar a Sabrina o benefício da dúvida, foi pulverizado. Eu era só raiva no momento. Queria pegar aquele celular e jogar longe, pegar o rostinho bonito e dissimulado de Sabrina e esfregá-lo no asfalto. Queria acabar com ela de uma vez por todas.

— Piper... — Depois de encarar aquela imagem por mais um tempo, alimentando meu ódio, consegui dizer para ela, com fogo nos olhos: —Ache a coisa mais constrangedora, o segredo mais sujo e obscuro que ela tiver. Use os meios que quiser, não me importo.

Ela deu um sorriso malicioso. Não sei por quê, mas ela estava gostando desse meu Lado Negro da Força.

— Tem certeza? Absoluta? Depois não tem volta, hein?

Não movi um músculo, apenas assenti com a cabeça e respondi, convicta:

— Acabe com ela.

18

Piper não só fez o serviço completo, como foi muito além do que eu pedi. Ela organizou pequenos cartões que continham informações específicas de cada participante do jogo, dividiu-os por cores, para identificar a qual time a informação se referia, separou dois relógios para ter certeza de que iria cronometrar o tempo exato e reservou o andar de cima inteiro do restaurante japonês Crudo para que pudéssemos jogar com privacidade e ainda comer um rodízio de sushis. Não sei de onde ela tirou dinheiro e tempo para fazer aquilo tudo, mas Piper Longshock sempre dava seu jeito. Mesmo que os meios não fossem os mais corretos. Meu pedido obscuro a ela era uma prova disso.

Infelizmente, eu não conseguia perceber quanto a inveja e o ciúme estavam me deixando cada vez mais podre. Tudo o que eu pensava no caminho de casa até o Crudo era como Sabrina seria desmascarada e exposta como os intestinos dos peixes do restaurante.

Os meninos pediram para que eu participasse de seu time, já que eles tinham um membro a menos do que os de *Boston*

Academy. Piper não viu problema nenhum nisso; aliás, acho que eu era a pessoa que ela mais conhecia. Ela disse que ficou até melhor para seu TOC, já que ficaria equilibrado certinho: cada time com três garotos e duas garotas.

Piper também consentiu que Jenny e Mary assistissem, contanto que não tentassem soprar nenhuma resposta ou atrapalhassem o jogo. Jenny detestava comida japonesa, mas disse que para participar daquilo como espectadora seria capaz de comer até um peixe cru inteiro. E ela nos deu carona também, o que foi ótimo.

Assim que chegamos, encontramos os gêmeos Emmett e Jackson, Nikki e Piper já esperando. Os irmãos conversavam normalmente entre si e com a menina, enquanto Piper checava se estava tudo em ordem, para garantir que tudo sairia perfeitamente bem. Parecia que ela estava organizando um *bar mitzvah*, pelo seu nível de dedicação. Tanto talento desperdiçado em um jogo tão inútil.

— Aposta quanto que Sabrina e Daniel vão vir juntos? — Jenny cochichou no meu ouvido.

— Aposto menos dez dólares, porque isso com certeza vai acontecer. Se bobear, vêm até de mãos dadas — respondi.

Cumprimentamos os quatro, e Henry deu uma atenção especial a Nikki.

— Que bom te ver de novo! — ele falou. — Quer dizer, te ver pessoalmente, por mensagens de texto não conta.

Arqueei uma sobrancelha ao ouvir aquilo. Desde quando aqueles dois estavam trocando mensagens de texto?

— Desde quando estão trocando mensagens de texto? — Karen pareceu ler minha mente e perguntou o que eu estava pensando.

— Ora, alguém precisava ser a ponte entre *Boston Boys* e *Boston Academy* para decidir como seriam as regras do jogo, certo? — Henry respondeu. — Já que a Suzie e a sra. Viattora já se odeiam, e esta aqui — ele apontou para mim — e Daniel não estão mais se falando, a gente precisava achar outra maneira de se comunicar.

Senti alguns olhares direcionados a mim com aquele comentário de Henry, e resolvi encarar meus sapatos, fingindo que não havia escutado.

— É bom mesmo te encontrar, Henry! — Nikki concordou, abrindo um sorriso. — Queria poder estar no seu time. Saberia responder todas as perguntas sobre você. — Ela deu um risinho envergonhado, e suas bochechas cheias de sardas coraram.

— Hã... esquisita — Karen comentou um pouco alto, não sei dizer se foi proposital ou espontâneo. Ela passou direto por Nikki e se sentou em uma das cadeiras. — E onde está minha querida amiga Sabrina? — Ela olhou em volta para o restaurante vazio, e veneno quase escorreu de sua boca ao falar aquelas palavras. — Pensa que pode se atrasar porque acha que o mundo gira em torno dela?

— Se acalme, Karen, eu cheguei vinte segundos depois de você.

E bastou Karen começar a reclamar que a dita-cuja apareceu logo em seguida, usando uma blusa de babados laranja e uma minissaia branca. Em cada braço ela tinha um acessório: do lado esquerdo, uma bolsa branca de penas e, do lado direito, um roqueiro de um metro e setenta e cinco de altura usando uma camisa do Green Day.

Sabrina deu passos rápidos até o grande círculo de mesas onde estávamos, sem soltar o braço de Daniel. Respirei fundo. Aquilo em breve iria acabar.

— Desculpem o grande e terrível atraso, pessoal — Sabrina falou, debochada, olhando para Karen. — Foi o trânsito.

Daniel finalmente se soltou dela para nos cumprimentar. Na hora que ele veio falar comigo, só demos um "oi" rápido e meio desconfortável.

Piper, que estava quieta, só escutando as conversas paralelas e olhando atentamente para seus dois relógios, subiu em cima de uma das cadeiras, tirou um apito de dentro da blusa e soprou com toda a sua força, nos deixando praticamente surdos. Bem, pelo menos serviu para que toda a atenção do recinto se voltasse para ela.

— Estão todos aqui, excelente. Vocês têm exatamente cinquenta e sete segundos para se organizarem, cada um de um lado desta mesa — ela apontou para a mesa no meio do salão, que tinha cinco cadeiras de cada lado. — Jenny Leopold e Mary Adams, a plateia, podem se sentar na mesa à minha esquerda. Sem perguntas. Vão, já!

Piper apitou de novo, como se fosse um comandante do Exército. Uau, ela realmente estava levando aquilo a sério.

Nos sentamos lado a lado como ordenado, e Mary e Jenny se sentaram à mesa ao lado. Mary segurava um pequeno cartaz que dizia "Time Ryan", com vários corações desenhados, mas Piper a fez guardá-lo, argumentando que nenhum time poderia ser influenciado por nenhuma fofura externa.

Nossa mediadora pegou um bolo dos cartões coloridos que já estavam separados e nos mostrou as partes cobertas.

— Vamos repassar as regras. Cada time terá um minuto para responder o máximo de questões que conseguir. As questões têm níveis diferentes de dificuldade e dizem respeito a nada mais nada menos que vocês. Se conhecem bem seus amigos, não há nada a temer. Agora, se não conhecem... — ela nos lançou seu famoso olhar assustador e intenso... — já sabem. A equipe perdedora dirá em rede nacional que a série adversária é sua favorita. O membro que souber responder responde. Um de cada vez. Sem brincadeiras. — Ela bateu com os punhos na mesa. — Este é o momento mais importante da vida de vocês.

— Piper... Menos... — comentei, mas me arrependi logo em seguida. Ela soprou violentamente seu apito e apontou para mim.

— Primeiro strike, Ronnie Adams! — ela gritou, com fogo nos olhos. — Se a equipe tiver três strikes, está desclassificada!

— Nossa, ela é meio maluca... — um dos gêmeos comentou para o irmão.

— Emmett Matin, primeiro strike para a sua equipe! — Piper virou-se para os dois, quase com fumaça saindo dos ouvidos, e soprou o insuportável apito novamente.

Comentário adicional: fiquei surpresa por Piper saber diferenciar os dois. Quer dizer, eles eram idênticos.

— Não quero ouvir mais um pio fora do jogo, fui clara?!

— S-sim, senhor! — Emmett respondeu, com medo.

Ela se indireitou e tirou uma moeda do bolso.

— Cara, *Boston Boys* começa. Coroa, *Boston Academy*. Estão prontos?

Dei uma rápida olhada para os meninos e para Karen. Eu estava confiante. Sabia bastante coisa sobre eles. Quer dizer, achava que sabia. Devia saber bem mais do que o outro time. Esperava, pelo menos.

— Boa sorte — Sabrina murmurou para sua equipe.

Boa sorte para você, Sabrina, pensei, já imaginando qual carta Piper teria na manga.

E saiu cara na moeda. Senti minhas mãos suar um pouco. Estava na hora.

Piper pegou o punhado de cartões vermelhos e tirou um do bolo.

— *Boston Boys* começa. Um, dois, três e... — ela ligou o cronômetro — ... valendo! — Ela leu o primeiro cartão. — Quais os nomes dos cachorros de Ryan?

— Eu sei! — Mason falou. — Pie, Cookie e... — ele estalou os dedos, tentando lembrar do terceiro — Mozzarella!

— Certo! Primeiro, eu lembro de Ryan falando sobre seus cachorros, mas nunca imaginei que tivesse três. A casa dele devia ser uma loucura! E, segundo, claro que Ryan teria nomeado seus cachorros em homenagem à comida. Ou seria isso, ou seriam nomes de exercícios na academia, que eram as duas coisas que ele mais amava. Mas, entre Cookie e Supino, os nomes de comida eram mais bonitinhos.

Olhei de relance para minha irmã na mesa ao lado, se contorcendo para não gritar a resposta que ela com certeza sabia.

E Piper não perdeu tempo, sacou o outro cartão.

— Qual o filme favorito de Henry da saga *Star Wars*?

— O quinto! — Ryan falou com convicção. O nome é... hã... alguma coisa a ver com ataque...

— *O Império contra-ataca* — falei.

— Isso! Ele sempre obrigava a gente a assistir quando ia para a casa dele!

— Certo! — Piper falou.

— Obrigava? — Henry olhou para o amigo, indignado. — Eu apenas sugeria um dos maiores clássicos do cinema que vocês não sabem apreciar, mas que deveriam!

— Ele obrigava — Mason comentou.
— Eu sabia a resposta dessa... — Nikki disse baixinho.
— Próxima pergunta! — Piper disse. — De que Mason tem mais medo?

Henry e Ryan se entreolharam, e parecia que eles não sabiam a resposta. Resolvi entrar no jogo e respondi, sorrindo:
— Palhaços.
— Certo!

Mason me encarou, numa mistura de alegria e incômodo. Ele queria o ponto, mas não queria que aquele fato fosse compartilhado com pessoas que ele mal conhecia. Ainda mais com Daniel, que não resistiu e perguntou:
— Palhaços, sério? — Ele riu.
— Bem... hã... Ronnie tem medo de fogos de artifício. — Sem conseguir se defender, ele resolveu me atacar. Idiota.

E a moderadora pegou outro cartão vermelho, sempre conferindo o tempo restante.
— Com o que o pai de Karen trabalha?

Karen deu um sorriso e olhou esperançosa para os garotos, presumindo que eles soubessem. Mas, pela cara deles, não faziam a menor ideia. Eu, muito menos. Para mim, o sr. S era um dos donos da *Playboy*, mas de jeito nenhum eu daria aquele palpite.

Vendo que nosso tempo era curto, Henry resolveu arriscar e dar um chute:
— Ele é dono de alguma empresa de tecnologia?
— Errado. — Droga. Nosso primeiro ponto perdido. — Ele é fotógrafo.
— Fotógrafo? — perguntei, estranhando a resposta. — Que tipo de fotógrafo tem uma casa do tamanho da que vocês têm?

— O tipo dos melhores. — Ela sorriu, se sentindo superior. Mas de repente me encarou, confusa. — Espera... Quando você esteve na minha casa?

Eu poderia explicar para Karen nos mínimos detalhes que eu e Mason fomos até sua casa há meses, quando eles estavam no auge da guerra de boatos absurdos enviados para a revista *Pop!*, mas Piper foi mais rápida e fez a próxima pergunta:

— Reality show preferido da Ronnie?

— *Cake Boss* — Mason respondeu, na velocidade da luz. — Vai, próxima pergunta!

Com o passar do tempo, pude perceber que os meninos estavam levando a competição cada vez mais a sério. E dava para entender o porquê. No início, parecia algo bem patético, duas adultas colocarem adolescentes para responder em um jogo de perguntas e respostas, mas não era só uma frase no programa que estava em jogo. Era nossa dignidade, nossa amizade. E aquilo nos fez querer ganhar mais do que qualquer coisa.

— Qual o nome do meio de Henry?

Karen, empolgada, se levantou e gritou:

— EZEQUIEL!

Todos encararam Henry, depois Karen, embasbacados. Como ela sabia aquilo? Henry sempre deixara claro que somente sua tia o chamava pelo seu nome do meio, que ele detestava do fundo do coração. Pela cara de "quero morrer" que Henry fez, não era algo que ele contava para todo mundo.

Henry *Ezequiel* Barnes. Agora entendia por que ele sempre abreviava seu segundo nome.

— Certo! E acabou o tempo!

— Isso! — Karen socou o ar, depois voltou para seu lugar. Olhou para Nikki, que estava com os olhos verdes arregalados, e falou com escárnio: — E isso, você sabia sobre ele? Acho que não, né? — E sorriu, vitoriosa, jogando seu rabo de cavalo para o lado.

Piper anotou em seu bloquinho os pontos que fizemos, guardou os cartões vermelhos e pegou os azuis. Achei que fizemos um bom trabalho. Queria só ver o time de Sabrina fazer mais pontos.

Na verdade, queria mesmo era ver a pergunta que Piper havia separado para ela.

— Time *Boston Academy*, pronto?

Daniel, Sabrina, Nikki e os gêmeos se entreolharam e assentiram com a cabeça.

— E... — Piper ajeitou novamente os dois cronômetros. — Valendo! Quantos anos Jackson tinha quando deu seu primeiro beijo?

— Dezesseis! — Obviamente a resposta veio de seu irmão.

Karen deu um risinho e comentou, baixo:

— Mané.

Fingi não ter escutado e não ter me afetado com aquele comentário, pois eu também tinha dezesseis anos e não havia beijado um ser humano sequer. Se eu continuasse naquele ritmo, em breve seria mais mané que Jackson.

— Certo! Nikki é alérgica a...?

— Hã... Amendoim? — Daniel chutou, ao perceber que o time não sabia.

— Errado. Camarão.

Encarei Piper, alarmada. Que ideia foi aquela de levar a menina alérgica a camarão a um restaurante *japonês*?!

Felizmente Nikki foi inteligente o bastante para não tocar em nenhuma das entradas que foram servidas enquanto as perguntas rolavam.

— Mais fácil eles desistirem logo — Mason falou, sorrindo com a resposta errada. — É óbvio que vamos ganhar.

Daniel, enfezado com aquele comentário, respondeu à pergunta seguinte, que era o filme que Sabrina havia assistido mais vezes — *Bonequinha de Luxo* —, mais rápido do que uma águia, e acertou. Sabrina acertou a próxima pergunta, que era a cor favorita de Daniel.

— Verde. Assim como os olhos dele. — E sorriu para ele.

Tentando não me irritar com aquilo, lancei um olhar para Piper de "E então... cadê a pergunta constrangedora?!", mas ela estava tão concentrada que nem notou. Depois de dois acertos seguidos, Daniel sorriu para Mason, satisfeito, e falou:

— Não vai ser a primeira vez que você acha que está certo e não está. Vou adorar ver isso de novo.

Mason apertou os punhos. Toquei seu braço de leve, só para garantir que a confusão de quando os dois se conheceram não acontecesse outra vez. Por sorte, Mason estava mais sensato do que antes e não deu nenhuma resposta malcriada.

Piper fez mais duas perguntas sobre os gêmeos e sobre Daniel, mas nada de Sabrina. Olhei para meu relógio de pulso, imaginando quantas perguntas faltavam para que a tão esperada revelação acontecesse. Não conseguia ficar quieta no meu lugar. Minha perna direita tremia freneticamente, e meus dentes mordiam o hashi do restaurante sem dó. Jenny percebeu meu comportamento estranho, jogou um guardanapo em mim para chamar a minha atenção e perguntou, em leitura labial: *O que houve?*

Nada, respondi, virando a cabeça para a mesa novamente. *Vamos, Piper, o tempo está acabando...*, pensei, nervosa.

E, quando achei que não daria mais tempo e que todo o meu esforço havia ido por água abaixo, Piper sacou um cartão azul e leu claramente, palavra por palavra:

— Por que Sabrina terminou seu último relacionamento? Pude sentir pela atmosfera do restaurante, que mudara completamente, que aquela era *a* pergunta.

Os olhos de Sabrina se arregalaram, e sua pele morena conseguiu ficar pálida. Eu nem podia acreditar; finalmente minha vingança estava acontecendo. Sabrina havia perdido o controle da situação e não tinha ninguém para ela manipular no momento para conseguir o que queria. Ela estava completamente vulnerável.

Olhou para Daniel com um desespero evidente, e ele não soube o que dizer, parecendo tão surpreso quanto ela.

Ninguém disse nada, e uma aura tensa pairou no recinto. Só faltava alguém responder. Se bem que não faria diferença, Piper diria a resposta certa caso eles errassem, de propósito ou não. Aquilo era perfeito.

A curiosidade estava me corroendo por dentro. Comecei a imaginar mil histórias diferentes, uma pior do que a outra. Imaginei que Sabrina tivesse traído o ex-namorado, ou que ele tinha trinta e cinco anos, ou que fora preso... talvez por ter trinta e cinco anos. Estava doida para que o tempo acabasse e Piper finalmente revelasse a história.

Sabrina não conseguia falar. Seu queixo tremia, e ela descascava sem parar o esmalte de seu polegar esquerdo. Depois de alguns segundos de silêncio, ela conseguiu dizer para Piper, indignada:

— C-como você sabe disso?!

— Eu sei de tudo — Piper respondeu, curta e grossa, e não estava mentindo. — Vocês vão responder à pergunta ou não?

— Espere! — Sabrina continuou, no mesmo tom desesperado: — Não pode pular essa pergunta?

— Se eles não souberem, podem chutar.

— Mas, mas... — Ela encarou seu time, que parecia não saber o que fazer.

—Acabou o tempo — Piper falou.

Sabrina nem teve chance de suspirar de alívio, porque Piper falou logo em seguida:

— A resposta certa é...

— Não! — Sabrina se levantou, apoiando as mãos firmemente na mesa. — Não precisa falar, o tempo acabou!

— Mas de acordo com as regras...

— Eu não ligo para as regras! Não responda à droga da pergunta! — Ela deu um soco na mesa, com o rosto vermelho.

Mas Piper não se deixou intimidar e, mesmo sendo mais baixa que Sabrina, se aproximou dela, apertou os olhos e falou, séria:

— Sua equipe será desclassificada se eu não responder.

— Então... Então pode desclassificar! Pronto, parabéns, *Boston Boys*! Vocês ganharam!

Dito isso, Sabrina saiu feito um foguete de lá em direção à varanda do segundo andar e bateu a porta com força. Tinha quase certeza de que a vi esfregando os olhos antes de bater a porta.

Espera... ela estava... chorando?

19

Todos nós levamos um tempinho para processar o que havia acabado de acontecer. Em menos de trinta segundos, o jogo passou de uma disputa saudável e divertida para um problema sério. E ninguém imaginava que a culpada era eu.

Estudei as expressões à minha volta. Os meninos estavam confusos com a explosão de Sabrina, Nikki olhava para a porta fechada da varanda com preocupação, Jenny, Karen e Mary estavam surpresas demais para dizer alguma coisa, e Daniel tinha uma expressão misturada de pena e indignação.

E chegou um momento em que a indignação falou mais alto e ele se virou para Piper e perguntou, com raiva:

— Como diabos você sabe dessa história?! E que ideia foi essa de colocar algo tão pessoal assim?!

Piper rapidamente olhou para mim, depois voltou o olhar para Daniel e respondeu, com firmeza:

— Pode ir se acalmando, queridinho. Eu simplesmente peguei uma informação. Só fiz o que me pediram para fazer.

E Daniel, ainda mais irado, esbravejou, olhando para Mason:

— Foram vocês que pediram para ela descobrir isso?!

E Mason, que estava quieto, se levantou ao ouvir a acusação e respondeu, irritado:

— Não vem culpando a gente, não! Até parece que seríamos capazes de pedir uma coisa dessas! Vai ver que isso já estava rodando pela internet e você nem sabia!

De repente, senti um peso do tamanho de um elefante na minha consciência. Tinha acabado de me dar conta da situação. *Eu* havia causado aquilo. Havia pedido para Piper pegar a informação mais confidencial e secreta de Sabrina e expô-la para todos. Por nenhum motivo além de satisfação pessoal. E, pelo visto, era algo bem sério, que ela não queria relembrar. E eu praticamente o joguei na cara dela.

Isso me fazia uma pessoa horrível. Quer dizer, pior que isso, *perversa*. Eu não era assim. Não era capaz de fazer mal a uma mosca. Mas nas últimas semanas tudo o que eu pensava era em formas diferentes de fazer Sabrina sofrer. E o que ela havia feito de tão ruim? Postado algumas fotos com Daniel e Mason. E, claro, beijado Daniel.

Se bem que Daniel me avisara mais de uma vez que eles não estavam juntos.

Ai, meu Deus. O que eu tinha acabado de fazer? No que eu havia me transformado?!

Tomei um gole da água que estava na minha frente, mas minha mão tremia tanto que quase derrubei o copo. Suor escorria pelas minhas costas. Eu era realmente desprezível. Enquanto estava na minha crise interna, Mason e Daniel continuavam gritando um com o outro.

— Escute aqui, isso é uma informação confidencial! Eu te mato se você tiver espalhado isso por aí! — Daniel apontou o dedo na cara de Mason.

— Cale a boca, seu imbecil! Nem sabe o que está falando! Já disse que não espalhei droga nenhuma! E o inferno que aconteceu no início do verão estava voltando. Por minha causa. Não podia culpá-los. Só queriam defender seus amigos. Eu tinha que fazer alguma coisa. Mas e a coragem para admitir que eu era a culpada? Que ótimo, além de perversa, eu era uma covarde.

— Quer saber? Dane-se, tenho coisas mais importantes para ver agora. — E Daniel se virou e foi a passos largos até a varanda.

Era agora ou nunca. Só tinha os poucos segundos antes de Daniel alcançar a porta. Eu podia tentar consertar as coisas e mostrar que ainda havia um pouco de decência em mim, ou levar aquele segredo para o túmulo e voltar na próxima encarnação como um besouro de esterco, e comer cocô durante toda a vida para tentar evoluir espiritualmente.

Eca. Definitivamente precisava contar a verdade.

— Daniel! — Um lampejo de coragem me fez levantar e correr para alcançá-lo. — Espera aí... Antes que você vá falar com a Sabrina... Preciso conversar com você.

— Agora? — ele perguntou, soltando a maçaneta.

— É, agora. É importante.

Daniel cruzou os braços, com toda a sua atenção agora voltada para mim.

— O.k. O que houve?

Respirei fundo. Meus joelhos estavam bambos, e minhas costas não paravam de suar.

Diga a verdade, Ronnie. Você vai se arrepender para sempre se não contar.

— Hã... — Nossa, como doía ter que falar o que eu tinha feito com aqueles olhos verdes vidrados em mim. — Fui... fui eu quem quis usar o segredo de Sabrina. Mason não teve nada a ver com isso, nem Piper. Se alguém tem culpa nessa história, sou só eu.

E o olhar dele foi de curioso para incrédulo. Depois, para decepcionado. Foi como um soco.

Em vez de esbravejar como ele fez com Mason, Daniel apenas chegou mais perto, com a testa franzida, e disse:

— Foi *você*?

Olhei para o chão, me sentindo do tamanho de um rato.

— Sim.

— Ronnie, olha para mim — ele disse, completamente sério. Ergui o rosto com hesitação. — Por que você fez isso?

Mordi os lábios. Daniel não piscava.

— Porque eu sou uma hipócrita. Eu sempre achei ridículo essas garotas que precisam que outras sofram para se sentirem bem. Não percebi que acabei me tornando uma delas.

Um nó se formou na minha garganta. Contar a verdade era muito mais difícil do que eu imaginava. Ainda mais para Daniel, que tinha um carinho tão grande por mim e agora me olhava com a maior decepção do mundo.

Daniel bufou e respondeu, negando com a cabeça:

— Eu não consigo acreditar. Você tem ideia do que fez? Se meteu num assunto totalmente sério e pessoal! Eu… nunca imaginei que você seria capaz de fazer uma coisa dessas.

De fato, me senti a pulga do rato.

— Não vou me defender. Não sabia da história, mas pedi para que Piper procurasse algo constrangedor.

— Você não era assim, Ronnie. O que aconteceu?

Comecei a lembrar de todas as vezes que meu sangue fervia ao ver as fotos que Sabrina postava com Daniel. Como quase arranquei os olhos ao ver a foto com Mason. Como meu coração se partira em milhares de pedaços ao ver Sabrina e Daniel na festa.

— Muitas coisas.

De repente, ele relembrou um acontecimento recente.

— Desde que te encontrei no mercado, você estava estranha.

Enfiei as mãos dentro do bolso do casaco e respondi:

— Bem... Não posso negar que esse rolo entre você e ela contribuiu para que eu...

— Argh, de novo com isso! — Ele bateu o pé, agora mais bravo do que triste. — Eu te falei mais de uma vez, Ronnie! Não estamos juntos! Nunca estivemos! Se você acreditasse no que eu digo, como uma amiga deveria fazer, e esperasse o momento certo para eu te contar o porquê disso tudo...

— Mas você pretendia me contar?

— Claro que pretendia! — Seu rosto agora estava vermelho por causa de tantas emoções ao mesmo tempo. — Acha mesmo que eu gostava de esconder esse segredo de você? Acha que eu estava fazendo aquilo para te torturar? Óbvio que não! Mas isso não envolvia só a mim, envolvia outra pessoa também! — Ele apontou com a cabeça para a varanda atrás dele. — Envolvia esse segredo.

Aquilo fazia sentido. Eu não acreditava que tinha duvidado de Daniel daquela maneira. Como pude ignorar todos os seus pedidos de desculpa e ficar tão cheia de ciúme que não consegui enxergar as coisas como eram? Ele dissera, de fato, mais de uma vez, que não estava com Sabrina. E eu escolhi continuar alimentando meu ódio e não acreditar no meu amigo.

De pulga do rato, passei para a ameba da pulga do rato. E, pela primeira vez em muito tempo, consegui dizer:

— Desculpe. Por tudo.

— Não é só para mim que você tem que pedir desculpas. Tem que se desculpar com Sabrina, por tê-la feito passar por esse constrangimento hoje.

Assenti com a cabeça.

— Eu vou. Posso falar com ela agora.

Depois da minha resposta, Daniel não disse nada, apenas abriu a porta da varanda, dando espaço para que eu passasse. Era óbvio que um pedido de desculpas não seria o suficiente para que ele me perdoasse, mas pelo menos era um começo.

Caminhei até a varanda com o estômago revirado. Com certeza a parte mais difícil já havia passado, que era contar a verdade a Daniel, mas admitir para Sabrina que eu tentara sabotá-la não seria nada fácil também.

Encontrei-a apoiada no parapeito, olhando para os carros que passavam na rua, e uma brisa suave soprava seus cabelos curtos.

— Posso me juntar a você? — perguntei timidamente, parando ao lado dela.

Ela continuou na mesma posição. Percebi pelos olhos inchados que ela, de fato, havia chorado enquanto estava ali sozinha.

— Agora não é o melhor momento — ela respondeu, seca.

— Eu sei, mas... — Respirei fundo, exatamente como fizera quando fui falar com Daniel. — O.k., eu vou falar. Você está aqui, relembrando um monte de coisas do passado que provavelmente não gostaria de relembrar, porque... Bem, porque eu pedi a Piper que descobrisse seu segredo.

Sabrina se virou para mim, mas com serenidade. Não teve o mesmo choque que Daniel tivera. E, para minha enorme surpresa, ela disse:

— Meio que imaginei que tivesse sido você.

Arregalei os olhos. Estava pronta para ouvir um sermão indignado e talvez até levar um tapa na cara, mas isso foi tudo o que ela disse, com o mesmo olhar, com a mesma linguagem corporal de antes.

— V-você... já imaginava... S-sério?

— É. Não me leve a mal, eu não te acho uma pessoa terrível, capaz de fazer essas coisas sempre, mas... Ora, você era a única além de Karen com uma razão para me odiar.

Pisquei duas vezes. Ainda não estava acreditando na reação dela.

Ao perceber quão confusa eu estava, Sabrina prosseguiu com sua teoria:

— Daniel me falou muito de você, sabe. De suas saídas, suas mensagens... Você precisava ver como o rosto dele se iluminava quando contava essas histórias. Quando te conheci, pude ver que você olhava para ele de um jeito diferente, mesmo sem perceber. E na festa, quando conheci Mason, pude ver que a ligação entre você e ele também era diferente.

Minha garganta ficou seca, e minhas bochechas quase entraram em combustão. Precisei me apoiar no parapeito para absorver todas as observações dela.

— É óbvio por que você fez isso. Você é humana, todos os humanos sentem ciúme em algum momento de sua vida. E isso às vezes... leva as pessoas a fazer coisas que normalmente não fariam. — Continuei ouvindo atentamente. — E de repente entra uma garota na sua vida que resolve dar em cima dos dois únicos garotos por quem você sente algo, que nem sabe o que é direito ainda... — Seus olhos se encontraram com os meus. — Você seria quase que burra se não fizesse nada para me impedir.

Por isso já estava esperando que em algum momento alguma coisa dessas fosse acontecer. — Ela deu de ombros. — Por mais louco que aquele raciocínio fosse, fazia sentido. Mas era muito estranho ver aquela atitude. Estava quase preferindo que ela gritasse comigo.

— Você provavelmente veio aqui se desculpar e explicar que não é uma pessoa horrível. Não precisa gastar sua saliva, já sei disso, Ronnie. Por tudo que Daniel falou, não tem como você ser, de fato, ruim.

— Bem... — Cruzei os braços. — Se você for perguntar para ele agora, Daniel vai dizer que sou uma pessoa ruim.

— Garotos... — Ela suspirou. — Não entendem como as garotas se relacionam. Para eles é tudo mais simples.

Assenti com a cabeça. E aquilo era verdade. Daniel e Mason eram um ótimo exemplo disso. Os dois não se gostavam, e nunca esconderam esse fato. Pelo contrário, sempre deixaram isso claro como água.

— Mas de qualquer forma... eu te devo uma explicação. Sabe, todas as coisas que eu fiz ou fingi que fiz, com Daniel e Mason.

— Hã, não precisa falar se não quiser... É um assunto difícil para você e...

— Bem, é — ela concordou. — Mas resolvi aceitar que não dá para fugir disso para sempre. E prefiro que você ouça a história verdadeira de mim, e não de um boato estúpido que pode surgir na internet em breve.

Dito isso, Sabrina respirou fundo, ajeitou sua roupa, que estava amarrotada, olhou no fundo dos meus olhos e começou a contar sua história. Desde o começo.

20

— **Eu tinha doze anos,** e era meu primeiro dia de aula. Tinha passado minha vida inteira tendo aulas em casa porque minha mãe achava que era melhor para minha educação, e só fui descobrir o que era estudar numa escola de verdade na sexta série. E foi bem difícil. Acho que toda criança já passou por um momento em que ela se sente intrusa no ambiente em que está. Foi assim comigo. Todos na escola já se conheciam, já eram amigos havia muito tempo, e quem iria querer conversar com a novata que não conhecia ninguém? E o pior de tudo, eu estava muito mais acostumada a falar espanhol, porque praticamente só falava essa língua com minha mãe em casa. Junte uma menina tímida, que não sabia se expressar direito em inglês, que nunca havia estudado em uma escola normal, e você tem a receita do fracasso.

Era tão estranho imaginar Sabrina Viattora como uma menina tímida e deslocada. Realmente, quatro anos fizeram *muita* diferença na vida dela.

— Nos primeiros dias, eu fiquei completamente invisível. Estudava sozinha, comia sozinha, ficava sozinha durante o intervalo. Ninguém parecia notar a minha existência. Por um lado, obviamente era solitário, mas, por outro, era reconfortante o fato de ninguém implicar comigo, como eu sempre via as crianças nos filmes fazendo. Foi assim durante um tempo, até que um dia peguei um resfriado e resolvi sentar a uma mesa longe do ar-condicionado da cantina. Mas não devia ter feito aquilo. Em menos de um minuto, uma menina que parecia ser do grupinho popular da classe veio tirar satisfação comigo. Disse que aquela era a mesa dela e de seus amigos, e que eu simplesmente não podia ficar lá. Expliquei minha situação, que estava fazendo isso para não piorar o resfriado... Mas quem disse que ela ligou? Começou a gritar comigo, praticamente ordenando que eu saísse da mesa, senão iria me arrepender.

"Chateada e com medo de fazer inimigos, juntei minhas coisas e me levantei para correr para qualquer lugar longe dali, mas, de repente, uma garotinha que parecia ter a nossa idade, mas a metade de nossa altura, surgiu entre mim e a valentona. Sem o menor medo, apontou o dedo na cara dela e falou que era um absurdo como ela estava me tratando, que o mundo não girava em torno dela e que eu tinha o direito de sentar lá, já que havia chegado primeiro.

"Não acreditei no que tinha acabado de ouvir. Em um minuto parecia que todos os meus medos vistos nos filmes sobre escolas tinham se realizado, e em outro, aparecera alguém para me salvar. Depois de espantar a valentona e seus amigos, a garotinha perguntou se podia se sentar comigo e se eu estava bem. Bem? Eu estava ótima! Ela havia aparecido como um anjo para mim! Ela era até parecida com você, Ronnie. Quer dizer, só na altura e na cor dos cabelos, porque sua pele era da cor de chocolate. Ela se apresentou como Reyna.

"A partir daquele dia, Reyna e eu nos tornamos inseparáveis. Passamos a fazer tudo juntas. Estudávamos juntas, íamos ao cinema, tomávamos sorvete e fazíamos festas do pijama assistindo filmes até de madrugada. Reyna era tudo para mim. Uma confidente, uma melhor amiga e uma heroína. Não conseguia ficar longe dela sequer por um minuto. Sempre que voltava para casa ou quando não podia vê-la, me sentia vazia. Os anos foram se passando, e nossa amizade só cresceu e foi ficando cada vez mais forte.

"Paralelamente a isso, minha mãe tentava fazer minha carreira no show business decolar de qualquer jeito, me colocando em comerciais, agências de modelo, testes para peças e programas de TV... Eu não ligava muito para aquilo, mas sabia que deixava minha mãe feliz, então não discordava. Com o tempo passei a fazer mais e mais trabalhos artísticos, mudei de aparência para me adequar ao padrão que queriam que eu seguisse e fiz isso tudo sem contestar.

"As crianças que antes não falavam comigo agora queriam ser meus amigos e se sentar comigo no lanche. Reyna ficou uma fera. Um dia confrontou todos e os chamou de falsos e aproveitadores, e disse que a minha amizade era algo precioso demais para as pessoas ficarem querendo se aproveitar daquela maneira. Fui meio indiferente àquilo; tudo o que me importava era a amizade que tinha com Reyna, que, para minha felicidade, não mudou quando comecei a carreira artística.

"Até que, quando fiz quinze anos, alguma coisa mudou em mim. Percebi que a amizade que tinha com Reyna não era o suficiente. Percebi que, sempre que ficávamos juntas, meu corpo tinha reações diferentes. Meu coração batia mais rápido, meus dedos formigavam, meu estômago se enchia de borboletas. Percebi que bastava eu receber uma mensagem de texto dela dizendo somente 'Bom dia' ou 'Boa noite' para meu coração se encher de alegria. Percebi que amava Reyna de um jeito que não sabia que era possível.

"Felizmente acabei descobrindo que ela sentia o mesmo por mim. E depois disso vivi a melhor época da minha vida. Nós não nos desgrudávamos. Era maravilhoso. Mas, claro, sabia que minha mãe jamais aprovaria aquele relacionamento, já que ela estava tão focada em me fazer ser a garota perfeita para as câmeras. Conseguimos manter o namoro em segredo por quase um ano. Até que... até que minha mãe acabou descobrindo. Lembro como se fosse hoje. Primeiro ela não acreditou, depois, quando caiu a ficha, ela quis me matar. Ficou furiosa. Não parava de dizer quanto aquilo era absurdo, nojento, horrível. Brigamos feio e ficamos um bom tempo sem nos falar. Ela me proibiu de ver Reyna, disse que, se a imprensa descobrisse, seria o fim da minha carreira. Quanto exagero, não? Para ela, era como se eu tivesse cometido um crime. E que grande crime foi aquele? Amar uma pessoa que jamais me fez nenhum mal, pelo contrário, cuidou de mim até quando ela estava ocupada demais querendo me transformar em uma estrela.

"A briga com minha mãe não me impediu de ver Reyna. Ela era a única pessoa que me entendia, a única com quem eu podia ser eu mesma. Como viveria minha vida sem ela? Impossível. Mesmo com as brigas, com os xingamentos, os protestos de minha mãe, continuei a ver Reyna, como se nada houvesse mudado. Mas chegou o dia em que não deu mais para agir daquela maneira. O dia em que minha mãe foi mais baixa do que eu jamais achei que ela seria. Ela foi tirar satisfação com Reyna. Disse coisas horríveis para ela, horríveis mesmo. Falou sobre como ela não se importava com a minha carreira e que, para o bem dela, era melhor que nunca mais me procurasse. Falou todo tipo de atrocidades, chegou até a... ameaçá-la. Foi cruel. Reyna era a pessoa mais carinhosa e gentil que eu já conhecera e não merecia passar por aquela humilhação.

"Claro que, depois daquilo, Reyna parou de falar comigo. Tentei me explicar para ela, tentei convencê-la de que minha mãe não podia impedir que ficássemos juntas, mas acabei percebendo quanto a vida dela seria miserável se ela precisasse aguentar aquilo. Eu tinha que aguentar minha mãe porque não havia outra escolha. Mas ela não tinha. Ela podia se ver livre daquilo. Então parei de tentar contatá-la. Achei que seria melhor para ela.

"Alguns boatos começaram a surgir na internet sobre o meu relacionamento, e minha mãe exigiu, quer dizer, praticamente me obrigou, que os fizesse parar. E como eu faria aquilo? Eu não controlava o que as pessoas compartilhavam em suas redes sociais. Até que minha mãe apresentou uma solução: abafar esses boatos... com outros boatos. Arrumar algum astro adolescente para ser meu namorado fictício, isso daria uma bela história e de quebra um bom marketing para a nova série que eu iria estrear.

"E foi aí que Daniel apareceu. Não ia conseguir realmente fingir que estava apaixonada por ele toda vez que o encontrasse, então acabei lhe contando toda a história. Ele, como o doce de pessoa que é, e você sabe do que estou falando, não hesitou em me ajudar. Disse que faria o que eu precisasse, mesmo que significasse que espalhassem boatos sobre ele. O resultado foi esse. Começamos com a festa, que renderia bons comentários e muitas fotos, e depois fui só complementando com as postagens nas minhas redes.

"Mas minha mãe dizia que não era o suficiente. Que as pessoas continuavam comentando de vez em quando sobre Reyna. Achei outra solução, começar a postar mais e mais fotos com outros meninos famosos. Eu não fiz isso porque não queria que o mundo soubesse do meu namoro com Reyna. Pelo contrário, em um mundo perfeito, eu poderia contar para todos sem ser discriminada. Mas, infelizmente, não é assim que minha mãe pensa. Para ela, é melhor eu ter fama de quem fica com um monte de caras do que assumir quem eu sou de verdade.

"Então, Ronnie, quando essa menina que estava moderando o jogo perguntou o motivo de eu ter terminado meu último relacionamento... Bem, agora você sabe o motivo. E a razão de eu ter saído daquele jeito e me isolado aqui. É porque não há um dia sequer, desde o momento em que tudo acabou entre nós, que não penso em Reyna, em como ela está, se conseguiu se apaixonar por outra pessoa, se conseguiu ter uma vida feliz."

O rosto de Sabrina agora se encontrava coberto por lágrimas. Percebi pelos meus olhos úmidos que não resisti e derramei algumas também. Jamais teria imaginado que ela havia passado por tanto sufoco só porque amava alguém. E na própria casa! Quer dizer, ela ficara daquele jeito por causa da mãe! Quando a conheci, pensei que Elena era apenas uma mulher grosseira e maleducada, mas ela era muito pior que isso. Era cruel, insensível. Parecia não se importar com a felicidade da própria filha.

Realmente devia ter sido a pior experiência de sua vida ter que se afastar de Reyna. E eu pensando que ela postava aquelas fotos apenas para ganhar mais espaço nos holofotes. Estava envergonhada de mim mesma por ter pensado tantas coisas horríveis sobre uma pessoa que eu mal conhecia.

E fazia muito sentido o que Daniel me dissera no mercado, que não cabia a ele decidir se poderia contar ou não. Ele concordou em agir daquela maneira porque Sabrina havia lhe pedido.

— Sabrina... — falei, com o queixo trêmulo. — E-eu... não fazia...

— Não fazia ideia? Claro que não, boba. Sei esconder as coisas bem. — Ela riu tristemente, limpando as lágrimas dos olhos.

— Eu não sei o que dizer... Sinto muito — falei, com toda a honestidade. Não poderia dizer nada que magicamente consertasse a vida de Sabrina, então tudo o que me restava era me compadecer de sua situação.

— Obrigada. — Ela respirou fundo, depois olhou para a porta da varanda. — Acho melhor voltarmos, não?

— Se você quiser...

Ela virou o corpo em direção à porta, mas, antes que pudesse caminhar até lá, não aguentei e falei:

— Espere!

Ela se virou, me olhando com dúvida.

— O que foi?

— Hã... — Me aproximei dela. — Você... não vai falar com a Reyna nunca mais?

Sabrina olhou para o chão, murchando outra vez.

— É melhor assim.

— Tem certeza? E se... tudo de que ela precisasse fosse só um tempo? E se ela sentir tanta saudade de você quanto você sente dela?

Ela não disse nada. Me lembrei de quando convenci Mason a acertar as coisas com o pai. Foi a lembrança do meu próprio pai que me fez querer ajudá-lo. Agora, meses depois, a história parecia se repetir. Ouvir o relato de Sabrina me fez pensar como eu ficaria se não pudesse estar junto das pessoas que amo. Só aquela ideia me fez estremecer e sentir um vazio no peito. E, mesmo com ela tendo me perdoado, estava sentindo uma necessidade imensa de ajudá-la; afinal, ela também merecia ser feliz.

— Já pensei nisso algumas vezes. Mas não sei... — Ela passou a mão no cabelo. — Tenho medo de tentar me intrometer na vida dela outra vez e acabar piorando.

— Olha... Eu provavelmente não devia me meter, mas acho que você poderia tentar.

— Mas e se eu acabar estragando tudo? De novo? — ela perguntou, triste.

Lembrei de quando Mason passou dos limites e acabou saindo da minha casa. Eu dizia a mim mesma que não queria vê-lo nunca mais. Dei um tempo da minha convivência com ele, o que foi bom para que eu esfriasse a cabeça e ele percebesse que havia pisado na bola. Mas depois me dei conta de que ele ocupava um espaço na minha vida... e sentia falta quando ele não estava lá. O mesmo tinha acontecido com Daniel. Ficamos sem nos falar por causa da festa, e, bem, pelo menos para mim, aquele tempo me encheu de saudade.

— Sabrina, a culpa não foi sua! E tenho certeza de que Reyna sabe disso também. Ela provavelmente só precisou... de um tempo naquela época. Mas isso não quer dizer que você não deva tentar nunca mais!

Sabrina mordeu os lábios.

— Você acha mesmo que eu devo tentar falar com ela de novo?

— Acho. — E falei com cem por cento de sinceridade. — Acho que só assim você vai poder sair desse estado de dúvida e angústia. — Toquei seu ombro de leve. — Deu para ver que você realmente a ama. Se ela ainda sentir o mesmo, não vai ser sua mãe que vai impedir que vocês fiquem juntas. — Fiz uma pausa e depois continuei: — Mas... se por acaso ela tiver seguido em frente, você finalmente vai poder deixar isso para trás e seguir em frente também. Mas aja agora, para depois não se arrepender!

Sabrina me encarava com uma mistura de surpresa e dúvida e uma pitada de esperança. Felizmente essa pitada começou a crescer, e o rosto dela se iluminou de novo.

— Eu... acho que posso... tentar falar com Reyna outra vez.

— Isso! — Eu sorri. — E, caso você precise de ajuda para descobrir o telefone dela ou o endereço, caso ela tenha se mudado, eu falo com Piper e você pode ter essa informação hoje mesmo. — Ergui o polegar em sinal de positivo.

Sabrina abriu um grande sorriso e me abraçou com força.

— Obrigada, Ronnie.

— É o mínimo que eu posso fazer. —Abracei-a de volta. — Eu não devia ter te julgado sem te conhecer. Desculpe, de verdade.

— Esqueça isso, já disse que não estou chateada. — Ela deu uma piscadela, depois olhou por cima do meu ombro. —Acho que já podemos voltar para lá agora.

Virei para onde ela estava olhando e avistei Daniel apoiado na porta da varanda, nos esperando. Caminhamos até ele, que, ao perceber que Sabrina estava bem mais leve do que da última vez que a vira, conseguiu relaxar um pouco.

— Está tudo bem? — ele perguntou.

— Está — Sabrina respondeu, me lançando um sorriso. — Nós já conversamos e nos acertamos. E Ronnie me deu um bom conselho.

— Que bom — ele disse, aliviado. — Já falei com o pessoal lá dentro para não fazerem perguntas sobre você, então pode voltar sossegada que ninguém vai te importunar.

— Coitados, vai deixá-los se corroer de curiosidade! — Sabrina deu uma risada, depois beijou carinhosamente a bochecha dele. — Mas, sério, obrigada. Bem... — Ela olhou para Daniel e depois para mim. — Vou indo na frente. Se quiserem conversar um pouco mais, a varanda está liberada para vocês. — E, antes que pudéssemos responder, ela acenou e entrou no restaurante, nos deixando lá sozinhos.

O.k., desconfortável. Eu não sabia o que dizer. Já havia pedido desculpas, mas Daniel não parecia tão disposto a me perdoar logo de cara. Não que ele não tivesse uma razão para isso.

— Hã... Eu me desculpei com Sabrina por tudo. Ela foi bem legal em relação a isso.

— É, eu vi. Aquele foi o abraço de perdão mais caloroso que já vi. — Ele estava sério, mas vi um pequeno esboço de sorriso no canto esquerdo do seu lábio.

— Ela também... — ajeitei uma mecha de cabelo atrás da orelha, hesitante... — me contou tudo. Sobre Reyna, sobre vocês.

— Imaginei que ela contaria. — Ele assentiu com a cabeça. — Finalmente entendeu por que eu não pude te contar antes?

— Entendi. — Abaixei a cabeça e suspirei. — Eu realmente devia ter te escutado, Daniel. Fui uma péssima amiga.

— Bem... — Ele por fim olhou nos meus olhos. — Pelo menos você reconheceu que errou.

— Sim, e não se preocupe, nunca mais vou duvidar de você!

— Que bom ouvir isso. — E seu esboço de sorriso ficou meio centímetro maior.

— Então... amigos? — perguntei timidamente.

— Sempre fomos, Ronnie.

Sorri e o abracei. Mas, ao contrário do que eu esperava, o abraço não foi como normalmente era. Não senti aquele calor nem o carinho que Daniel costumava passar sempre que me abraçava. Soltei-o e o olhei, tentando esconder minha frustração. Ele ainda não havia me perdoado completamente.

Ele percebeu que o abraço não saiu como eu esperava e falou:

— Desculpe, eu... acho que preciso de um tempo. Aconteceram muitas coisas nesses últimos dias. Nessas últimas horas.

Um tempo. Assim como eu precisei quando Mason saiu da minha casa. Assim como Reyna precisou quando a mãe de Sabrina foi confrontá-la. Eu entendia mais do que ninguém aquela necessidade de Daniel, mas mesmo assim aquelas palavras apertaram meu coração. Porém isso não impediu que Mason ou Sabrina desistissem de tentar consertar as coisas.

— Eu entendo — respondi. — Tire o tempo que quiser. O próprio Watson já pediu um tempo para o Sherlock. — Tentei fazer aquela analogia para quebrar um pouco o clima tenso.

— Obrigado. Hã, vamos entrar, então?

— Vamos.

Dito isso, Daniel abriu a porta e voltamos para a mesa, onde, surpreendentemente, o elenco de *Boston Boys* e o de *Boston Academy* pareciam conversar numa boa. Ryan mostrava fotos de seus cachorros no celular para os gêmeos e Mary, Karen contava para Nikki mais situações constrangedoras que Henry passara, e Piper encarava sonhadoramente Mason enquanto ele contava alguma piada para Sabrina, que agora ria tão mais leve que parecia outra pessoa completamente diferente da Sabrina que saíra chorando antes. A mesa agora estava cheia de sushis, rolinhos primavera e sashimis, e todos dividiam a refeição e comiam animadamente. Quem diria que uma competição louca como aquela iria aproximá-los daquele jeito?

— Oba, agora todos estão aqui! — Jenny, que estava mais perto da porta, falou ao avistar a mim e Daniel. — Sentem logo, que os sushis estão acabando! — Ela nos empurrou para a mesa.

Acabei sentando do lado oposto de Daniel. Mas o papo animado foi me deixando mais leve também. Me fez pensar que aquele tempo não seria para sempre. Se tinha uma coisa que eu havia aprendido com a minha convivência com os meninos era que todo mundo merecia uma segunda chance. E tinha certeza de que Daniel sabia disso também e alguma hora as coisas voltariam a ser como eram antes. Eu só precisava de um pouco de paciência.

Mas essa não era a única coisa que iria me preocupar nos próximos dias. Não sabia disso ainda, mas uma pessoa bem próxima a mim estava prestes a desejar voltar no tempo por estar no lugar errado, na hora errada.

21

Aproveitei minha última semana de férias de verão da maneira que eu mais gostava. Terminei de ler o terceiro livro de *As crônicas de gelo e fogo*, assisti a mais séries do que eu possa lembrar e fiz diversos programas com minha melhor amiga. Alguns que ela queria fazer e me arrastou, como ir ao salão, e outros que eu queria fazer e a arrastei, como organizar minha prateleira de livros, que estava uma bagunça. Gostava dessa harmonia que Jenny e eu tínhamos.

Jenny parecia bem com aquela história toda. Parou de fazer comentários maldosos sobre as fotos que Sabrina postava; só achou curiosa uma foto que ela postara recentemente e veio me perguntar se eu sabia quem era. Na foto, Sabrina estava com a bochecha colada na de uma menina linda, negra, de longos cabelos pretos e olhos amendoados. Nela havia apenas a legenda de um coraçãozinho, e as duas sorriam de orelha a orelha. Reyna. Meu coração se encheu de alegria ao ver aquilo, mas tentei ao máximo esconder meu entusiasmo.

No dia seguinte não conseguimos sair, porque Jenny iria ajudar os pais na agência de turismo da qual eles eram proprietários. Pensei que iria passar o dia inteiro em casa vendo séries e lendo livros — não que isso fosse algo ruim, muito pelo contrário —, mas logo de manhã Mason chegou com uma proposta que acabou me tirando desse círculo vicioso:

— Ronnie, além de fogos de artifício, você tem medo de mais alguma coisa? Tipo, de cachorro?

Bufei, largando com força o copo de leite na mesa de café. Ele nunca iria me deixar esquecer daquilo.

— Não, Mason. Não tenho medo de cachorros. Mas, se eu vestir um cachorro de palhaço, aposto que quem vai ter medo é *você*.

Mary, que tomava seu suco, quase engasgou ao soltar uma risada depois do que eu falei.

Mason pareceu ignorar o que eu disse, e continuou:

— Então você pode ajudar a gente.

— Ajudar com o quê?

— A cuidar dos cachorros do Ryan! — Mary respondeu, animada. — Ele viajou para ver os avós ontem e pediu que a gente desse comida para eles e os levasse para passear enquanto ele e os pais estiverem fora.

Torci o nariz. Por mais que eu gostasse de cachorros — apesar de preferir gatos —, só de pensar que eram *três*, a ideia me deixava um pouco apreensiva.

— Hã... Henry não pode ajudar com isso, não?

— Ele é alérgico — Mason respondeu. — E, além do mais, faz bem ver a luz do sol de vez em quando, sabe? — Ele puxou meu braço e o analisou. — Olha isto, parece um fantasma de tão branca.

Puxei meu braço de volta e respondi:
— Eu estou de férias, aproveito como eu quiser.
—Ah, Ronnie! Vai ser legal! — Mary falou. — E os cachorros são uma gracinha, você tem que conhecê-los! Vai se apaixonar por eles!
Tomei mais um gole do leite, pensativa, depois perguntei:
— Eles são… grandes?
Mason e Mary se entreolharam.
— Médios… — Mason falou, com alguma incerteza.
— Mas são fofos! — Mary completou.
Imaginei que seriam três brutamontes. E ainda por cima tinham nome de comida. Não podia combinar mais com Ryan. Se bem que, realmente, eu poderia ganhar um pouco de vitamina D. Só saía com Jenny para lugares fechados. Além disso, Daniel ainda estava sem falar comigo direito, então acho que cuidar de três cachorros durante o dia poderia me ajudar a não pensar nisso.
— Está bem, eu ajudo vocês.
Mason e Mary bateram as mãos, satisfeitos.
— Temos que ir logo, daqui a pouco é a hora de dar comida para eles — Mary falou, limpando a boca com um guardanapo.
— Terminem de comer e me chamem, vou só calçar um tênis.
— Dito isso, ela subiu a escada em direção a seu quarto.
Mason terminou logo em seguida. Antes de se levantar, perguntou para mim:
— E aí? Como estão as coisas entre você e Daniel?
— Estão… mais ou menos — respondi, estranhando a pergunta. Desde quando Mason queria saber sobre Daniel? — Mas vão melhorar. Eu acho. Por quê?
Ele olhou para o chão, depois voltou a olhar para mim.

— É que... hã... eu só queria saber se você... se você...
Acho que era a primeira vez que eu o via assim, sem saber o que dizer. E parecia que seu rosto estava levemente corado. Era até engraçado de ver.

— Se eu...?

Ele pigarreou, depois continuou:

— Se você gostari...

Mas de repente ele foi cortado por um berro ensurdecedor de mamãe vindo lá de cima. Ela estava usando seu tom de esporro usual, mas dessa vez ele não era direcionado nem a mim nem a Mary.

— Maaaason!!!

Ele estremeceu e levantou rapidamente da mesa, com pânico nos olhos.

— O que você fez? — perguntei.

— Pior que eu realmente não sei. — Ele engoliu em seco.

E ouvimos os passos de mamãe descendo a escada. Toquei a música-tema do filme *Tubarão* na minha cabeça enquanto ela descia, porque só de ver a cara dela tinha certeza de que Mason estaria ferrado quando ela nos alcançasse.

— Boa sorte — falei baixinho.

— Mason. — Mamãe parou em frente a ele, que agora parecia mais pálido do que eu. — Acabei de receber uma ligação. Sabe de quem?

Do seu terapeuta pedindo para marcar outra consulta?, pensei, mas não me atrevi a dizer nada.

Mason apenas negou com a cabeça. Se ele parecia nervoso quando tentou me dizer algo antes, agora parecia que estava prestes a explodir.

— De sua mãe — ela falou.

Uau, há quanto tempo não ouvia notícias de Lilly! De vez em quando ouvia mamãe tagarelando com ela ou Mason respondendo com seu usual "Tá, mãe" ao telefone, mas só isso. Fazia um bom tempo que não a via. O que será que ela estava fazendo da vida?

— E ela me perguntou por que eu ainda não havia respondido o RSVP dela.

Ergui uma sobrancelha. Rsvp era aquele negócio que a gente respondia, dizendo se ia ou não a um evento, certo? Será que era do aniversário dela? Se bem que não, porque lembro de Mason enviando por correio o presente que havia comprado para ela alguns meses atrás.

Mamãe continuou:

— E eu perguntei que RSVP era esse, porque não havia recebido nada. E ela disse que era nada mais, nada menos, do que do *casamento* dela!

Arregalei os olhos. Uau. Lilly ia se casar?!

— E mais, ainda falou que mandou o convite por correio e falou com você há um mês!

Pela cara que Mason fez, já dava para ver que ele, de fato, sabia de tudo. E de repente lembrei do único dia em que Mason pegara as cartas do correio, me dizendo que não tinha nada de importante.

Mamãe resolveu respirar fundo e falar com mais calma, ainda severa:

— O que eu quero saber é por que você não só não falou nada sobre o casamento da sua mãe, que é em duas semanas, como também escondeu o convite de nós! Por que você fez uma coisa dessas, Mason?

Escutei com atenção, porque também queria saber a resposta. E não devia ser que Mason não ligava para o casamento, porque ele era uma das pessoas mais "garotinho da mamãe" que eu conhecia.

— Calma, Suzie. Eu posso explicar. É bem simples, na verdade — Mason disse, agora estranhamente calmo. — Eu não comentei nada porque não vai ter casamento nenhum.

Mamãe e eu nos entreolhamos, confusas. Ué, mas a mulher não tinha acabado de ligar perguntando se a gente ia...?

Mason entendeu nossas expressões e explicou:

— Eu conheço minha mãe. Sabiam que ela já ficou noiva três vezes desde que se separou do meu pai? Essa é a quarta. E todas as vezes ela cancelou de última hora porque percebeu que não era isso que realmente queria.

— Mas faltam duas semanas para o casamento! — mamãe falou.

— Ela já cancelou faltando cinco dias, Suzie. Por que esse vai ser diferente? É óbvio que ela faz isso porque se sente sozinha, e demora um tempo para perceber que é loucura. Ela com certeza vai amarelar agora também.

— E se não amarelar? E se ela realmente estiver apaixonada pelo noivo e seguir em frente com isso?

— Não vai acontecer. Acredite em mim. Ela conhece esse mané há no máximo três meses.

O.k., agora já dava para entender melhor o raciocínio de Mason. Não que eu concordasse com o que ele estava dizendo. Era até alarmante ver como ele realmente acreditava que o casamento seria cancelado com menos de duas semanas para acontecer.

— Bem... Não vou te obrigar a ir se não se sentir à vontade — mamãe respondeu depois de uma pausa para absorver o que Mason dissera. — Mas acho que sua mãe vai ficar muito triste se você não for.

— Suzie, não precisa se preocupar com isso. Não vai ter casamento nenhum! É claro que eu iria se tivesse, mas não há possibilidade de isso acontecer. — Ele deu de ombros.

Mamãe suspirou.

— Preciso voltar ao trabalho. Pense com carinho, está bem? E me avise. — Dito isso, ela subiu a escada. Cruzou com Mary, que esperou a conversa acabar para descer.

Nenhum de nós disse nada por uns minutos. Ao mesmo tempo que queria entender toda essa negação de Mason, não queria me meter na relação dele com sua mãe.

— Vamos lá cuidar dos cachorros? — Mason quebrou o gelo.

— Hã, vamos — falei, mas não consegui evitar a pergunta: — Está tudo bem? Sabe, com sua mãe casando e tudo o mais?

— Ronnie, estou bem. Não vai ter casamento — Mason respondeu, com toda a calma do mundo. — Agora vai lá, veste uma roupa que você não vai se importar muito se sujar, pra gente ir!

Levantei e fiz como ele pediu. Achei melhor não tocar mais no assunto, apesar de aquela atitude incrédula me preocupar. Eu conhecia Lilly, sabia que ela faria de tudo por Mason. E se o motivo de ela cancelar todos os outros casamentos fosse... o próprio Mason?

Sacudi a cabeça, tentando espantar aquele pensamento. Tentei focar apenas nos cachorros que estava prestes a conhecer. Cachorros que não casam, não brigam, não dão tempo para outros cachorros e sempre parecem estar numa boa.

Tem certas horas que seria ótimo ser um cachorro.

Já que na moto de Mason só cabiam dois, e mamãe havia proibido Mason de dirigir seu carro sem permissão novamente, pegamos um ônibus e chegamos à casa de Ryan rapidinho, mas graças a Mary. Se dependesse de Mason, que nunca pegava transporte público para nada, chegaríamos até o ponto final sem saber para onde ir.

Ao contrário do que eu imaginava, Ryan não morava em uma grande casa cheia de árvores e gramados para seus cachorros correrem livremente. Ele morava em um prédio perto do centro da cidade. Fiquei imaginando como ele conseguia manter três cachorros lá dentro sem enlouquecer.

Só quando cheguei lá percebi que a casa de Ryan era a única a que eu ainda não havia ido. Já fui à casa de Henry e conheci sua tia maluca no dia de seu aniversário, à de Karen por causa da confusão da revista *Pop!* — não entrei nela, mas acho que conta, né? —, à de Daniel no dia de sua festa e... bem, a casa de Mason era a minha casa. Embora, se tudo desse certo com o casamento de Lilly, pudesse conhecer sua casa verdadeira em breve. Ou não.

Cumprimentamos o porteiro quando entramos — e, pelo jeito íntimo como ele falou com Mary e Mason, com certeza já os conhecia — e pegamos o elevador. Assim que chegamos e Mason abriu a porta, um golden retriever gigantesco de cor chocolate pulou em cima dele e quase o fez cair para trás.

— Calma, Pie, calma! — Mason riu, se ajeitando e fazendo carinho na cabeça do cachorro. — Tava com saudade do tio? Vem, vamos entrar!

Ele puxou o cachorro pela coleira, e Mary foi logo atrás. Fiquei parada na porta por alguns segundos, com medo de ter com os outros dois uma experiência semelhante à de Mason.

— Não vem, não? — Mason perguntou, ao notar que eu não o havia seguido. — Anda, medrosinha. Eles só brincam, não vão te morder.

— E se... eles brincarem mordendo...? — perguntei, engolindo em seco.

— Eles só fazem isso com quem não gostam — Mary falou.

— E eles vão gostar de você, tenho quase certeza.

O "quase" não me acalmou muito, mas sabia que, se eu não entrasse, o cão hiperativo iria tentar sair e sobraria para mim correr atrás dele. Achei melhor não arriscar, entrei no apartamento e fechei a porta.

Pelo menos o apartamento era grande. Tinha dois andares — percebi isso ao ver a escada na sala. Os sofás estavam cobertos com lençóis — imaginei que os pais de Ryan não iam querer que seus anjinhos destruíssem o estofamento —, e não havia muitos vasos ou objetos frágeis em uma altura alcançável para eles. Ainda achava loucura manter três cachorros em um apartamento, mas pelo menos a família havia preparado a casa para eles.

Mason se sentou no chão e ficou fazendo carinho na barriga do golden, que não parava de mexer o corpo. Parecia extremamente feliz com a companhia. Mary foi até a cozinha e consegui escutá-la, falando: "Oi, meu amorzinho!". Devia ter ido falar com um dos outros dois.

— Senta aqui — Mason chamou. — Não precisa ficar com medo. Ela não é feita de fogos de artifício.

Dei um tapinha em seu braço e me sentei ao lado dele.

— Faz carinho. A Pie não morde.

A Pie. Pie era fêmea, então. Bem, ela parecia bem ocupada com o carinho na barriga que Mason fazia nela, então estiquei minha mão e toquei levemente seu pelo, mas foi o bastante para que ela notasse minha presença e latisse alto. Tomei um susto e me joguei para trás. Mason deu uma gargalhada.

— Você disse que ela não mordia! — reclamei.

— E ela te mordeu, por acaso? — Mason respondeu, ainda rindo. — Ela não te conhece, é normal estranhar na primeira vez. Tenta de novo, vai.

Apreensiva, estiquei o dedo e toquei com mais suavidade ainda do que da primeira vez, e por sorte Pie não latiu.

— Pode pôr a mão toda, Ronnie. Ela não é uma bomba.

— Calma. Deixa eu ir no meu ritmo — respondi, acariciando de leve as costas da cadela com o dedo indicador.

Mason revirou os olhos, colocou sua mão sobre a minha e a levou até o pelo de Pie, fazendo movimentos circulares. Pensei em protestar no início, mas percebi que ela estava gostando e não tinha latido mais.

— Ela gostou! — falei, alegre.

— Eu te disse — Mason respondeu, sorrindo.

— Nossa, é tão macio...

— É... É mesmo.

Foi só depois de quase um minuto acariciando o pelo de Pie que percebi que Mason ainda segurava minha mão. Envergonhada, eu a puxei, sem tirar os olhos da cadela. Me lembrei do que ele tinha tentado me dizer mais cedo, quando foi interrompido por minha mãe esbravejando, mas, antes que eu pudesse perguntar o que era, senti algo molhado encostando no meu pescoço e, quando virei para ver o que era, deparei com um grande focinho preto em cima de mim. Tive praticamente a mesma reação que tivera quando Pie latiu, fazendo Mason rir novamente da minha falta de experiência com cães.

— Ronnie, esse é o Mozzarella — Mary falou, se referindo ao vira-lata amarelo de orelhas em pé, que agora cheirava minha camiseta, curioso. Ele era menor que Pie, mas ainda o achava grande.

— Ryan o salvou na rua quando ele era filhote. Ele é um amor! Diz "oi" para ela, Mozzarella!

— Acho que ele já disse, Mary — falei, tentando sem sucesso fazê-lo parar de me farejar.

— Bom, agora me ajudem aqui a pegar o saco de ração pra gente dar comida para eles.

Já havia sido apresentada a Pie — que reagiu com um latido, mas aos poucos ganhei sua simpatia — e a Mozzarella — que me recebeu com seu focinho molhado. Só faltava eu conhecer o terceiro cachorro, Cookie. Rezei em silêncio, já imaginando que seria outro brutamontes, mas, quando me levantei para ajudar Mary a pegar a ração, avistei um buldogue branco e marrom bem gordo esparramado no chão da cozinha, roncando.

— Ronnie, Cookie. Cookie, Ronnie — Mary fez as apresentações.

Graças aos céus que pelo menos um deles era calmo. Até demais. Mary conseguiu acordá-lo depois de muito esforço, mas o cachorro nem se deu ao trabalho de levantar.

Mason e eu pegamos o saco de ração enquanto Mary separava as tigelas de cada cachorro. Assim que despejamos a comida nas tigelas, Pie e Mozzarella chegaram à cozinha na velocidade da luz e atacaram os pratos, enquanto Cookie se levantou preguiçosamente e foi na maior paz até sua tigelinha. Me lembrou Mason quando tinha que acordar cedo e ia buscar sua limonada na cozinha: era preciso quase um guindaste para carregá-lo.

— Vou pegar as coleiras para passear com eles depois — Mary disse, e saiu do recinto. Parecia que ela morava lá. Já sabia onde ficava tudo na casa, já estava familiarizada com os cachorros e sabia como deixar tudo em ordem. Engraçado como ela queria que na casa de Ryan tudo ficasse um brinco, mas lá em casa era a mais bagunceira, e deixava tudo para a idiota aqui arrumar.

Assim que Mary saiu, ouvi o telefone de Mason vibrando em seu bolso. Pude ver de relance que a foto de Lilly aparecera no visor, mas ele ignorou a ligação e voltou a fazer carinho nas costas de Mozzarella.

Eu não queria me meter, mas aquilo me deixou preocupada. Uma coisa era ficar falando que o casamento não iria acontecer, agora, ignorar a mãe? E se fosse algo importante, urgente?

— Mason... Não vai atender? — perguntei.

Ele não olhou para mim e continuou a fazer carinho no vira-lata.

— Depois eu falo com ela.

Me levantei e sentei na frente dele, quase o obrigando a olhar para mim.

— Estou preocupada com você.

— Por quê? — Ele parou de acariciar Mozzarella para prestar atenção em mim.

— Porque obviamente você não parece nada bem com esse casamento.

— Quem disse? Estou ótimo. — Ele deu de ombros. — Não estou com raiva, nada disso. Só sei que não vai ac...

— Não vai acontecer, já sei — completei. — Mas existe, mesmo que seja minúscula, uma possibilidade de acontecer. E você sabe disso.

— Ronnie, sem ofensas, mas eu conheço minha mãe muito melhor do que você.

— Claro que conhece. Eu só estou dizendo que você não pode supor que ela vai cancelar o casamento como fez nas outras vezes. Quem sabe, talvez esse cara seja uma pessoa incrível e ela queira passar o resto da vida com ele.

Mason bufou.

— Precisamos mesmo falar sobre isso?

— Precisamos! — Controlei o tom de voz, que acabou saindo meio exaltado. — Desculpe, eu sei que não conheço Lilly tão bem, nem há tanto tempo assim, mas... — toquei seu braço de leve — ... se o casamento acontecer e você não for... Tenho certeza de que vai partir o coração dela. Então pode pelo menos *pensar* no assunto? Considerar a chance de que o casamento aconteça e, se acontecer, você estará lá para apoiar sua mãe?

Mason olhou para o cachorro deitado à sua frente, pensativo. Antes que pudesse me responder, Mary retornou à cozinha, segurando três coleiras.

— Vamos levá-los para passear? — ela perguntou.

— Sim! — Mason pareceu feliz que ela tivesse aparecido para acabar com o assunto, e se levantou. — Deixa que eu levo a Pie, que é mais agitada. — Ele pegou a coleira maior, a de cor verde-clara.

Suspirei, mas meio que já esperava aquela reação. Mason era extremamente orgulhoso, mas era sensível em relação a assuntos que diziam respeito à sua família. Eu teria que arranjar outro jeito de impedi-lo de cometer um erro terrível.

Era melhor encerrar o assunto e não envolver Mary naquilo, então só me restou escolher qual cachorro eu levaria para passear.

Olhei para os dois que sobraram. Havia Mozzarella, o vira-lata curioso, e Cookie, o buldogue preguiçoso. Depois de pesar os prós e os contras de cada um, acabei escolhendo o menorzinho mesmo.

— Vou levar o Cookie.

Mas logo depois me arrependi profundamente daquela decisão.

22

Se tem uma coisa que eu aprendi com essa experiência, foi que eu jamais deveria julgar a facilidade de levar um cão para passear baseado em seu tamanho. Achei que seria a coisa mais fácil do mundo levar o Cookie por ele ser pequeno e calmo, mas bastava dar cinco passos que o maldito já se jogava no chão, cansado. Acabei praticamente arrastando-o pelo trajeto inteiro. E, por mais que fosse pequeno, era bem gorducho, o que o tornava extremamente pesado para meus bracinhos fracos.

O pior de tudo foi quando Mason foi visto por duas fãs alucinadas, que correram em sua direção para pedir autógrafos e tirar fotos. Nesse momento, a bola de banha resolveu tirar seu décimo descanso do dia e deitou no meio da rua, fazendo com que uma das meninas tropeçasse em seu corpo e caísse de cara no chão. Quebrou o dente e tudo. Claro que elas me culparam, porque, de acordo com as fãs de Mason, eu era a grande malvada que queria sabotar qualquer uma que chegasse perto do May-May — sim, eu juro que elas o chamaram assim — e mandei meu cachorro do mal deitar nos pés da garota de propósito. Na mente delas, uma garota pequena e um cachorro gordo eram a face de todo o mal na Terra. Mas, sem querer arranjar mais confusão do que já arranjei, resolvi carregar Cookie nos braços mesmo — com dificuldade — e levá-lo de volta mais cedo. Mason me dera a chave para que eu pudesse entrar no apartamento antes. Cheguei ao prédio suando por carregar aquele peso-pesado, e senti um grande alívio quando o larguei no chão.

— Sem ofensas, Cookie, mas, se um dia eu tiver um cachorro, não vai ser nenhum dos seus irmãozinhos ou filhotes — falei para ele, arfando.

Tomei um pouco d'água e consegui recuperar minhas forças e, enquanto Mary e Mason não voltavam, resolvi me sentar no sofá. Me jogar nele, aliás, porque eu estava precisando. Assim que me sentei, ouvi um barulho de algo vibrando. Não podia ser meu celular, porque ele estava no meu bolso e eu não havia sentido nada. Dei de ombros, podia ter sido engano meu. Dez segundos depois ouvi o mesmo barulho. Parecia que vinha de algum lugar abaixo de onde eu estava.

Cookie pareceu ouvir o barulho também, caminhou até onde eu estava e se enfiou debaixo do sofá.

— Agora você quer brincar, não é, seu nojento? — reclamei. — Ou isso, ou este é mais um dos seus muitos lugares na casa para tirar uma soneca.

Mas, de repente, Cookie saiu de debaixo do sofá com algo na boca. E o barulho tocou de novo, agora mais alto.

Era um celular.

Tirei o aparelho da boca do cachorro — que agora estava todo babado —, imaginando de quem seria. Liguei a tela e vi um plano de fundo do planeta Terra e uma mensagem avisando que havia três ligações perdidas de um tal de Alex.

Estranhei. Não podiam ser os celulares nem de Mason nem de Mary, porque: 1) eu vira os dois mexendo neles quando estávamos passeando com os cachorros; e 2) nenhum deles teria um plano de fundo tão genérico quanto aquele. O celular de Mary tinha uma foto dela com Ryan no parque, e o de Mason alternava entre fotos de si mesmo e desenhos seus feitos por fãs.

Bem, aquilo não era da minha conta, então deixei o celular na mesinha ao lado do sofá e liguei a TV. Mas a porcaria continuava vibrando.

Irritada, peguei o celular com o intuito de desligá-lo. Assim que apertei o botão, a seguinte mensagem surgiu na tela: "Estou morrendo de saudade de você, amor. Hoje a gente se vê?".

Uau.

Droga. Eu não queria ter visto a mensagem. O celular nem era meu. Eu só queria fazê-lo parar de vibrar, mas o texto praticamente pulou em cima de mim!

Pensamentos curiosos começaram a tomar conta de mim, involuntariamente. De quem seria aquele celular? Quem era esse tal de Alex? Ou essa... Afinal, não dava para saber se era homem ou mulher. Será que era do Ryan? Mas ele tinha namorada... Da Mary? Mas ela era muito nova para receber aquele tipo de mensagem... *Do Mason?!*

Fui até a cozinha, deixei o celular na bancada e fechei a porta, para não bisbilhotar ainda mais. Eu devia estar exagerando. Podia simplesmente ser o celular de algum amigo de Ryan! Eu e essa mania de sempre achar que o pior ia acontecer...

... e quase sempre acertando.

Aumentei o volume da TV, engolindo em seco.

— Tudo culpa sua — falei para Cookie, que se deitara sobre os meus pés.

Depois de mais uma meia hora com a curiosidade me corroendo por dentro enquanto tentava assistir a um episódio de *Cake Boss*, ouvi o som da campainha tocando. Abri a porta e fui atacada por Pie, que, ao contrário do que eu imaginava, não se cansara nadinha do passeio.

— Bom te ver também, Pie — falei, limpando a baba de cachorro do rosto. — Divertiram-se depois que eu fui embora?

— Muito! — Mary falou, soltando a coleira de Mozzarella. Ela estava toda vermelha, suada e ofegante. — Apostamos corrida, e Pie quase destruiu um carrinho de cachorro-quente. Depois ela e Mozzarella atropelaram um cara que distribuía panfletos. Foi hilário!

O.k., se era essa a definição de hilário da minha irmã... Queria só ver se fosse ela vendendo cachorro-quente ou distribuindo panfletos, se iria gostar que dois cachorros loucos acabassem com seu dia de trabalho.

Mary pegou a coleira de Pie e entrou na cozinha. Alguns segundos depois retornou para a sala com um copo de água na mão... e o tal celular.

— É seu, Ronnie? — ela perguntou, estendendo o aparelho. Devia ter lembrado que a bisbilhoteira número um conseguiria encontrá-lo, afinal, nem me dei ao trabalho de esconder.

— Não, não sei de quem é. Cookie achou debaixo do sofá.

— Ah... — Ela clicou no botão do meio, e, pelo movimento dos seus olhos, pude ver que leu a mensagem na tela. Não satisfeita, releu a mensagem, dessa vez em voz alta. — Quem é Alex?

— Acabei de falar que não sei de quem é o celular, como vou saber quem está mandando mensagem? Aliás... — Me levantei e estendi a mão para que ela me entregasse o aparelho. — Não é da nossa conta; vamos deixá-lo onde estava.

Mas Mary me ignorou solenemente e se virou para Mason, que fazia carinho na barriga de Cookie.

— Sabe de quem é? — ela perguntou.

— Não é do Ryan? Se bem que não... Ele me ligou faz pouco tempo. Levou o celular com ele.

Bufei, decepcionada comigo mesma por não conseguir impor autoridade nem à minha própria irmãzinha.

— Vê se tem senha — Mason sugeriu. — Se não tiver, procura nas fotos, deve aparecer.

— Gente! — falei, indignada. — Não é legal ficar espiando o celular alheio! Pode ser de alguém que vocês nem conhecem! Pode ter coisas confidenciais aí!

— Ronnie, deixa de ser certinha pelo menos uma vez na vida! — Mason disse, se levantando e secando o suor da testa.

— Aposto que você tá doida para saber de quem é.

Cruzei os braços.

— Isso não vem ao caso.

— Ah, droga! — Mary mostrou para nós a tela toda preta. — Acabou a bateria! Culpa sua por jogar praga! — ela protestou, apontando o dedo para mim.

— Minha? É o carma, isso sim! É isso que se ganha quando vocês tentam se meter na vida dos outros.

— Que seja, agora não dá mais para saber mesmo. — Emburrada, ela largou o celular na mesinha em frente ao sofá.

— Relaxa, baixinha, podia ser pior — Mason comentou. — Já pensou se fosse do Ryan? Alguém chamando ele de "amor" e essas coisas?

O mais provável era que o celular fosse de fato de Ryan, mas, como Mason disse, não podia ser dele. A menos que ele tivesse dois celulares. E que tivesse outra namorada, em segredo.

— Ryan nunca trairia a namorada dele! — Mary bateu o pé, parecendo ter lido meus pensamentos.

De repente, Mason estalou os dedos, como se tivesse chegado a uma brilhante conclusão.

— É do Henry!

Mary e eu nos entreolhamos.

— Pode ser... — ela disse, assentindo com a cabeça.

— E eu consigo imaginar ele recebendo esse tipo de mensagens — completei. — Mas por que o celular dele estaria aqui?

— Ele pode ter vindo para cá um dia desses.

Aquilo fazia sentido também.

Se bem que não. Me lembrei do que Mason me dissera mais cedo.

— Não veio, não! Você mesmo me falou que ele era alérgico aos cachorros!

— Ah, é — os dois responderam em uníssono.

Nossa, aquilo estava prendendo nossa atenção mais do que eu imaginava. Me senti o próprio Sherlock Holmes — como Daniel carinhosamente me chamava — resolvendo um grande mistério. Tirando o fato de que esse mistério era completamente banal e sem graça e que provavelmente não nos faria chegar a lugar nenhum. Mesmo assim, estávamos empolgados. Devia ser a falta do que fazer nos últimos dias de férias de verão.

Depois de mais algumas suposições, como Karen — mas ela nunca teria um plano de fundo do planeta Terra, e sua capinha de cristais Swarovski era inconfundível —; os pais de Ryan — que pareciam ser um casal bem feliz, e era improvável que esquecessem os celulares em casa —; Daniel — mas o que diabos ele estaria fazendo na casa do Ryan?! —; e outras pessoas aleatórias, chegamos a uma conclusão: aquilo era perda de tempo e não faria nenhuma diferença em nossa vida.

Quando finalmente desistimos de descobrir quem era o dono do aparelho e voltamos a cuidar dos cachorros, ouvimos o barulho de uma chave girando na porta de entrada do apartamento.

— Ué, será que eles voltaram mais cedo? — Mason perguntou, confuso.

— Não podem ter voltado... Será que é um assalto?! — Mary falou, se escondendo atrás de mim.

— Claro, o assaltante foi educado e resolveu fazer uma cópia da chave em vez de arrombar a porta — falei, com deboche.

Mas nossa dúvida logo em seguida foi esclarecida, quando a porta se abriu e Amy, namorada de Ryan, entrou no recinto. Assim que ela percebeu que não estava sozinha, deu um pulinho para trás.

— Que susto! — ela falou, levando a mão ao peito. — Desculpem, não sabia que vocês estavam aqui.

Mary, agora não mais com medo de ser um assaltante, deu um passo à frente e falou:

— Viemos cuidar dos cachorros. O que *você* está fazendo aqui?

Nossa, eles já deviam estar em uma fase bem íntima do relacionamento para que Ryan lhe desse uma cópia da chave do apartamento. Mary com certeza não ficou contente com aquela visita surpresa.

E, de repente, Amy disse algo que fez meu queixo cair no chão. O de Mary e Mason também.

— Esqueci meu celular aqui e vim buscar. Deixa eu ver... Ah, ali! — Ela caminhou até ele e o pegou na mesinha. — Ufa! Já estava ficando louca sem ele! — Amy riu. — Bom, não vou atrapalhar vocês, só vim pegar isso mesmo. Até mais!

Dito isso, Amy se dirigiu até a porta e a fechou atrás de si. Ficamos alguns segundos sem dizer nada. A única coisa que cortou o silêncio foi o latido de Pie, provavelmente pedindo mais comida.

E pior que fazia muito sentido. Amy era a namorada de Ryan! E era um pouco tonta, assim como ele, então ela poderia muito bem ter esquecido o celular na casa dele. O problema era que a tal mensagem de amor que ela recebera... não era do namorado.

Mary foi a primeira a soltar os cachorros. Não literalmente, porque Pie, Mozzarella e Cookie já estavam soltos. Mas você entendeu, né?

— Eu vou matá-la!!!

— Mary! — protestei, tapando sua boca. — Quer que os vizinhos pensem que você está matando alguém?!

— Não, quero matar alguém mesmo! — Ela se soltou de mim e marchou até a porta. — Eu vou acabar com ela!

— Ei, ei, calma! — Mason segurou seu bracinho pequeno. — Isso é entre ela e Ryan.

— O quê?! — ela perguntou, o rosto vermelho de raiva. — Vão deixá-la ir embora assim, como se nada tivesse acontecido?! Ela *traiu* o Ryan! Maldita! — Mary tentou correr em direção à porta, mas Mason a segurou pela cintura e a ergueu no ar. — Me larga, Mason!

— Não enquanto você continuar agindo como um animalzinho selvagem — Mason respondeu.

— Argh! — Ela tentou sem sucesso se soltar, se debatendo.

— Mary, para com isso! — gritei, em mais uma tentativa de impor minha autoridade. Como mamãe fazia aquilo parecer tão fácil?!

Finalmente ela conseguiu se acalmar um pouco, e Mason a pôs no chão.

— Vocês acham que eu vou ficar parada enquanto Ryan é traído debaixo do próprio nariz?!

— Não! Mas fica calma — falei, me aproximando. — Você tem todo o direito de contar para ele, é até melhor que ele saiba. Mas, por favor, não explode em cima da Amy.

— É, vai que o namoro deles já não estava indo bem ou algo do tipo — Mason me apoiou.

— Mesmo que não esteja indo bem, ela não tem o direito de fazer uma coisa dessas! Quem ela pensa que é?! — Revoltada, Mary tirou o celular do bolso.

— O que vai fazer? — perguntei.

— Contar para o Ryan, claro!

Mason e eu nos entreolhamos, preocupados.

— Tem certeza? Não é melhor esperar? — Mason perguntou.

— Não! Se ele vai descobrir, que seja agora. — Ela acionou o número na velocidade da luz, apertou o botão de viva voz e aproximou o telefone do rosto.

— Mary, você está exaltada, acho melhor... — Tentei pegar o telefone, mas não consegui.

Antes que eu pudesse completar a frase, a voz de Ryan surgiu, vindo do aparelho.

— Oi, Pequenininha! Como estão as coisas aí?

Era isso. Não dava para fazer Mary mudar de ideia. Ela ia jogar a bomba no colo de Ryan e acabar com o relacionamento dele em uma questão de segundos. Pobrezinho, estava me sentindo mal por ele. Ryan não fazia a mínima ideia do que estava por vir. Devia estar se divertindo bastante com a família e esperando boas notícias de que nós passamos o dia inteiro felizes brincando com os cachorros, até descobrir que sua namorada tinha um caso.

Mas, para minha surpresa e de Mason, Mary congelou. Sua expressão raivosa se abrandou, dando lugar a uma de confusão, como se não soubesse o que dizer.

— Pequenininha?

Nada. Nem um pio. Mary estava dura como uma rocha.

— Alô? Tem alguém aí?

E ela desligou o celular, com a testa franzida.

— Ué — Mason falou, confuso. — Jurava que você ia despejar tudo em cima dele... O que aconteceu?

Mary olhou para mim, para o celular e para Mason. Quando finalmente abriu a boca trêmula para responder, tudo o que foi capaz de dizer foi:

— Eu... não consigo.

23

Mary não quis tocar mais no assunto da traição de Amy durante o resto do dia. Aliás, não quis falar sobre nada. Assim que desligou o celular, pareceu que tinha feito um voto de silêncio.

Depois de um tempo pude entender por que ela estava daquele jeito. Obviamente, era muito apegada a Ryan e, ao mesmo tempo que queria contar que ele estava sendo enganado, não suportaria vê-lo sofrer. Porque ele iria sofrer, e muito. Até onde eu sabia, Ryan era doidinho pela namorada.

Durante o resto da semana, minha casa ficou bem silenciosa. Mary continuou com seu conflito interno de "conto ou não conto?", evitando qualquer tipo de contato com Ryan — o que não daria muito certo, porque estávamos próximos de passar um fim de semana inteiro com ele, no casamento de Lilly —, e Mason não admitia, mas eu sabia que ele estava preocupado, porque os dias se passavam, e nada de sua mãe ligar para avisar que o casamento seria cancelado. Resolvi não me intrometer nos conflitos de nenhum dos dois, porque eles já pareciam bem abalados com os próprios pensamentos.

Na sexta-feira, Jenny e eu saímos da aula e fomos direto para o shopping — ideia dela, claro. Disse que queria se certificar de que eu escolheria o melhor vestido possível para o casamento. Detalhe: eu era uma mera convidada. Imagine só o que ela faria quando fosse a *minha* vez de casar...

Depois de rodar por umas três lojas diferentes, Jenny não se encantou com nada. Achei alguns até bonitinhos, mas nenhum também que me deixasse apaixonada. Não estava aguentando mais ver aqueles tecidos, lantejoulas, brilhinhos e zíperes. Implorei para irmos embora e desistirmos de achar um vestido, mas Jenny era persistente e me arrastou até a última loja de roupas chiques do shopping.

Jenny e eu chegamos a um acordo e selecionamos três vestidos para eu experimentar. Sabia que dessa vez as escolhas eram melhores, porque da última vez que eu experimentei um vestido chique foi para o evento no Four Seasons, no início do ano, e minha companhia era Mason, que estava mais interessado em cair fora da loja o mais rápido possível do que realmente me ajudar.

O convite de Lilly — que Mason relutou em nos mostrar — dizia que a cerimônia seria realizada na fazenda da família de seu noivo, em Napa Valley, uma região no norte da Califórnia, famosa por seus vinhedos. Eu queria achar um vestido que combinasse com o ambiente rústico e sofisticado do lugar. O primeiro que vesti era laranja-claro, com uma cauda média atrás e mangas compridas. Logo que saí do provador para mostrar a Jenny, ouvi uma voz conhecida dizendo:

— Olha só quem está aqui!

Assim que vi quem era, quis me enfiar no provador e nunca mais sair dali. Se já era vergonhoso mostrar os modelos para minha melhor amiga, para ele então, queria morrer.

— Henry... que... coincidência — falei, com um sorriso amarelo, chegando mais perto da cortina.

— Acho que foi o destino — ele falou, chegando perto de nós.

De repente, avistei uma figura saindo de trás dele, tirando os óculos escuros e me encarando com nojo. Os milhares de sacolas de compras, as unhas pintadas de vermelho e o cabelão ruivo preso num rabo de cavalo eram inconfundíveis.

— Você parece um peixe. Um salmão podre, para ser mais específica.

— Oi, Karen — falei com desgosto, querendo matar Jenny por ela ter me convencido a entrar naquela loja.

— Vocês vieram juntos? — Jenny perguntou.

— Pois é — Henry respondeu, olhando para Karen.

— Podemos não ter muito em comum, mas uma coisa temos: bom gosto.

— Sim, exceto o seu para garotas — Karen comentou.

— E o seu para decisões de vida — Henry rebateu.

Jenny e eu não conseguimos evitar uma risada. Karen apenas revirou os olhos.

— Veio escolher a roupa para o casamento também? — Henry me perguntou.

— Vim. Quer dizer, estou aqui só experimentando mesmo, quem escolhe é ela, que é bem melhor nisso do que eu. — Apontei para Jenny.

— Parece que ela não está fazendo um bom trabalho — Karen falou, me olhando de cima a baixo. — Esse vestido é horroroso.

— Vem cá, você não tem a vida de outra pessoa para infernizar no momento? — Jenny rosnou.

— Tem. A minha — Henry falou. — Mas já estou acostumado.

— Você reclama, mas, se não fosse por mim, teria levado aquele terno com um rombo enorme no bumbum! — Karen revidou, pondo as mãos na cintura.

— É, nisso você tem razão. Mas já bati o olho em um aqui que gostei, vou até experimentar.

— E você, Karen? — Jenny perguntou. — Já escolheu sua roupa?

Karen mordeu os lábios, depois respondeu:

— Hã... nada neste shopping me agradou. Acho que vou passar em Nova York um dia desses para ver se acho algo decente. E, Ronnie, tire isso, você está horrível. — Depois de dizer essas palavras, virou a cara e caminhou com seus saltos altos até o outro lado da loja, para olhar os vestidos.

— Aff — Jenny bufou. — É impressão minha ou ela está mais do que amarga hoje?

Henry seguiu Karen com os olhos e, quando percebeu que ela já estava longe o suficiente para não nos ouvir, disse:

— É... digamos que sim. Ela está irritada porque, bem... — ele diminuiu o tom de voz — ... não foi convidada.

Ah, claro. Tinha esquecido que Lilly não ia com a cara de Karen desde que a viu na TV, e isso só piorou quando ela a conheceu pessoalmente. Agora dava para entender por que Karen estava me ofendendo tanto. Mesmo assim, eu quis trocar de vestido. Ela podia ser uma grosseira, mas, como Henry disse, tinha bom gosto.

Jenny, que era um pouquinho menos compreensiva do que eu, principalmente quando o assunto era Karen, pareceu sentir um leve prazer ao ouvir aquilo e acabou falando um pouco alto demais:

— Ela não foi convidada?!

Henry arregalou os olhos, depois pediu desesperadamente que ela falasse baixo. Mas não adiantava mais. Pelo barulho dos saltos marchando em nossa direção, ela com certeza havia escutado.

— Seu fofoqueiro! — Karen falou, dando um tapa na cabeça de Henry, que fez uma careta.

— Nossa, que chato, Karen. Deve estar desolada — Jenny falou, prendendo a risada. Olhei para ela com reprovação, pois, mesmo não simpatizando com Karen até hoje, era meio cruel esfregar na cara dela que ela não poderia ir.

— Eu? Claro que não. — Ela cruzou os braços, não fazendo contato visual com nenhuma de nós duas. — Imagine, um casamento numa fazenda? É tão brega!

— Brega? — Jenny continuou. — É o oposto disso! É íntimo, aconchegante, romântico...

De repente, Karen passou do estado perua-passivo-agressiva para criança mimada de cinco anos:

— Eu sei! Vai ser incrível, o casamento dos sonhos, todos vão estar lá, e eu não! Que droga! Isso não é justo! Eu quero iiiiir!

— ela choramingou, batendo os pés.

— Ei, se controla! — Henry falou, segurando os ombros dela, ao perceber que as pessoas dentro da loja estavam todas olhando o ataque de pelanca de Karen.

— Ronnie! — Karen falou, se soltando das mãos de Henry e se aproximando de mim. — Você tem certeza de que quer ir? Você não prefere ficar em casa, sei lá, lendo um livro ou vendo TV, ou estudando matemática?

Eu poderia ficar bem ofendida com aquele estereótipo... se aquilo não fosse realmente noventa por cento do que eu fazia.

— Não vou te dar meu convite — falei, torcendo o nariz.

— Argh! — Ela se sentou no banco perto de Jenny, que chegou um pouco para o lado. — Henry, tem certeza de que seus pais vão?!

— Só meu pai foi convidado, já te disse isso — Henry respondeu. — E ele vai.

— Não quer deixá-lo em casa e me levar em vez disso?

— Karen! — ele respondeu, indignado.

— Só aceite que você não vai! — Jenny cuspiu as palavras.

— Quanto antes você admitir, mais rápido vai conseguir superar.

— Não se meta! — Karen rosnou. — Você também não foi convidada!

— É, mas não estou dando um ataque por causa disso como certas pessoas!

Irritada e quase com fumaça saindo pelas orelhas, Karen se levantou, pegou todas as suas sacolas e disse a Henry:

— Vou te esperar lá fora; não aguento mais ficar aqui. — E deu meia-volta e saiu depressa.

Aquela era uma das raras ocasiões em que me sentia mal por Karen. Claro, ela não deixava de ser uma mimada, acostumada a ter tudo na palma da mão na hora que quisesse, mas dava para ver claramente quanto ela queria ir ao casamento e quanto estava magoada por não ter sido convidada.

Olhei para Henry, que encarava o teto, mordendo os lábios e sacudindo os braços. Estranho.

— Henry... — perguntei, desconfiada. — Seu pai vai mesmo ao casamento?

Ele piscou duas vezes e respondeu:

— Hã, claro que vai... Acha que eu iria mentir sobre isso? — Ele deu um risinho nervoso.

Eu não disse nada. Apenas continuei olhando para aqueles olhos azuis, tentando tirar alguma coisa deles. Finalmente, ele cedeu.

— Tá bom! Não, ele não vai... Tem um congresso no próximo fim de semana.

Balancei a cabeça negativamente.

— Isso é maldade... — apontei para Henry e Jenny — ... o que vocês dois estão fazendo.

— Desculpe, mas não vou ser legal com quem não é legal com você — Jenny respondeu. Ela podia ser cabeça-dura e às vezes meio sem tato, mas nunca tive ninguém que fosse mais protetora comigo.

O argumento de Jenny era até válido. Agora, Henry não iria se safar assim tão fácil.

— Não é que eu não queira que ela vá, Ronnie — ele se defendeu. — Não sou cruel a ponto de não levá-la a meu bel-prazer. Só estou preocupado em ela viajar para o outro lado dos Estados Unidos, se arrumar e ficar toda empolgada, para, na hora do casamento, ser barrada na entrada.

Aquilo na verdade fazia bastante sentido. Fiquei mais tranquila ao ver Henry com aquela preocupação. Ele e Karen podiam se alfinetar o tempo todo, mas tinham sua própria — e um pouquinho estranha — forma de amizade.

Voltei para o provador e fechei a cortina. Enquanto tirava o zíper, vi pelo espelho que uma fresta bem pequena da cortina se abrira e dois olhos claros olhavam para os meus. Quase tive um infarto achando que era Henry me espionando, mas logo lembrei que Jenny arrancaria os olhos dele antes de deixá-lo fazer isso. Então vi um cacho ruivo caindo sobre a testa da pessoa.

— Ei... — Karen disse baixinho. — Posso entrar?

— Hã... Pode, eu acho — respondi, estranhando aquilo. Por que diabos ela queria entrar no provador? Para ridicularizar ainda mais minha escolha dos vestidos?

Ela abriu apenas o pedaço suficiente da cortina para que seu corpo magro conseguisse passar. Depois puxou o braço, que havia ficado de fora. Logo entendi por que ela estava lá. Em seu braço, estava um cabide com um vestido roxo tomara que caia, colado em cima e cheio de babados embaixo e com um laço em um tom um pouco mais claro amarrado na cintura. Era lindo.

— Eu estava saindo da loja quando vi este aqui no canto da arara — ela disse, hesitante. — Acho que... pode ficar bom. Vai combinar com seu tom de pele, que é bem branquinho. Isso é por... hã... eu ter sido meio grossa com você agora há pouco.

Uau. Ela estava mesmo se desculpando? Não dava para acreditar. Eu realmente não esperava aquela atitude. Então a Mulher de Lata tinha mesmo um coração, no final das contas.

Peguei timidamente o vestido da mão dela.

— Obrigada, Karen.

Ela sorriu.

— Vai, experimenta para eu ver. — E saiu do provador, me dando privacidade. Graças a Deus. Seria um tantinho estranho me trocar na frente dela. Mesmo Karen sendo menina.

Tirei o vestido laranja e o coloquei por cima dos outros que escolhi, que agora pareciam todos feios em comparação com o que Karen havia escolhido. Vesti-o, e ele se encaixou como uma luva. Era confortável, macio, lindo e na altura perfeita. E os babados ainda disfarçavam minha falta de bumbum. Era perfeito.

Saí do provador, e Jenny abriu um enorme sorriso ao ver o resultado.

— É esse o vestido! Tem que ser esse! — Ela bateu palmas, animada.

— Jenny tem razão, está lindíssima — disse Henry, que abotoava o paletó que estava experimentando.

— Sabia que ia ficar bom, eu tenho talento para essas coisas — Karen falou, sorrindo com o canto da boca.

— Eu adorei — falei, corando de leve. — Obrigada mesmo, Karen. Vou levar este.

— Ótimo — ela disse. — Bom... não tem mais nada para eu fazer aqui, não é? Vou indo, então. — Seu sorriso se esvaiu, e ela girou o corpo em direção à saída.

Henry e eu nos entreolhamos, provavelmente pensando a mesma coisa. Ainda que Karen não quisesse admitir, ela conseguia ser legal em alguns raros momentos. Ela merecia ir ao casamento.

Felizmente, Henry conseguiu impedir que ela saísse da loja.

— Espera aí!

Ela se virou.

— O quê?

Henry respirou fundo, pensou rápido e falou:

— Hã... O.k., vou ser sincero com você. Meu pai não vai ao casamento, e eu posso te levar.

— Sério?! — ela perguntou, surpresa.

— É, mas tem uma coisa... Mesmo que eu te leve, eles podem acabar te barrando, e não seria legal se isso acontecesse.

— Não, não vai acontecer! — ela contra-argumentou, se exaltando um pouco. — É genial, aliás! Você acha que eles vão expulsar uma penetra que teve tanto trabalho e tanta dedicação? Vamos lá, Henry! Vale a pena tentar! — Ela juntou as mãos.

Henry olhou para mim, pensativo. Aquilo parecia bem arriscado, mas poderia dar certo. E acho que, se Mason pedisse à mãe para liberar a entrada de Karen, ela o faria. Quer dizer, *se* Mason fosse ao casamento.

Ai, ai. Eu não queria pensar naquilo. Sacudi a cabeça, tentando me livrar desse pensamento pessimista.

Henry entendeu que eu concordava com a ideia. Até Jenny pareceu concordar, embora não achasse que ela merecia tanto como eu pensava.

— Está bem. Eu levo você.

Karen levou as mãos ao rosto, emocionada. Depois as sacudiu algumas vezes, deu um gritinho bem fino e falou:

— Eu vou ao casamento?!

— Você vai ao casamento — Henry respondeu, sorrindo.

Para minha surpresa, ela largou todas as sacolas que segurava no chão, deu um pulo e abraçou Henry com força.

— Obrigada! Você ainda é um cabeça de ovo, mas obrigada! — Ela não conseguia conter a alegria.

Henry riu e a abraçou de volta.

— De nada. E você ainda é uma mala.

— Eles são tão estranhos! — Jenny cochichou para mim, rindo.

— São mesmo, mas se dão bem do jeito deles — respondi, rindo também.

Karen se soltou do abraço e saiu pela loja para encontrar o vestido perfeito para a ocasião. Não seria difícil, já que tinha achado um perfeito para mim em pouquíssimo tempo.

Depois de eu pagar pelo vestido, Henry me chamou:

— Ei, Ronnie... — Ele olhou com o canto do olho para Karen, que procurava um vestido de que gostasse por entre as araras, depois continuou, em um tom de voz mais baixo: — Será que você pode me ajudar a comprar um negócio?

— Eu? — estranhei. — Hã, posso, mas acho que a Karen tem um olho melhor para essas coisas...

— Não, não é nada relacionado ao casamento. É um presente.

Ainda não estava entendendo por que Henry queria a minha ajuda e não a de qualquer outra pessoa que tivesse um pouco mais de noção de moda.

Antes que eu pudesse responder, Henry se virou para Jenny, abriu um sorriso amarelo e falou:

— Se importa se eu pegar a Ronnie emprestada um minutinho?

Jenny ergueu a sobrancelha, com seu instinto protetor ativado.

— Pra quê?

— Minha tia pediu que eu comprasse umas coisas para casa e queria a opinião da Ronnie.

Ah, agora fazia sentido. Eu só servia para ajudar em compras tipo amaciante mesmo.

— Você quer ir? — ela perguntou para mim, ainda um pouco em dúvida.

— Hã... — Olhei para Henry, que piscou três vezes seus olhos azuis para mim. — Não custa nada, né?

— Então tá. Te encontro lá na livraria.

Despedimo-nos de Jenny e de Karen, mas esta nem pareceu notar que estávamos saindo, porque estava ocupada demais fuçando cada milímetro da loja para encontrar a roupa perfeita. Saí de lá seguindo Henry até o tal lugar que ele queria ir. Ainda estava achando meio estranho ele querer comprar coisas para casa em um shopping, não em um supermercado, mas, enfim, se a tia dele estava pedindo...

— Henry... — falei, hesitante, quando percebi que estávamos entrando em uma perfumaria. Ou aquilo era um pit-stop ou ele estava me enrolando. — E a tal compra da casa?

— Precisava inventar algo pra que elas não quisessem vir junto. — Ele deu uma piscadela.

— Como é que é?! — perguntei, indignada. — Escuta aqui, se você está pensando em fazer qualqu...

— Relaxa, Ronnie! — Ele ergueu as mãos na altura dos ombros. — Eu juro que só quero sua ajuda para escolher um presente.

Relaxei um pouco. Por um minuto achei que a catástrofe do dia em que fui ao cinema com ele e Karen iria se repetir.

— Que presente é esse que ninguém pode saber?

As bochechas dele ficaram coradas.

— É pra... uma pessoa.

Claro, agora está explicado. Eu achava que era para um macaco, pensei, mas tentei não perder a paciência. Pela expressão de Henry, parecia ser algo bem confidencial mesmo. Fiquei até um pouco lisonjeada por ser uma das poucas, se não a única, a saber daquilo.

Ele virou o rosto e começou a analisar os produtos. Tirava alguns frascos do mostruário e sentia o cheiro, depois os colocava no lugar.

— Olha, vou precisar saber um pouco mais disso se quiser que eu te ajude.

—Ah, entendo. — Ele deu um risinho, depois coçou a cabeça, sem graça. — Eu comecei a sair com uma garota esses dias...

Não estava surpresa. Pelo jeito como ele facilmente dava em cima de qualquer menina, alguma hora iria arranjar uma que quisesse sair com ele. Aliás, todas as suas fãs gostariam, mas você entendeu, né?

Mas, de repente, um pensamento surgiu na minha cabeça. Lembrei de como Karen o abraçara, de como eles pareciam bem mais próximos do que eu pensava e de como ele quis ter certeza absoluta de que ela não soubesse para onde estávamos indo. Ah, meu Deus! Será que era para Karen?!

Karen e Henry? Caramba, aquilo nunca havia passado pela minha cabeça! Os dois viviam se alfinetando sempre que eu os encontrava, então achava que a relação deles era somente de tapas, não sabia que beijos estariam envolvidos. Por mais estranhos que eles fossem, até que poderiam formar um casal bonitinho. Pelo menos numa capa de revista ficariam ótimos. Anotei isso mentalmente para procurar no blog de Piper; talvez ela tivesse escrito alguma fanfic dos dois. Não me julgue.

Mas, de repente, Henry disse algo que fez minha teoria ir pelos ares:

— Ela vai fazer aniversário daqui a pouco. A gente só saiu algumas vezes, mas sei lá, acho ela maneira.

— Espera... Aniversário?

— É. Por quê?

Não podia ser a Karen. Todos nós fomos à sua festança de dezesseis anos — que, aliás, eu gostaria de esquecer que aconteceu — há alguns meses. A menos que Karen fizesse dois aniversários por ano, não tinha a menor possibilidade de ser ela.

— Henry... pode me dizer quem é?

Ele suspirou, vencido, e respondeu:

— Nikki Grimwald.

— Grimwald... — Demorei alguns segundos para perceber. — A garota de *Boston Academy*?!

Ele assentiu com a cabeça, envergonhado.

Nossa, tinha esquecido completamente dela. Achava que Nikki era só mais uma dos milhares de fãs de Henry. Quer dizer, ela ainda era, mas conseguiu o que muitas gostariam de fazer: namorar seu ídolo.

Parabéns, Nikki, você conseguiu vencer as probabilidades.

— Não quis contar para Jenny porque não queria que a notícia se espalhasse, depois dessa confusão toda com a Sabrina... Você entende, né?

— Entendo... — E entendia mesmo. Mais do que ele, até, já que era a única além de Daniel que sabia sobre Reyna.

— E a Karen, bem... Você já viu que ela não foi com a cara da Nikki, né? E, agora que a gente tá numa boa, acho desnecessário que ela saiba.

"Numa boa" era um termo bem relativo quando se tratava de Henry e Karen, porque, desde que eu os conhecia, eles viviam um no pescoço do outro. Só se, em vez de brigarem cinco vezes por dia, eles agora só brigassem duas. É um avanço, de certa forma.

— Agora que já sabe quem é, pode me ajudar? — Ele apontou para os perfumes. — E aí? O que acha que ela gostaria de ganhar?

Pelo pouco que eu conhecia a Nikki, sabia que ela era uma pessoa meiga e tímida, ou pelo menos parecia ser. Imaginei que, assim como eu, ela preferiria algo mais suave. Talvez até mais doce do que eu normalmente gostava. Tinha cara de ser aquele tipo de pessoa com cheiro doce.

Levei-o até a seção dos perfumes mais doces e fomos sentindo os aromas. Comecei a ficar enjoada de tanto cheiro adocicado, porém não demorou muito para que escolhêssemos o perfume. Era um da marca Nina Ricci, em formato de maçã. Bem meiguinho, iria combinar com Nikki.

Quando Henry foi pagar pelo perfume, vi no caixa que ele não era barato. Que presentão para alguém com quem ele só havia saído algumas vezes, hein? Nunca achei que pensaria isso, mas Henry daria um bom namorado. Ele podia ter seus momentos inconvenientes e fazer muitas piadinhas sem graça, mas tinha um bom coração e era do tipo que faria de tudo para conquistar quem ele gostava. Nikki tinha sorte por estar com ele. Mas de repente voltei a pensar no momento que ele tivera com Karen há pouco e fiquei me perguntando como ela reagiria quando descobrisse que Henry e Nikki estavam juntos. Eu não gostaria de estar lá para ver.

Agradecemos à vendedora, mas, quando nos viramos para a porta, deparamos com uma menina baixinha de aparelho que parecia ter uns treze anos, com o celular apontado para nós. Pela luz do seu flash, tinha certeza de que ela acabara de tirar uma foto.

Oh-oh.

Olhei para Henry, que ficou pasmo. Se ele não queria que ninguém descobrisse seu namoro secreto, se deu mal. A menina já devia ter umas cinco provas. E pior que eu seria arrastada para a fofoca, caso a foto circulasse pela internet! Ah, não, não iria aguentar reviver aquele pesadelo de quando comecei a andar em lugares públicos com os meninos e passei a receber mensagens de ódio de suas fãs. Me toquei de uma coisa. Eu estava com Henry. O mesmo Henry que dissera numa entrevista que eu me tornaria namorada dele. E aqui estávamos nós, meses depois, comprando um perfume juntos no shopping. Que droga!

— Oi... — Henry se aproximou com cautela da garota, que continuava com o celular erguido para nós. — Por acaso você... está tirando fotos?

Ela não disse nada. Só olhou para ele e para mim rapidamente, depois voltou a encarar o celular.

Me alarmei quando ela deu meia-volta e saiu da loja.

— Henry, temos que ir atrás dela! — falei, me desesperando.

— Eu sei! Se essas fotos caem na internet, eu estou ferrado!

— *Nós dois* estamos! — corrigi-o. — Esqueceu que seu vídeo falando sobre mim rendeu uma boa onda de fãs enciumadas?!

Ele concordou, e andamos apressados atrás da menina.

— Ei, ei! — Henry a alcançou. — Você pode, por favor, por favorzinho, apagar essas fotos?

Ela piscou duas vezes.

— Por quê? Eu encontrei você! Quero ter essas fotos comigo.

— Mas... você não vai postar, né? — perguntei, rindo de nervoso.

— Não é da sua conta! — ela rosnou. Parecia um animal feroz. Por isso Henry e eu tentamos não fazer nenhum movimento brusco.

— Olha... qual é seu nome? — Henry perguntou.

— Darla — ela respondeu timidamente.

— Darla, tudo bem? — Ele sorriu. — Que legal que você é minha fã! Vai ser um prazer tirar uma foto com você, te dar um autógrafo... Faço o que você quiser, mas, por favor, pode deletar essas fotos que você tirou?

Ela sorriu. Por um momento pensei que concordaria e eu iria me livrar de cair na rede outra vez, porém esse pensamento feliz logo foi embora.

— Se andar comigo pelo shopping como se fosse meu namorado, eu apago.

O sorriso de Henry se esvaiu.

— Darlinha... Hã... não posso fazer isso, vai pegar mal pra mim, sabe? — Vi uma gota de suor brotando da têmpora dele.

— Então, nada feito.

Apertei o braço de Henry, nervosa. Se aquela foto fosse postada, estávamos arruinados. Eu porque voltaria a ser a odiada da internet, e ele porque: 1) Karen descobriria onde ele estava; e 2) Nikki poderia achar que ele estava saindo comigo às escondidas. Todos sairíamos perdendo.

E aquela maldita garota não estava ajudando!

— Darla... — Tentei ser fofa, mas o nervosismo falou mais alto. — Você *não* vai postar essa foto, o.k.?

— Vou, sim, e você não vai me impedir. — Ela levou lentamente o dedo até a tela, como se estivesse entrando em uma de suas redes sociais.

Lancei um último olhar desesperado a Henry. Para minha surpresa, ele de repente teve uma ideia.

— Se prepare para correr — ele disse baixinho.

— O quê? — perguntei, alarmada, imaginando o que diabos ele iria fazer.

— Darla? — ele chamou.

— O quê? Vai aceitar o acordo? — Ela sorriu, esperançosa.

Ele se aproximou lentamente.

— Na verdade... desculpe, mas tenho duas amigas que realmente não podem ver a foto que você tirou. — Dito isso, Henry foi rápido como um ninja: arrancou o celular da mão dela e o jogou longe.

Arregalei os olhos, e meu queixo caiu no chão. A reação de Darla foi bem parecida. Só caiu a ficha de que ele realmente havia quebrado o celular de uma fã de treze anos quando ouvi o som do aparelho se espatifando no chão, com força.

Agora com o rosto vermelho de raiva, Darla juntou todo o fôlego nos pulmões e berrou:

— Papai!!!

Em menos de cinco segundos, um cara de dois metros de

altura, com cara de mal-encarado e bíceps maiores do que a minha cabeça, surgiu ao lado da garota, perguntando o que estava acontecendo.

— O.k., o papai é enorme — Henry falou, com a voz falhando, e agarrou a manga do meu casaco. — Vem!

E saímos em disparada pelo shopping, fugindo do brutamontes que queria vingar sua filhinha. Quase tropeçamos num chiuaua que havia escapado da bolsa de uma senhora, e por pouco não atropelamos um cara numa cadeira de rodas no meio do corredor. Depois de subir a escada rolante feito foguetes e nos enfiar no meio do mar de gente que andava pelo shopping, chegamos à livraria onde eu combinara com Jenny que nos encontraríamos, e nos escondemos atrás da prateleira de livros infantis.

Precisei de um minuto para recuperar o ar, que, com a adrenalina, não chegou direito aos meus pulmões. Henry também estava ofegante, suado e vermelho, mas, assim como eu, pareceu aliviado por ter despistado o pai de Darla.

Depois de finalmente conseguir respirar direito, nos olhamos e começamos a rir. Apesar de termos corrido uma série de riscos, tinha que admitir que correr pelo shopping como se não houvesse amanhã foi bem divertido. Nunca pensei que seria tão legal assim fazer compras com Henry.

— Você quebrou o celular de uma menininha de treze anos! — falei, ainda rindo.

— Eu não tinha escolha! — ele se defendeu, depois jogou a cabeça para trás, suspirando de alívio. — Mas no fim das contas acabou que deu certo.

— E o perfume? — perguntei, me lembrando que havíamos

corrido aquele percurso todo e Henry continuava segurando a embalagem para presente. Ele já devia ter se estraçalhado. Henry cruzou os dedos e enfiou a mão dentro do pacote. Ao senti-lo, sorriu e ergueu o polegar em sinal de positivo.

— São e salvo.

— Ufa. — Apoiei a cabeça na prateleira e ouvi o barulho de um boneco de borracha sendo amassado. — Se ela não gostar, depois de tudo isso, é um sinal divino de que tem que terminar com ela.

— Ela vai gostar, tenho certeza. — Ele assentiu com a cabeça. — E obrigado por ser minha cúmplice.

— É pra isso que servem os amigos, certo? — Dei de ombros.

— É... — Ele fez uma pausa, depois virou o corpo para mim. — Escuta... me desculpe.

— Pelo quê?

— Sabe... por todas as vezes que te deixei desconfortável. No estúdio, no YouTube... Estou feliz por você ser minha amiga agora. Gostaria de continuar assim.

Pensei em todos esses momentos aos quais ele se referiu, e não foram poucos. Mas finalmente, *finalmente*, Henry havia crescido e agora tinha um pouco mais de noção. Já era tempo! Sorri, satisfeita. Estava orgulhosa por aquela atitude.

— Eu gostaria disso também.

— Amigos? — Ele ergueu o punho fechado.

— Espera. — Fiquei séria de repente. — Então, daqui para a frente, sem mais gracinhas, promete?

— Prometo. — E ele pareceu cem por cento sincero.

Bati meu punho no dele. Henry e eu, amigos. Era até um pouco estranho pensar na gente desse jeito. Alguma coisa havia mudado nele. Eu não sabia se fora o namoro com Nikki ou a proximidade com Karen, mas, com certeza, seja lá quem fosse que o tivesse deixado assim, estava de parabéns.

Encontrei Jenny, e nos despedimos de Henry e Karen — esta o obrigou a ficar mais tempo no shopping, porque, depois de achar o vestido, agora precisava comprar sapatos e joias que combinassem com o dito-cujo — e voltamos para casa. Mostrei a mamãe o que comprei, e ela adorou. Estava tão empolgada com o vestido que até quis mostrar para Mason, que estava subindo a escada quando entrei em casa.

— Que tal? — perguntei a ele, com o vestido na mão. — Acha que Lilly vai aprovar?

Mas, quando se virou, pela sua expressão, ele não parecia estar a fim de papo.

— Vai, sei lá, tanto faz. — E voltou a subir a escada.

Olhei para mamãe, preocupada.

— Mandamos o rsvp hoje cedo. Ele está assim desde então — ela falou, cabisbaixa.

Tive um sobressalto ao ouvir a porta do quarto de Mason batendo com força. Definitivamente, ele não queria papo. Por um lado, eu estava feliz que ele tivesse pelo menos resolvido ir. Por outro, bem... era óbvio que Mason não estava nada animado com o casamento da mãe.

Agora só me restava rezar para que ele recuperasse a razão e se conformasse com a situação. Mas não havia muito tempo. Aquele casamento tinha tudo para ser a festa mais incrível... ou o maior desastre.

24

A semana seguinte foi tão sufocante que nunca desejei tanto que o tempo avançasse rápido. As aulas já haviam voltado, e aquele era meu último ano no colégio, então, além dos trabalhos enormes que os professores já começavam a passar, eu tinha que escrever cartas destinadas a faculdades, explicando por que elas deveriam me aceitar. O bom de morar no estado de Massachusetts era que muitas das melhores faculdades do país se localizavam ali, como Harvard, MIT e Universidade de Boston. Fiquei tão focada nisso durante toda a semana que mal falei com Mason. Sabia que ele estava irritado com tudo o que vinha acontecendo, ele não puxava papo na escola e assim que chegava em casa se trancava no quarto ou ia direto ao estúdio com mamãe. Mary, por outro lado, parecia menos monossilábica do que na semana anterior, mas ainda evitava ver Ryan ou falar com ele a qualquer custo.

Quando chegou o dia de embarcarmos para a Califórnia, Mason não dirigiu uma palavra a absolutamente ninguém. Os únicos sons que saíram de sua boca foram as respostas de má vontade às perguntas da moça do check-in, no aeroporto. Não sorriu sequer uma vez. Eu tinha quase certeza de que, assim que chegássemos ao avião, ele colocaria os fones de ouvido e passaria as seis horas de viagem assim. E foi exatamente o que fez.

Entramos no avião, e eu me sentei entre mamãe e Mary, na fileira da direita. Karen e Henry se sentaram na fileira à nossa frente, e Mason, Ryan e seus pais na fileira do meio. Ryan até perguntou se Mary gostaria de trocar de lugar com Mason, mas ela virou-se de lado e fingiu que estava dormindo.

— Está tudo bem com ela? — Ryan me perguntou, estranhando a reação de Mary.

— Está... — falei, tentando disfarçar. — Ela comeu um sanduíche estragado no almoço, só isso.

— Ah, o.k. — Mas, pela cara de Ryan, ele não parecia ter engolido minha desculpa esfarrapada. — É que a achei meio estranha esses dias.

— Hã, ela está numa fase de crescimento... Hormônios... Entende? — Dei um risinho amarelo. E, antes que Ryan pudesse contestar, resolvi mudar logo de assunto. — Ih, olha lá, a aeromoça está dando as instruções. Temos que prestar bastante atenção, vai que o avião cai?

Ryan arregalou os olhos, depois se ajeitou no seu lugar. "Vai que o avião cai?" Que frase estúpida aquela! Argh, eu realmente não conseguia agir sob pressão. Era tão ruim nisso que até Ryan estava desconfiando de mim, e ele não era lá a mente mais brilhante. E, pior, não tinha nada de madeira em que eu pudesse bater três vezes para afastar aquele pensamento terrível. Eu assisti *Lost*. Aviões que caem nunca resultam em coisa boa.

Olhei para o lado e avistei Mary sentada de frente para a janela, mexendo discretamente no celular.

— A gente já vai decolar, tem que desligar isso aí.

Mas ela me ignorou.

— Pensei que você ia dormir — resolvi dizer.

E ela parou e desligou o celular, depois suspirou, ainda sem olhar para mim.

— Por quanto tempo vai continuar assim? Você não vai conseguir evitar Ryan para sempre.

Mary se endireitou na cadeira, abraçando os joelhos.

— Eu sei — ela respondeu, triste. — Eu vou falar com ele. Alguma hora.

— Você tem seis horas sem fazer nada daqui para a frente. Poderia falar agora.

— Não, agora não! — Ela espiou a fileira ao nosso lado, para ver se Ryan percebera que estava acordada, mas agora ele lia a revistinha do avião. — Preciso pensar em como vou contar para ele.

— Está bem. Então você tem seis horas para pensar nisso.

— Justo. — Mary fechou a persiana ao seu lado, pois o sol estava bem na altura de seus olhos.

Abaixei-me para pegar o livro que trouxera na bolsa, mas levei uma pancada na cabeça porque a poltrona na minha frente se inclinou bem nessa hora. Uma cabeleira ruiva enorme foi jogada para trás, quase atingindo meus olhos. Era isso que eu ganhava por ter ajudado Karen a ir àquela viagem. Um galo na testa.

— Karen! — protestei, esfregando a cabeça. — Não ouviu a aeromoça? Não pode deitar a cadeira até o avião decolar!

— Não enche, ninguém está vendo — ela disse, colocando uma máscara de dormir cor-de-rosa.

Nossa, a viagem já havia começado excelente. De um lado, Mason estava de cara amarrada e sendo antissocial; do outro,

Mary se contorcia para achar uma posição confortável para descansar e já havia me dado umas três cotoveladas, e, na minha frente, a poltrona totalmente reclinada diminuiu ainda mais meu espaço disponível. E eu não conseguia mais alcançar minha bolsa.

— Mãe... — choraminguei. — Troca de lugar comigo?

Mamãe tirou os olhos da revista de moda que estava lendo e deu risada ao ver o meu estado.

— Querida, lembra que eu estou tomando remédio diurético? Preciso ficar no assento do corredor.

— Lembro... — falei. *Mentirosa*. Ela não queria era ficar no meu lugar, isso sim.

De repente, me lembrei de quando Mason e eu escapamos para Nova York para que ele pudesse conversar com o sr. Aleine. Ele pegara um dos remédios de mamãe para dormir e passou a viagem inteira de trem roncando no meu ouvido.

— Você ainda tem aquele comprimido que dá sono? — perguntei, esperançosa.

— Tenho um para enjoo que dá sono. Quer um?

Assenti com a cabeça e ainda apontei para Karen e Mary, que me espremiam. Poder dormir sossegada, sem ser esmagada, sem levar cotoveladas nem cabelo na cara não me parecia nada mau.

Mamãe pegou a cartela de comprimidos dentro de sua bolsa e me entregou um. Era tão pequeno que me fez duvidar se faria efeito mesmo.

— Posso pegar dois...? — perguntei, piscando os cílios.

— Pra que dois, Ronnie? Isso é forte.

— Eu tô... hã... enjoada. — Esfreguei a barriga, depois lembrei que enjoo e dor de estômago eram coisas diferentes. Anta.

Mamãe ergueu uma sobrancelha.

— Por favor, eu só quero dormir. Já estou na pior cadeira, e ainda mais com essas duas em cima de mim... — Fiz um draminha, para ver se daria certo.

— Está bem. Se sentir alguma coisa, me avise.

Ela pegou mais um comprimido e me entregou. Peguei o resto de água que Mary havia pedido quando nos sentamos e engoli os dois de uma vez, fazendo careta. Eram pequenininhos, mas tinham um gosto horrível. Bem, pelo menos eu sabia que seria tiro e queda.

Nos primeiros minutos depois da decolagem, achei que o remédio não faria nenhum efeito. Mas, no momento em que começaram a servir o lanche do avião, quase desmaiei em cima do meu sanduíche de atum. Acabei deixando a comida de lado e apaguei completamente.

De repente, não estava mais no avião. Agora estava em um lugar que nunca havia ido, mas era como se eu o conhecesse. Era grande e todo verde, como um campo extenso. Sentia o cheiro de grama molhada e ouvia passarinhos cantando ao fundo. Olhei para baixo e percebi que não usava mais minha calça jeans e meus tênis, agora usava o vestido que havia comprado na semana passada, e sapatos altos, que milagrosamente não machucavam meus pés. Na minha frente, mais distante, várias moças gritavam e pulavam, animadas. Todas também vestiam roupas e sapatos chiques.

— Ela vai jogar o buquê! — escutei elas gritando.

Eu estava muito atrás das outras mulheres. Daquele jeito, não tinha chance alguma de pegá-lo. Aquilo não fazia diferença para mim. Sabia que era muito nova para me casar. Mas parecia que meu corpo havia adquirido vida própria. Meus pés tentavam se aproximar das outras, mas ao mesmo tempo pareciam pesar duas toneladas cada. Ergui a cabeça e avistei uma mulher de costas, com um cabelo loiro e ondulado enorme, se preparando para jogar o buquê de rosas brancas e lírios cor-de-rosa que segurava. Supus que fosse Lilly. Mas era difícil de enxergar. O sol estava bem forte e irritava meus olhos.

— Um... dois... três!

Foi nesse momento que tudo ficou em câmera lenta. Lilly jogou o buquê por trás da cabeça, e ele voou lentamente sobre todas as mulheres, que pularam e estenderam os braços, mas nem conseguiram encostar nele. Ao ver que o buquê agora vinha na minha direção e ninguém mais iria disputá-lo comigo, meus pés saíram do chão, agora mais leves. Como um passe de mágica, havia conseguido bastante impulso e subi muito mais alto do que as mulheres à minha frente. Fiquei no ar por bem mais tempo do que uma pessoa normal conseguiria, esticando o braço o mais alto que pude. Não estava entendendo nada. Por que eu iria pular para pegar aquele buquê? Com certeza aquelas mulheres o desejavam muito mais do que eu!

— Peguei! — gritei involuntariamente, e tudo voltou ao seu tempo normal.

O fato de ter perdido o controle do meu corpo me deixou assustada, ainda mais quando o mar de mulheres na minha frente se dividiu em dois grupos e cada um se organizou em um lado, deixando um caminho vazio à minha frente. Dois holofotes se acenderam a poucos metros de mim, mostrando que agora eu não estava mais no campo, mas em uma capela. Eu não usava mais o vestido longo. Agora usava um vestido branco de mangas curtas coberto de pérolas e com uma cauda tão grande que não dava nem para ver onde ela acabava, e um véu cobria meu rosto. Em minhas mãos se encontrava o buquê que eu pegara antes, e um enorme anel de diamantes reluzia no meu dedo.

Mas o quê?!, gritei na minha cabeça, desesperada.

E, para piorar a situação, meus pés começaram a caminhar sozinhos em direção ao altar à minha frente, onde um padre estranhamente similar ao Anthony Hopkins me esperava, com uma Bíblia aberta na mão. Aquilo parecia um filme de terror. Não importava o que eu fizesse, não conseguia parar de andar!

O que está acontecendo?!

Parei em frente ao padre, e tudo o que consegui mexer do corpo foi a cabeça, olhando de relance para vários conhecidos meus, que aparentemente estavam lá o tempo todo para assistir ao meu casamento. Mas fui puxada mais para perto do altar de novo. De repente, senti uma mão segurando a minha e, por fim, percebi que não estava sozinha ali. O que era lógico, afinal, não estaria casando comigo mesma, certo?! Olhei para o lado e quase caí para trás. Era Mason que estava ao meu lado, usando um smoking impecável, com o cabelo penteado para trás. Ele sorria, mas ao mesmo tempo estava com os olhos úmidos.

Tentei soltar minha mão da dele e perguntar o que diabos estava acontecendo, mas nem minha mão nem minha boca se moveram. O pseudo-Anthony Hopkins começou a fazer o discurso tradicional de casamento: "Queridos irmãos, estamos aqui reunidos...", blá-blá-blá. Enquanto ele falava, eu pensava em um jeito de me livrar daquela situação.

No momento em que o padre declarou "Se alguém tem algo contra esse casamento, diga agora ou cale-se para sempre", e eu falhei na tentativa de gritar "Eu tenho!", uma mulher surgiu atrás de nós, e na hora reconheci os cabelos loiros e os olhos azuis. Era Lilly. Mas não a Lilly bonita e feliz que eu conhecia, aquela Lilly parecia ter saído de um apocalipse zumbi. Seu rosto estava todo inchado — indicando que ela havia chorado —, seu cabelo estava desgrenhado, e ela usava o mesmo vestido de noiva de quando me jogara o buquê, mas agora ele estava todo sujo e rasgado.

— Esse casamento não vai acontecer! — ela gritou, apontando o dedo para nós. — Mason, você destruiu meu casamento, destruiu minha vida! Agora vou destruir a sua!

Lilly estalou os dedos, e as portas da capela se abriram atrás dela. Quando achei que aquilo não podia ficar mais doido do que já estava, as portas revelaram ninguém mais, ninguém menos do que Daniel, usando exatamente a mesma roupa que Mason, com uma pistola na mão apontada na direção dele. Agora aquilo era metade filme de terror, metade novela mexicana. Mas, como meu senso de ridículo estava bem afetado no momento, tudo o que senti foi pânico ao ver a pistola apontada para o peito de Mason.

— Vou ficar muito feliz em tomar o seu lugar, seu desgraçado. Isso é por ter me feito passar vinte anos sem falar com Ronnie!

Na teoria vinte anos haviam se passado, mas todos pareciam exatamente como eram no ano em que os conheci. Nada fazia sentido naquele show de horrores. Gritei para que Daniel abaixasse a arma, mas outra vez nenhum som saiu da minha boca. Agora meu corpo inteiro estava congelado. Eu nem conseguia fechar os olhos. Ouvi o gatilho sendo puxado, seguido de um estouro, mas não vi Mason caindo no chão. Não vi mais nada depois disso. Uma forte luz branca tomou conta do recinto, e, quando abri os olhos, não estava mais na capela, estava sentada na minha poltrona do avião, que agora tinha as luzes apagadas, com mamãe e Mary ao meu lado, dormindo.

Levei alguns segundos para perceber que estava de novo sendo espremida naquela poltrona minúscula, mas fiquei feliz por ter acordado. Mas com o que diabos eu havia acabado de sonhar?! Eu casando com Mason?! Lilly impedindo o casamento?! Daniel virando um assassino?!

Ofegante e com a mão trêmula, pedi para a aeromoça me trazer um copo d'água e consegui me acalmar.

— Pesadelo?

Olhei para o lado e vi que Mason estava acordado, com um jornal e uma caneta nas mãos.

— Pois é... Nunca mais tomo esses comprimidos da mamãe — respondi. — Ei, isso são palavras cruzadas?

— São, meu celular ficou sem bateria. — Ele deu de ombros.

Agora fazia sentido. Até parece que ele trocaria por pura vontade seu mundo isolado da tecnologia por um jornal antiquado. E nesse momento percebi que aquela era a primeira palavra que saía da boca de Mason direcionada a mim naquele dia.

— Que bom — falei.

— Que bom que meu celular ficou sem bateria?

— Não! — Eu sorri. — Que bom que resolveu quebrar o voto de silêncio.

Ele passou a mão na cabeça e desviou o olhar.

— Eu só... me assustei quando você acordou toda exaltada.

— Certo. Bom, isso aqui não é um filme de *A hora do pesadelo*, então está tudo bem.

Mason deu um sorriso breve e depois ergueu uma sobrancelha.

— Mas, diz aí, o que aconteceu comigo no sonho? Arregalei os olhos. Como ele sabia...?!

— O quê? — Me fiz de desentendida.

— Você ficou murmurando algumas coisas que não dava para entender, até que ouvi você falando meu nome. Primeiro achei que era engano, depois você falou de novo, mais alto, aí acordou. Estava sonhando comigo, é, srta. Veronica? — Ele sorriu maliciosamente.

Apaguei a luz da minha poltrona para tentar esconder minhas bochechas vermelhas. Por um lado, me acalmava o fato de Mason estar falando e sorrindo novamente, mas, por outro, ele tinha que usar o modo implicante-ridículo bem no meio do voo, onde não havia um lugar para o qual fugir?! Droga!

— Eu... hã... não lembro o que eu sonhei.

— Não lembra o que sonhou há dois minutos? — ele perguntou, incrédulo.

— Não, às vezes as pessoas esquecem! Boa noite! — falei, mesmo sendo dia. Depois disso, virei o corpo para a janela, fingindo voltar a dormir.

Mason ficou sem dizer nada por alguns segundos, o que me fez pensar que deixaria aquilo para lá. Mas logo depois ele perguntou:

— Ei, sabe essa? Duas letras, símbolo do Hélio?

— He — soletrei, mas em seguida tapei a boca.

— Pensei que ia dormir de novo. — Ele deu risada.

Pensei em me virar e jogar meu travesseiro nele, mas desisti e continuei na mesma posição, sem falar nada. Mas deixei escapar um sorriso involuntário. O sonho agora parecia bem mais distante de acontecer.

Eram por volta de três da tarde quando chegamos à ensolarada Califórnia. Mary já estava acordada e abriu a persiana, e um raio de sol forte veio em nossa direção. Espiei da janelinha e pude ver lá embaixo várias praias, palmeiras e uma brisa que levantava suas folhas. Nunca havia ido para aquele lado dos Estados Unidos, e em Boston era frio praticamente oitenta por cento do ano, então aquilo era mesmo bem diferente do que eu estava acostumada.

Não daria para aproveitarmos nenhum ponto turístico, como as praias, Beverly Hills, Hollywood, já que, assim que saíssemos daquele aeroporto, iríamos entrar direto em um carro com destino a Napa Valley. Não que Napa não fosse um lugar legal de conhecer, pelo contrário, mamãe dizia que lá era uma gracinha. Além disso, eu não era muito fã de praia nem de calor, então visitar aqueles lugares não estava na minha lista de prioridades.

A luz que indicava que os cintos deviam permanecer afivelados se apagou depois que aterrissamos, e em seguida as pessoas começaram a se levantar e pegar suas bagagens de mão. Já que na fileira da frente ninguém se movia, assumi que Karen e Henry ainda estavam dormindo. Estiquei a cabeça para chamá-los, mas hesitei ao ver a posição em que os dois se encontravam. Deu até vontade de tirar uma foto. Karen apoiava a cabeça no ombro de Henry, e a cabeça dele se apoiava na dela. Além disso, suas mãos estavam a milímetros de distância uma da outra. Por mais que eu preferisse Karen dormindo quieta, uma hora alguém tinha que acordá-los. Mamãe percebeu que os dois não se moviam e resolveu cutucá-los de leve:

— Ei, dorminhocos, nós já chegamos.

Karen abriu os olhos e levantou a cabeça. Com isso, Henry também acordou e deu um longo bocejo. Assim que os dois perceberam como estavam, deram um pulo de susto e se afastaram rapidamente.

— Eca, vou ficar fedendo à sua colônia agora! — Karen reclamou, ajeitando a blusa amarrotada e fazendo careta.

— Minha colônia é uma delícia, viu? — Henry retrucou, passando a mão no pescoço. — Olha só, você me deixou com torcicolo!

Afastei-me e deixei os dois terem sua briguinha diária. Aproveitei que Karen finalmente liberara o espaço de sua poltrona para pegar minha bolsa com o livro que não consegui ler. Depois que todos pegaram suas coisas, fomos seguindo em fila em direção à porta dianteira.

— Dormiu bem, Pequenininha? — ouvi Ryan, que estava atrás de mim, perguntando.

— Hã... sim — Mary, que estava na minha frente, respondeu, baixo. Depois apressou o passo.

Pobre Ryan. Não só havia sido traído pela namorada e nem sabia disso, como sua maior admiradora agora o tratava com a maior frieza. Me lembrei do que Mary dissera no início do voo, que ela iria falar com ele quando chegássemos à Califórnia, mas, até agora, nada. Com certeza eu iria questioná-la sobre aquilo mais tarde.

Descemos a escada do aeroporto e pegamos nossas malas na esteira de bagagem. Dava para dizer muito sobre meu grupo pelo tamanho de suas bagagens. As de Karen e Mason eram as maiores — novidade —, e a minha era uma das menores. Ai, essa gente que não sabe economizar...

Pensei que assim que chegássemos teria uma legião de fãs esperando os meninos para tirar foto, como acontecia em quase todo lugar a que íamos, mas lá só encontramos umas duas meninas que pediram autógrafos, e nem foto quiseram. Pessoas da Califórnia. Já estavam acostumadas a ver celebridades diariamente...

Aquilo contribuiu para que chegássemos mais rápido ao portão de desembarque. E, assim que chegamos, pudemos ver Lilly bem no meio, usando um vestido de alças florido, com um enorme sorriso no rosto e um papel escrito "Meu bebê". Mason imediatamente fechou a cara.

— Ei, dá um desconto, ela está com saudade de você — falei, ao ver sua mudança de expressão.

— Não é por isso. — Ainda incomodado, ele apontou com a cabeça em direção à mãe. Lilly não estava sozinha. Um homem alto, esbelto e de cabelos grisalhos a abraçava e sorria para nós também.

O noivo de Lilly.

Voltei a olhar para Mason, que agora tinha fogo nos olhos. E a cena do pesadelo se tornava mais próxima outra vez. Algo me dizia que aquele casamento não iria acontecer.

Por favor..., pensei, enquanto caminhava apreensiva em direção aos dois. *Por favor, Mason... não estrague tudo.*

25

Antes que pudéssemos chegar à saída do portão, Lilly ignorou a placa que separava quem estava esperando de quem chegava, correu e abraçou Mason com tanta força que, se aquilo fosse um desenho animado, ele já estaria azul. Até largou suas malas.

— Meu amorzinho! Meu lindo! Meu príncipe!!
— M-mãe... — A voz dele falhou.

Ela o soltou e, enquanto Mason recuperava o fôlego, Lilly nos abraçou um por um, animadíssima. Pois é, ela não mudara nada. Continuava uma adolescente histérica por dentro.

— Há quanto tempo eu não vejo essas carinhas lindas! — Ela apertou as bochechas de Henry e Ryan, depois se virou para Mary. — E você, princesa! Como cresceu! Daqui a pouco passa sua irmã!

Mary sorriu, satisfeita com o elogio. Já eu não gostei muito do comentário. Sabia que mais cedo ou mais tarde minha irmã ficaria mais alta que eu, pois suas pernas eram mais longas que as minhas, mas pra que a pressa de crescer, não é mesmo?

— Estão todos aqui, certo? — Lilly perguntou.

Mamãe olhou para os lados, conferindo se estavam mesmo.

— Espera, tem alguém faltando.

Nesse momento, Karen apareceu atrás de nós, arrastando com dificuldade sua mala pink, que era quase do tamanho dela.

— Valeu por esperarem, hein! — ela praguejou. — Uma perua idiota quase leva a minha bagagem e ninguém lembra de me ajud... — De repente, ela ficou quieta ao ver que Lilly a encarava, surpresa.

Nossa, estávamos há tão pouco tempo na Califórnia, e as coisas já estavam desconfortáveis. Karen não devia esperar por aquilo. Provavelmente achou que Lilly ficaria ocupada o dia inteiro e nem iria perceber a sua presença. Mas é meio difícil não notar uma ruiva espalhafatosa e escandalosa reclamando em um tom bem alto no portão de desembarque. E agora lá estavam elas, uma encarando a outra, sem saber direito o que dizer.

— Hã... — Karen deu um riso nervoso. — Oi, sra. McDougal! Parabéns!

— Hum... obrigada.

Uau, dava para cortar aquele climão com uma faca de churrasco. E para a surpresa não só de Karen, mas de todos ali, Henry fez algo que eu jamais esperava que ele fizesse. Abraçou-a por trás, sorrindo, e falou:

— Amor! Que bom que chegou! — Todos arregalamos os olhos. Percebendo que estavam todos muito embasbacados para dizer alguma coisa, Henry continuou: — Meu pai ia vir, mas acabou tendo um compromisso de trabalho neste fim de semana, Lilly. E, já que Karen e eu começamos a namorar há pouco tempo, achei que não seria problema nenhum trazê-la como minha acompanhante.

Henry era um gênio. E mais altruísta do que eu imaginava. Foi muito legal da parte dele não só convidar Karen, mas fingir ser seu namorado para que ela não passasse vergonha na hora de encontrar a noiva. Caramba. Ele subiu bastante no meu conceito depois disso.

— Estão... namorando? — Lilly perguntou, ainda estarrecida.

— Estamos! — Henry respondeu, beijando a bochecha de Karen. — Fala pra ela, amor!

Karen demorou alguns segundos para voltar a raciocinar direito e, ao entender o que ele estava fazendo, entrou no jogo.

— É claro! Eu queria prestigiar essa data especial com meu lindinho! — Ela deu um sorriso amarelo e dois tapinhas na cabeça de Henry.

— Poxa, eu não sabia! — Ryan falou. — Por que não me contaram?

Bati na testa. Ryan sendo Ryan.

— Porque estávamos esperando a hora certa — Henry disse, entre dentes, lançando um olhar de "cale a boca" para o amigo.

Mas Ryan parecia magoado de verdade.

— Ninguém me conta mais nada... — ele disse, triste. Olhei de relance para Mary, que tentou disfarçar o fato de a indireta ter sido para ela.

Felizmente, Lilly voltou ao seu modo sorridente e alegre de antes. Eu sabia que ela ainda não gostava de Karen, mas parecia pelo menos aliviada. Aparentemente, sua preocupação maior era que Karen tentasse alguma coisa com seu filhinho.

— Está bem, então! Agora, venham, venham! Paul está doido para conhecê-los!

Lilly pegou Mason pela mão e fez sinal para que a seguíssemos até a saída do desembarque, que era onde, na teoria, ela devia ter ficado. Por sorte, saímos do meio da passagem antes que o segurança, que nos encarava de cara feia, nos chamasse a atenção.

Paul, o noivo de Lilly, parecia ter uns cinquenta e poucos anos, mas estava em forma. Usava uma bermuda, camisa polo e sapatênis.

— Querido, esta é a turma de *Boston Boys*! — Lilly nos apresentou.

Turma de *Boston Boys*? Parecia que éramos um grupo de pré-escola, mas o.k.

— Que prazer conhecê-los! Sejam muito bem-vindos! — ele nos cumprimentou. Ele começara bem, já dava para ver que era educado.

Olhei de relance para Mason na esperança de que ele pudesse lhe dar uma chance, mas continuava com a mesma tromba de antes.

— Finalmente estou conhecendo nosso padrinho! — Paul disse, sorridente. — Sua mãe fala tanto de você, já sei que é um rapaz de ouro!

E Mason não demonstrou sequer uma emoção. Pobre Paul. Era um cara gente boa e simpático, e só recebeu gelo em troca. Tentou abraçar Mason, que apenas ficou parado e mexeu as mãos poucos centímetros. Felizmente Paul não parecia ser do tipo que desistia fácil. Devia ter como meta principal agradar o futuro enteado.

— Estacionei o carro aqui embaixo, vamos andando. Deixe que eu levo isso, querida. — Ele percebeu que Karen quase não conseguia carregar a própria bagagem e pegou-a delicadamente.

— Obrigada... — Karen respondeu, com um leve suspiro. O cara não era nenhum deus grego, mas que era charmoso, até eu tinha que admitir. E era cavalheiro. Lilly tinha bastante sorte.

Saímos do aeroporto e chegamos ao estacionamento, onde encontramos uma caminhonete grande e prateada e uma minivan branca.

— E aí, quem vai onde?

— Os adultos podem ir conosco no carro, e as crianças vão atrás — Lilly sugeriu.

Aquela ideia não agradou muito a mamãe.

— Tem certeza, Lilly? Eu posso ir com eles, se for melhor...

— Não precisa se preocupar, Susan — Paul falou, e apontou para o motorista da van, um homem baixinho e com um bigode enorme e branco. — Conheço Mike desde que era garoto. Ele trabalha para minha família há muitos anos!

— Ele é rico — Karen comentou baixinho, sorrindo.

Mas Henry, que estava ao seu lado, ouviu o comentário e lhe deu um beliscão de leve no braço.

— Amorzinho, se controle — ele cochichou, e Karen lhe mostrou a língua.

— Está bem, então. — Mamãe entrou na caminhonete, seguida por Lilly e os pais de Ryan, e nós, as "crianças", entramos na minivan.

— Hã, Ronnie, troca de lugar comigo — Mary falou, e nem me deu tempo de contestar. Pulou por cima de mim e se sentou no banco da janela.

Olhei para o lado e entendi o motivo de ela querer trocar. Ryan se sentou ao meu lado esquerdo.

— É meu hálito? — ele perguntou, preocupado. — Eu tô fedendo? — Ele cheirou a própria axila.

— Não, Ryan... — falei, sentindo vergonha alheia. — Só... por favor, não faça isso outra vez.

O "casal" e Mason se sentaram na nossa frente. Assim que a porta fechou, Karen e Henry, que estavam de mãos dadas, largaram as mãos um do outro e começaram a resmungar.

— Por que sua mão é tão suada?! — Karen falou, tirando um frasco de álcool em gel da bolsa e esfregando nas mãos.

— Sei lá, talvez porque me incomoda que, por sua causa, eu tenha que mentir para uma pessoa que me conhece desde os meus catorze anos! — Henry retrucou. — E não reclame, ouviu? Eu salvei o seu pescoço! Lilly quase te despachou de volta para Boston!

— Argh, está bem! Mas sem mãos dadas!

— E admita que eu te salvei.

— Como é que é?

— Admita que eu te salvei, senão eu conto a verdade.

Karen cruzou os braços e falou, revoltada:

— Está me chantageando?!

— Eu mereço um pouquinho de satisfação pessoal nesta viagem. Agora vai, admite!

Ela bufou e disse sem emoção:

— Você me salvou.

— O que foi? Não ouvi. — Ele deu um sorriso implicante.

— Você me salvou, seu mala! — Ela lhe deu um tapa no braço.

— Excelente, bem melhor. — Henry riu, satisfeito.

Mason, que não disse nada desde que encontrara Paul, comentou, apoiando o queixo na mão:

— Esta viagem vai ser longa...

Se ele continuasse agindo daquele jeito, seria mesmo. Tentei pensar no que poderia fazer para deixá-lo um pouco menos irritado, e perguntei ao motorista, lá na frente:

— Pode ligar o rádio?

— Claro! — ele respondeu, e por coincidência a música "More Than a Feeling", do Boston, começou a tocar. Seria aquilo um bom sinal?

Tentei esticar a cabeça para ver como estava o rosto de Mason, mas o cinto de segurança me puxou de volta para o meu lugar. Então o cutuquei para chamar a sua atenção.

— Anime-se, o final de semana vai ser legal — falei, erguendo o polegar em sinal de positivo. Mesmo não sabendo ao certo se aquele casamento iria acontecer ou não. Mas Mason de qualquer jeito precisava de um empurrãozinho.

— Vamos ver... — ele disse, hesitante. Resolvi deixá-lo quieto. Ele poderia usar esse tempo até chegar a Napa Valley para pensar um pouco.

À medida que avançávamos na estrada, mais a cidade grande se distanciava. Imaginei que Mason, Henry e Ryan deviam se sentir nostálgicos, afinal, moraram lá durante a vida toda antes de se mudarem para Boston. Mas era bom respirar novos ares. Literalmente. Abri a janela e senti a brisa fresca do campo. O ar realmente parecia mais puro. E, já que havia mais vegetação por lá, estava menos quente do que quando saímos do aeroporto. Os prédios começaram a ser substituídos por casas e fazendas de vários tamanhos, todos com uma vasta área de plantação. Já que Napa Valley era conhecida como a terra dos vinhedos, sua placa de boas-vindas tinha dois cachos de uva em cada canto, era um charme.

Fiquei boquiaberta quando o motorista estacionou o carro numa vaga ao lado da caminhonete de Paul. A fazenda era gigante. A casa era gigante. Tudo era gigante. Fazia as casinhas pelas quais passamos no caminho parecer todas de boneca. Além disso, atrás dela havia um grande celeiro e um lago cheio de patos e gansos. Me lembrou os hotéis-fazenda a que eu ia quando pequena, só que esse era vinte vezes maior e seria quase exclusivamente nosso.

Abri a porta do carro e senti um perfume delicioso. Inspirei e expirei fundo, sorrindo.

— Gostou, Ronnie? — Lilly perguntou. — É da plantação de lavandas aqui ao lado. — Ela apontou para as flores violeta perto do lago.

Assenti com a cabeça. Estava crente de que ia ter que encarar o mau cheiro do cocô dos animais, mas não. Aquele lugar era incrível. E olha que eu nem havia entrado na casa ainda.

— Sintam-se à vontade! — Paul falou, abrindo a grande porta de madeira escura da casa.

A decoração do interior não era nem tão moderna nem tão antiga. Logo no hall de entrada tinha uma mesa alta com dois potinhos de pot-pourri e um vaso com orquídeas brancas. Acima das flores estava pendurado um quadro que ilustrava dois pastores em um campo ensolarado. Parecia dar uma ideia de boas-vindas.

Dei uma olhada em volta; a casa era linda. Pelo menos o primeiro andar. As paredes eram branquíssimas, contrastando com o piso de madeira escuro. Diversos quadros delicados como o dos pastores estavam pendurados nelas. Seguimos adiante e vimos uma grande e retangular mesa de madeira no centro da sala. Era bem provável que o jantar seria servido ali. E, pela quantidade de cadeiras, eu sabia que não faltaria espaço para ninguém.

Lilly e Paul nos guiaram até a varanda, onde a estrutura do casamento já começava a ser preparada. A equipe que organizava a festa já estava montando as mesas e cadeiras, no local onde seria realizada a cerimônia, e fazendo testes de iluminação.

Depois do tour geral, pegamos nossas malas e subimos para nossos quartos, indicados por Lilly. Ela levou Mary, Karen e a mim para o quarto na extrema direita do segundo andar. Assim que abrimos a porta, deparamos com uma surpresa não muito agradável.

— Hã... Só tem duas camas. — Mary constatou o óbvio, apontando para o quarto. Ele não era tão pequeno, mas realmente não teria espaço para colocar uma terceira cama.

E na mesma hora me lembrei que aquilo teria uma explicação bem lógica.

— É claro — falei, entrando no quarto e deixando minha mala ao lado da cama da esquerda. — Karen, se esqueceu que Lilly não planejava que você viesse?

Karen franziu a testa. Ela entendeu muito bem.

— Que droga! — Ela bateu os pés. — Não posso ir lá pedir para ela colocar outra cama. Primeiro que não cabe, segundo que ela já não gosta de mim, então não vai dar certo. — Ela olhou para sua mala gigantesca, alarmada. — Então onde eu vou dormir?!

— Vai para o quarto do Henry, ué — Mary respondeu com naturalidade, se jogando na cama da direita. — Lá deve ter duas camas de solteiro, já que o pai dele vinha junto.

O rosto de Karen ficou da mesma cor que seu cabelo.

— Ficou maluca?! De jeito nenhum! Dormir no mesmo quarto que ele! — Ela cruzou os braços. — Prefiro dormir lá fora!

— Então fique à vontade — Mary se espreguiçou, abraçando um travesseiro. — Só cuidado com os gansos.

Karen olhou para a janela do quarto e teve um calafrio.

— Ronnie, seja um doce e dorme com a sua irmã, vai.

Ergui uma sobrancelha.

— Eu, não. Fui a primeira a pegar a cama. Mary é menor, dorme você com ela.

— Mas vocês são irmãs! Já devem estar acostumadas a dormir juntas. Vai, Ronnie! Não seja chata!

Claro, *eu* estava sendo chata.

— Ei, esta cama aqui é minha e de mais ninguém — Mary falou, se esparramando.

Karen e eu olhamos para Mary, incrédulas. Mas ela tinha muita marra mesmo. Era metade do nosso tamanho e ainda achava que tinha direito de exclusividade sobre a cama.

— E por que você acha que deve ficar sozinha? — perguntei.

— Não sou eu quem acha. São vocês que vão achar agora.

— Ela deu um sorriso travesso.

— Como assim? — Karen perguntou, desconfiada.

E Mary fez uma coisa que só de lembrar já me dá náusea. Deu uma escarrada forte e começou a cuspir no travesseiro e no lençol. É sério.

— Mary! — berrei, embasbacada.

— Ai, meu Deus, que nojo! — Karen pulou em cima da minha cama, tentando ficar o mais longe possível da minha irmã, que explodiu em uma gargalhada.

— Pronto, quem quer dormir comigo agora? — ela perguntou, uma lágrima escorrendo de seu rosto de tanto que ria.

— Eu não acredito que você fez isso! — Eu estava profundamente revoltada. Mas que mente diabólica ela tinha! — Sua egoísta!

— Ué, eu proibi alguém de dormir comigo? — Ela se fez de desentendida. — Fiquem à vontade.

Karen puxou o álcool em gel da bolsa e se emplastrou com ele, mesmo o cuspe não a tendo alcançado.

— Um dia você vai ser mandada para um internato para aprender a se comportar como um ser humano normal! — Karen reclamou, arrastando sua mala até minha cama.

Se a mala de Karen mal cabia na cama, imagine como seria eu e ela dormindo ali. Minhas costas doeram só de pensar. Suspirei, já prevendo que eu teria uma longa noite pela frente.

Após trocarmos de roupa e vestirmos algo mais fresco — mesmo Napa Valley tendo muitas árvores, ainda era bem mais quente do que Boston —, Lilly pediu que nos encontrássemos na sala principal. Depois que todos desceram, ela fez seu comunicado:

— Vocês sabem que aqui é a terra dos vinhedos, certo? Então, o que acham de participar de uma degustação de vinhos especial da noiva?

— Você disse *degustação de vinhos*? — Os olhos de Henry brilharam ao ouvir aquelas palavras.

— Eu quero ir! — Ryan se juntou à empolgação do amigo.

Revirei os olhos. Como se Lilly fosse deixar aqueles dois moleques experimentar vários tipos de vinho. Aliás, nem Lilly nem *mamãe* deixariam de jeito nenhum. Não sabia como eram os pais de Ryan, mas imaginei que eles não ficariam muito contentes com a ideia também. E a mãe de Ryan pareceu ler meus pensamentos, porque foi a primeira a se pronunciar:

— Que gracinha! Os dois acham que vão também! — Ela deu risada. — Meninos, Lilly quis dizer que nós, os *adultos*, vamos à degustação. Vocês são *crianças*, e as *crianças* vão ficar aqui.

Lilly assentiu com a cabeça, achando graça de Henry e Ryan mudarem rapidamente de animados para desolados.

— Mas então por que você nos chamou também? — Ryan perguntou.

— Para avisá-los que íamos sair! — mamãe falou, fazendo carinho na cabeça dele.

Me controlei para não rir. Não era a primeira vez que Ryan era impedido de beber com os adultos.

Todos os pais concordaram em ir à degustação, mas, para minha surpresa, Paul foi o único que recusou.

— Querida, se importa que eu fique? — Ele virou-se para Mason, que não expressara nenhuma emoção desde que chegamos à fazenda. — Pensei que poderia ir pescar com meu futuro enteado, para conhecê-lo melhor. O que acha, Mason?

Meu coração deu um pulo. Mason encarou Lilly por um breve momento, e pude ver que ela lhe lançara um olhar de "Não custa nada". Para piorar a situação para ele, ela ainda disse em voz alta:

—Acho uma ótima ideia! O que acha, filho?

Agora Mason estava encurralado. Não havia a possibilidade de ele recusar, mesmo que estivesse bem evidente que não queria ir de jeito nenhum. Mason respirou fundo e respondeu, ainda sério:

— Pode ser.

Lilly sorriu satisfeita, depois voltou-se para nós.

— Se precisarem de qualquer coisa, podem pedir para o Ravi. RAVI! — ela chamou.

Alguns segundos depois, um homem de estatura média, pele morena, cabelos pretos, magro e bem-vestido veio em nossa direção e parou em frente a Lilly.

— Chamou, sra. McDougal? — ele perguntou, com um leve sotaque indiano.

— Chamei, gostaria de apresentá-los. Crianças, este é o Ravi, ele cuida da fazenda e se certifica de que tudo esteja em ordem. Ele está à disposição para o que vocês precisarem.

— Para o que quiserem, é só chamar — Ravi disse educadamente.

Nós agradecemos, e Lilly e os adultos partiram logo em seguida. Paul levou um relutante Mason até o lago para pescar, então sobramos eu, o casal de mentira, Ryan e Mary, que ainda não estavam se falando direito.

— Então... — Ryan perguntou, se sentando no sofá. — O que podemos fazer?

Henry pensou um pouco e chamou Ravi.

— Ravi, tem algum jogo aqui?

— Sim, temos vários jogos. Gostaria que eu os trouxesse aqui para a sala?

— Seria ótimo, obrigado!

Ravi deu meia-volta e subiu a escada. Por mais que fosse um empregado como todos os outros, o cara parecia um lorde inglês quando falava ou se movia. Não demorou muito para que voltasse segurando uma pilha tão grande de jogos de tabuleiro que nem conseguíamos mais ver seu rosto. Mesmo assim, ele conseguia equilibrá-los perfeitamente.

— Hã... — Henry olhou aquela pilha de cima a baixo. — Desculpa, não quis dizer... *esse* tipo de jogo... Eu quis dizer tipo Xbox, PlayStation... Jogos eletrônicos, sabe?

— Aff, nerd — Karen comentou, olhando para as unhas.

— Perdão, senhor — Ravi disse. — Mas não temos esses jogos aqui. O patrão diz que prefere se desligar um pouco da tecnologia do dia a dia quando vem para a fazenda.

— Por isso o sinal de celular é tão ruim aqui — Karen comentou baixinho.

— Posso sugerir uma atividade diferente? Temos cavalos muito mansos. Gostariam de andar com eles por aqui?

Os olhos de Mary brilharam, e ela foi a primeira a erguer a mão, animada.

— Eu quero! Eu quero!

— Parece divertido! — Ryan concordou.

— Bem... — pensei um pouco. — Se eles forem mansos mesmo... pode ser.

— Não é um Call of Duty, mas é legal também. Eu vou! — Henry ergueu o polegar em sinal de positivo.

Só Karen não pareceu muito adepta à ideia.

— Eu passo. Prefiro ficar aqui... sem terra, sem mosquitos, sem sujeira de cavalo.

Revirei os olhos, mas já esperava aquela reação.

Acompanhamos Ravi até o estábulo, e ele nos mostrou os dois cavalos da fazenda. Um era todo preto com as patas brancas e o outro era malhado, branco e bege. Já que só havia dois, iríamos alternar. Henry logo se voluntariou a ficar esperando, e, pelo jeito como sorriu para o celular, imaginei que finalmente conseguira sinal para conversar com Nikki.

Ryan se ofereceu para levar Mary no cavalo preto, o maior, mas ela agarrou meu braço e respondeu:

— Hã, obrigada, mas vou com a Ronnie. — Sem nem deixá-lo responder, ela subiu no cavalo com a ajuda de Ravi.

Olhei com incerteza para aquele animal — que era lindo, mas gigante —, dei a mão para Ravi e ele me ajudou a subir. Uau, como eu estava no alto! Me lembrei de quando fui ao show do Green Day com Daniel e ele me colocou em seus ombros para que eu pudesse enxergar melhor. Não estava acostumada a ver as coisas tão de cima, então era algo bem novo e um pouquinho assustador para mim.

Com medo de me desequilibrar, segurei na cintura de Mary, que parecia já saber cavalgar desde que nascera, mesmo nunca de fato tendo cavalgado. Olhei para trás e vi Ryan subindo no cavalo malhado sem nem precisar da ajuda de Ravi. O.k., me enganei, ele, sim, parecia um profissional.

Ravi nos instruiu a mexer nos mecanismos que controlavam os cavalos e, depois de nos mostrar a área em que poderíamos cavalgar — ufa, estávamos a uma distância bem segura dos preparativos do casamento —, deu um tapinha de leve nos dois, e eles começaram a andar.

Aquela sensação era bem estranha, mas ao mesmo tempo interessante. O jeito como o cavalo andava, e me movia levemente de um lado para o outro, estava sendo bem mais tranquilo do que eu podia imaginar. Ele era realmente manso. Imaginei que Lilly e Paul deviam fazer isso regularmente.

— E então... — aproveitei que estava "sozinha" com minha irmã para colocar as cartas na mesa — ... por quanto tempo você vai continuar ignorando o Ryan?

Mary, que estava na minha frente, não disse nada.

— Lembra que você prometeu que ia contar para ele quando chegássemos?

— Lembro... — ela disse, e suspirou. — Mas é difícil! Você entende, não entende?

— Entendo, mas também não acho justo o jeito como você o está tratando. Assim ele vai pensar que fez algo de errado e que você está chateada com ele.

— Eu sei. — Ela abaixou a cabeça. — Vou contar, prometo.

O cavalo de Ryan passou do nosso lado, e ele acenou.

— Você tem jeito com isso — comentei.

— Obrigado! — Ele sorriu. — Vou perguntar para Lilly e Paul se eles se importam de eu trazer Amy aqui algum dia. Ela é apaixonada por cavalos!

O que ele falou me fez sentir uma dorzinha no coração, e sei que Mary sentiu o mesmo, se não mais. Cada vez mais me sentia ainda pior por ele. Nem precisei cutucar Mary para enfatizar o fato de que Ryan precisava saber a verdade quanto antes, porque, nesse momento, ela parou nosso cavalo e falou, alto e claro, algo que estava preso em seu peito há um bom tempo:

— Amy está te traindo!

26

Arregalei os olhos. Ah, meu Deus. Ela havia falado. Ali. Agora. Enquanto cavalgávamos.

Ryan parou o seu cavalo e olhou para nós, confuso.

— Espera, o que você disse?

— Ryan... — O queixo de Mary tremeu. — Eu sinto muito, mas Amy está te traindo. Nós vimos o celular dela quando fomos cuidar dos seus cachorros. Tinha uma mensagem de um cara chamado Alex, que a chamou de amor e estava querendo encontrá-la naquele dia. Eu não consegui contar antes porque... porque não queria que você ficasse magoado!

Ryan alternava seu olhar desnorteado entre mim e Mary. Devia estar processando aquelas palavras que foram praticamente vomitadas em cima dele. E ele já não era bom de processar qualquer coisa, então sabia que aquilo poderia demorar um pouco.

— Foi... por isso que você estava esquisita? — ele perguntou.

Estranhei aquela pergunta. Tantas coisas que poderia indagar, e ele quis saber logo a mais óbvia de todas?

Mary assentiu com a cabeça.

— Sim. Desculpe.

— Hã... tudo bem — ele respondeu, ainda parecendo confuso. — Pequenininha, tem certeza de que viu isso mesmo?

— Tenho! Estava no celular dela!

Depois de alguns segundos sem responder, ele perguntou para mim:

— Você ou Mason viram a mensagem também?

Mary encarou-o, indignada, e respondeu, antes que eu pudesse falar qualquer coisa:

— Ryan, eu já disse que é verdade! Não acredita em mim?

Ryan continuou olhando para mim, como se quisesse muito saber o que eu iria responder.

— Eu vi a mensagem — respondi, hesitante. — É verdade, Ryan. Sinto muito.

E ele deu um riso estranho, nervoso, o que me deixou um pouco assustada.

— Isso foi um engano. Vocês devem ter visto errado.

— Nós não vimos errado! — Mary falou, agora irritada. — Por que não entende?

— Não sei, Pequenininha. — Ele deu de ombros. — Às vezes você pode exagerar, até inventar algumas coisas...

Ai. O.k., eu entendia que ele havia entrado em um estado de negação, mas sabia que minha irmã não seria tão compreensiva.

— Por que eu inventaria uma coisa dessas? — Mary estava perplexa. — Por que eu iria querer te ver triste?

— Ora, você nunca gostou da Amy...

Mary apertou os punhos. Devia estar se sentindo ela própria traída.

— Quer saber? — ela falou, magoada. — Bem feito pra você!

— Depois disso, ela puxou com toda a força a rédea do cavalo e lhe deu um tapa forte, o que o fez sair galopando desembestado.

— Mary! — gritei, me enroscando nela, que era a única coisa em que dava para segurar. — O que você fez?!

— Você queria que eu contasse! Pronto, eu contei! — Ela não parou o cavalo; pelo contrário, só o fez correr ainda mais rápido.

— Mas não assim! O que você disse não foi legal! Aaah! — Quase caí quando o cavalo pulou uma cerca.

— E o que ele falou de mim?! — ela gritou. — *Ele* errou, não eu!

Olhei para trás e vi que Ryan tentava nos alcançar com seu cavalo, mas infelizmente o nosso era muito mais rápido. Lá de trás, Henry e Karen haviam se levantado, estranhando o que acontecera, e Ravi corria desesperadamente em nossa direção, soprando um pequeno apito.

— Os dois estão errados, mas fugir com o cavalo não vai resolver as coisas!

Arregalei os olhos. Estávamos correndo justamente na direção dos preparativos do casamento. Se o cavalo passasse por lá, seria o maior estrago da história.

— Mary, pare esse cavalo! — gritei, tentando sem sucesso alcançar as rédeas.

— Estou tentando! — Agora Mary parecia mais preocupada do que com raiva.

Ela puxou a rédea para o lado, fazendo o cavalo desviar dos empregados que arrumavam as mesas e cadeiras no jardim. Ufa, pelo menos o cenário estava a salvo. Mas duas pessoas ainda corriam risco de ser atropeladas, quando vi que o cavalo galopava direto para o lago, onde Mason e Paul estavam pescando.

Foi tudo tão rápido que nem tenho certeza se foi real ou não. Sem saber o que fazer, gritei para que os dois saíssem da frente, mas eles não conseguiram levantar a tempo. Soltei a cintura de Mary e agarrei seus braços, puxando as rédeas com toda a minha força. Resultado: o cavalo freou a centímetros dos dois, empinou completamente e depois deu um forte coice no ar, jogando a mim e Mary para longe. Mais precisamente, para dentro do lago onde eles estavam pescando.

Levantei a cabeça, que estava submersa, e recuperei o fôlego, depois de tossir toda a água que engolira. Paul e Mason, ainda não acreditando no que havia acabado de acontecer, ergueram as mãos e puxaram a mim e Mary, trêmulas e em estado de choque, para fora. Ryan apareceu logo em seguida, parando seu cavalo a uma distância segura, e Henry e Ravi também chegaram, mas atrasados.

— Ravi, pegue toalhas para as duas, por favor! O que acabou de acontecer?! — Paul perguntou para nós, atônito.

Olhei para Mary, com ódio. Se não fosse por seu ataque de nervos, eu não teria pagado um dos piores micos da minha vida, ainda mais na frente de Paul, que mal nos conhecia e havia oferecido gentilmente sua casa para ficarmos. Agora ele devia achar que éramos duas insanas.

— Desculpe, Paul — falei com vergonha. — Mary quis correr demais, e depois não conseguimos parar!

— Não se preocupe, querida! O importante é que vocês não se machucaram... tanto.

É... *tanto*. Meu bumbum latejava tanto que eu achava que ele ia explodir a qualquer momento. Ainda estava meio tonta por ter engolido muita água com o impacto, e teria sido pior se Mason não tivesse me puxado.

— Mason, me ajude a levá-las lá para cima para tomarem um banho e se recuperarem — Paul falou, nervoso, já dando suporte para Mary.

— Não precisa — Mason respondeu, apoiando meu braço em seus ombros. — Henry e Ryan me ajudam. — Ele lançou um olhar de relance para os amigos.

— Tem certeza? Eu posso...

— Tenho. De verdade. Pode ficar aí fazendo... hã, sei lá, mas pode ficar aí. Vem, gente — ele chamou os meninos com a mão livre.

Ryan se ofereceu com timidez para ajudar Mary a entrar na casa, e ela apenas assentiu friamente e virou a cara. Henry envolveu meu outro braço em seus ombros, e eles nos ajudaram a subir a escada, deixando Paul lá, parado, sem saber o que fazer em seguida.

— Isso pode parecer meio estranho, mas obrigado por cair no lago — Mason falou enquanto abria a porta do nosso quarto.

— Não aguentava mais ficar lá com ele puxando papo. Até ficou me chamando de filho e essas coisas... — Ele torceu o nariz.

Oh-oh. Mason continuava sem nenhum progresso em relação a aceitar Paul. Isso explicava como ele o tratara com frieza quando entramos na casa. Aquilo não era nada bom. Não quando faltavam pouco mais de vinte e quatro horas para o casamento acontecer.

Tomei um banho quente e demorado para ver se conseguia relaxar. Além do fato de ter sido catapultada de um cavalo enorme e caído em um lago raso há pouco tempo, minha mente ainda estava cheia de preocupação por causa de Mason. Não conseguia parar de pensar no sonho que tivera no avião. Lilly dizendo que ele havia estragado seu casamento. Infelizmente, o banho não foi tão longo quanto eu esperava, porque depois de um tempo comecei a ouvir batidas fortes na porta do banheiro, e Karen não parava de me apressar.

Depois de limpa novamente, deitei na cama e peguei o exemplar de *O Código Da Vinci* que não tive a oportunidade de ler no avião por causa de uma certa mimada que não tem noção de espaço pessoal. Só consegui ler umas vinte páginas, porque, de repente, uma Susan Adams furiosa praticamente arrombou a porta do quarto, puxando Mary, cujo cabelo estava metade penteado, metade cheio de nós. Supus que ela ficou sabendo do que aconteceu assim que voltou do passeio aos vinhedos e quis tirar satisfação conosco logo em seguida, sem nem dar tempo de Mary terminar de se arrumar direito.

— Francamente! — ela gritou, soltando fogo pelas ventas.

— Será que não podemos fazer uma viagem sem que vocês duas causem algum estrago?!

— Ela já sabe da história inteira, né? — perguntei para Mary, soltando o livro.

— Todinha — ela respondeu, fazendo uma careta. Devia estar perdendo a circulação do braço do jeito como mamãe a segurava.

— Eu quero saber por que saíram correndo com o cavalo sabendo que não podiam de jeito nenhum!

— O.k., mãe... — Ergui as mãos, sentindo um calafrio pelo olhar ameaçador que ela me lançou. — Em minha defesa... — encarnei o modo "cada um por si" — ... foi a Mary que fez o cavalo correr!

Mary ficou boquiaberta, não acreditando que eu a havia delatado assim. Nem me importei. A culpa era dela, e ela merecia um esporro, só pelo jeito como tratara Ryan. E, claro, por quase nos fazer quebrar o corpo inteiro ou nos afogar.

— Mary Angela Adams! — Tapei os ouvidos. Mamãe havia usado o "Nome Inteiro". Nada bom. — Assim que chegarmos a Boston, você ficará de castigo!

Bem feito. Aquela peste merecia ser enquadrada.

— E a senhorita... — Oh-oh, agora mamãe voltara a olhar para mim — ... também ficará! Como irmã mais velha, era seu dever garantir a segurança das duas!

— O quê?! — perguntei, indignada. Meu sangue ferveu ao ver Mary dando um sorrisinho que dizia: "Ha-ha, se ferrou".

— É isso mesmo. Agora prestem atenção. Acho bom se comportarem durante o jantar de ensaio hoje, senão eu compro a primeira passagem para as duas direto para Boston, e vocês voltam hoje mesmo, sem ir a casamento nenhum!

Mary e eu apenas concordamos, com medo. Quase falei para mamãe que não era conosco que ela devia se preocupar em estragar o jantar de ensaio, e sim com outro habitante da nossa casa. Mas acabei desistindo, senão meus ouvidos ficariam ainda mais doloridos do que já estavam com aquele esporro.

Lilly e Paul resolveram deixar de lado a tradição de realizar um jantar de ensaio um dia antes do casamento em um local chique e luxuoso e resolveram fazê-lo na própria fazenda, mas na parte de dentro. Fazia total sentido, afinal a cerimônia e a festa iriam acontecer lá.

Deram sete horas, e todos já estavam reunidos à mesa de jantar, bem-arrumados, mas não superchiques a ponto de usarem traje a rigor. Agradeci profundamente por aquilo, porque a única roupa chique que eu levara era o vestido roxo, reservado exclusivamente para o dia do casamento.

Lilly nos apresentou à sua família — sua mãe, seus irmãos, suas cunhadas e um sobrinho pequeno — e à de Paul — seus pais, uma tia e uma irmã. Alguns eu havia visto de relance pela casa mais cedo, outros estavam hospedados em um hotel perto da fazenda e só compareceram ao jantar. A mesa fora coberta por uma longa toalha branca, e havia lírios brancos de enfeite, e a cozinheira preparou um banquete para nós. Eu nem sabia por onde começar. Havia um prato de pato com um molho cremoso e batatas sautées; outro era uma massa com frutos do mar e outro, uma salada tão bonita e colorida que você até esquecia que era, de fato, um punhado de folhas. A princípio, peguei somente o pato, que parecia o mais gostoso, caso a família dos noivos achasse indelicado provar um pouco de tudo. Mas, depois que vi alguns repetindo pela segunda vez e até misturando a salada com a massa, dei de ombros e ataquei os outros dois pratos.

Depois de *muito* bem alimentada — sério, fiquei me sentindo como se pudesse dar à luz um ET a qualquer momento —, Ravi e outro empregado retiraram nossos pratos e anunciaram que logo serviriam a sobremesa. Em seguida, a mãe de Lilly se levantou e deu batidas de leve com o garfo em sua taça de vinho — não era um champanhe, mas presumi que ele estava sendo guardado para o dia seguinte. E, além do mais, aquela era a terra dos vinhos, certo? Ela falou por um tempo sobre como fora a trajetória de Lilly e Paul, como estava orgulhosa da filha e como desejava que os dois fossem felizes para sempre.

— ... então, parabéns, meus queridos. Desejo tudo de bom para os noivos! — E terminou seu discurso.

Batemos palmas, e Lilly até se emocionou e ficou com os olhos úmidos. Olhei discretamente para Mason, que estava bem na minha frente. Ele chegou a aplaudir também, mas seu rosto continuava duro feito uma rocha.

— Bem... — a mãe de Lilly continuou. — Eu acho que agora o rapaz mais bonito desta sala poderia dizer algumas palavras também!

— Ah, senhora... — Henry falou, sorrindo. — Mas eu nem preparei nada...

— Aff... — Ryan, Karen e eu reviramos os olhos. Ainda que ele estivesse mais maduro, algumas coisas nunca mudavam.

Mas a avó de Mason deu um risinho — por que será que idosos acham mais graça de coisas idiotas? — e respondeu:

— Está bem, então, vou reformular a frase. Eu acho que agora o padrinho do casamento deveria fazer um discurso.

Senti na própria pele o pânico de Mason. Sabia que ele planejava se manter quietinho e invisível durante o jantar todo. Agora sua avó estava praticamente o obrigando a se levantar e dizer coisas fofas para sua mãe e Paul, a última coisa que ele gostaria de fazer.

— Isso! Vai lá, faz um discurso! — um de seus tios encorajou.

— Discurso! Discurso! — Para piorar ainda mais a situação, toda a sua família resolveu incentivar.

Mason me olhou, em desespero. Mas o que eu poderia fazer? Dizer que ele estava com mononucleose e não poderia falar? Só me restava torcer para que Mason conseguisse dizer alguma coisa legal. Mordi os lábios e cruzei os dedos, repetindo na minha cabeça *Por favor, não estrague tudo* e desejando que ele pudesse entender telepatia.

Ele abriu a boca, e meu coração quase parou. Pude ver que Karen, Henry, Ryan, Mary e mamãe ficaram tensos também. Deviam estar pensando o mesmo que eu. Mason não conseguiu dizer absolutamente nada. Ficou parado, só olhando para os vários pares de olhos cravados nele. Vi uma gota de suor brotando na sua testa, mostrando que ele devia estar ficando cada vez mais nervoso à medida que o tempo passava.

— Filho... está tudo bem? — Lilly perguntou, preocupada.

Ele continuou quieto, porém perturbado. Piscou várias vezes, seu rosto ficou vermelho e a gota de suor escorreu, percorrendo o lado direito de seu rosto. E foi aí que o pior aconteceu. Ele finalmente conseguiu falar, mesmo sua voz falhando um pouco. Mas não foi para parabenizar Lilly e Paul.

— Desculpem, eu... — ele afrouxou o colarinho da camisa.

— Eu não posso. — Mason jogou na mesa o guardanapo que segurava e saiu apressado em direção à escada, até desaparecer no segundo andar.

Ah, não.

Claro que depois daquilo começaram os cochichos indignados. Alguns familiares procuravam entender o que estava acontecendo, enquanto outros reclamavam daquilo, achando era um absurdo e uma falta de respeito da parte de Mason para com a própria mãe.

Paul, chateado, tocou o ombro de Lilly, que encarava o próprio prato, completamente desolada. Nem respondia quando lhe faziam perguntas. Pobrezinha. Que coisa horrível de ver. Fiquei imaginando como ela devia estar se sentindo. Seu coração com certeza se despedaçara.

Depois de um tempo só ouvindo as famílias debatendo entre si, cheguei a cadeira para trás e me levantei, sem pensar. Tinha que falar com Mason, senão o casamento estaria acabado de vez. Mas mamãe percebeu o que eu estava prestes a fazer e me impediu, segurando meu braço.

— Não adianta, Ronnie — ela disse, desanimada.

Me sentei novamente, olhando para o andar de cima, e suspirei. Estava tão perto... Por que Mason não conseguia mudar de ideia? Que grande implicância era aquela que ele tinha com Paul que o impedia até de desejar felicidade para a mãe?!

Ravi entrou na sala novamente, servindo uma musse de chocolate. A cara estava maravilhosa, mas eu, aliás, como todos naquela sala, mal toquei nela. O que havia acontecido conseguiu acabar com nosso apetite.

27

Não importava quanto eu tentasse ficar confortável, quanto tentasse contar carneirinhos ou pensar em coisas tranquilas, não conseguia dormir de jeito nenhum. E tinha vários motivos para isso. Ainda estava dolorida da queda do cavalo, Karen ocupava setenta por cento do espaço da cama que dividíamos — que já era pequena —, e seu cabelo ocupava mais vinte, Mary roncava feito um trator na outra cama e o pior: a cena de Mason se levantando sem ter conseguido falar nada em homenagem à mãe não parava de se repetir na minha cabeça.

Peguei meu celular e conferi o horário: duas e cinquenta da manhã. Que ótimo. Ia acordar no dia seguinte com duas olheiras do tamanho de uma melancia. Depois de me mexer na cama mais algumas vezes, desisti de tentar pregar o olho e saí do quarto. Abri a porta levemente e a princípio só vi um breu, mas, depois que meus olhos se acostumaram, consegui enxergar a escada. Desci devagar, olhando para aquela sala que parecia ainda maior quando vazia e escura. No entanto, quando desci, percebi que ela não estava completamente escura. A luz da cozinha estava acesa. Estranhei aquilo e me aproximei. Será que algum empregado estava acordado ou havia esquecido de desligá-la? Muito esquisito.

Andei na ponta dos pés até a porta e tomei um susto ao ver que tinha alguém sentado em frente à geladeira com um pote grande de sorvete de morango na mão, comendo-o de colher. Depois que me recuperei do mini-infarto, reconheci quem era.

— Ronnie? O que está fazendo aqui? — Ryan perguntou, limpando a boca com a manga de seu pijama listrado de azul e vermelho.

— Hã... Não consigo dormir — respondi, depois agradeci silenciosamente por ter trazido meu pijama cuja parte de baixo era uma calça, não um short, ou pior, uma camisola. — E você? Algum motivo especial para querer tomar sorvete quase às três da manhã?

— Também não consigo dormir. E não se preocupe, ele já está vencido.

— Hã... e por que você continua tomando? — perguntei, confusa.

— Porque era o único aberto, achei que os fechados seriam usados para o casamento amanhã. — Ele comeu uma colherada, fazendo uma careta.

O.k., dava para ver claramente que Ryan estava com problemas. Tinha acabado de descobrir que fora traído — e já tivera tempo para processar que aquilo de fato acontecera, e já havia saído de seu estado de negação —, e a pessoa que mais o admirava no mundo fora extremamente grossa e insensível com ele. De certa forma, o sorvete de morango estragado combinava muito com aquele momento.

— Se tiver casamento, né? — falei, triste.

Ryan assentiu com a cabeça e enfiou outra colherada na boca, franzindo a testa. Bem, eu já estava lá mesmo, né? Pra que eu iria ficar parada? Resolvi me sentar ao lado dele.

— Dia difícil, não? — perguntei.

— É. Pensei que o Mason seria o único com problemas aqui.

Nada que eu dissesse iria ajudar muito, então falei o básico mesmo, mas de coração:

— Sinto muito pela Amy.

— Obrigado... — Ele suspirou. — Eu não entendo, sabe? A gente acha que está fazendo tudo certo, acha que está tudo bem... e do nada acontece isso. — Ele baixou a cabeça.

Imaginei que era assim que Lilly devia estar se sentindo em relação a Mason. Ela sabia que ele não estava tão feliz com o casamento, mas nunca imaginaria que seria tão contrário como demonstrou ser.

— Servida? — Ele me ofereceu o pote de sorvete.

— Não, obrigada. — Fiz uma careta ao sentir o cheiro de azedo dentro do pote. Deus do céu, Ryan teria uma bela de uma indigestão no dia seguinte. — Hã... você sabe que a Mary não quis dizer o que disse, né? Ela só ficou chateada por você...

— Por não ter acreditado nela — ele completou. — Faz sentido. Acho que uma parte de mim pensou que, se eu negasse, acabaria sendo mentira mesmo.

E era assim que Mason devia estar se sentindo até o jantar. Negando com todas as suas forças que o casamento aconteceria. Ao ser chamado para fazer o discurso, na véspera do evento, foi quando finalmente percebeu que iria acontecer mesmo e que não teria volta.

Toquei o ombro dele levemente, já que um abraço seria esquisito demais.

— Você é um cara legal, Ryan. Vai achar alguém que consiga ver isso.

Tecnicamente, milhares de garotas já viam aquilo, de tantas mensagens que ele recebia todos os dias, em suas redes sociais, de fãs que dariam a vida por ele. Mas não era bem a esse tipo de pessoa que eu me referia. Felizmente, ele entendeu.

— Valeu, Ronnie. — Ele colocou a mão na barriga, e ouvi um barulho saindo de lá. — O.k., chega de sorvete estragado por hoje. — E largou o pote de lado.

— Viu, você já está progredindo. — Ergui o polegar em sinal de positivo, e Ryan riu. Que bom que pelo menos ele continuava com seu bom humor.

— É... Escuta... Eu poderia te pedir um favor?

— Um favor?

— Sim, não é nada de mais... quer dizer, na verdade é. — Ele coçou a cabeça. — Bom, você já meio que fez o Mason consertar várias burradas que ele fez, né?

Me lembrei de quando Mason tentou trocar os Boston Boys pela oferta de um produtor picareta, e quando fora o mais estúpido possível com Daniel ao conhecê-lo. Assenti com a cabeça. Mason realmente já fizera *muitas* burradas, mas felizmente ele conseguiu consertá-las a tempo. Modéstia à parte, o que não teria acontecido sem um empurrãozinho meu.

— Então, eu queria saber se você... poderia, sabe, tentar convencê-lo a levar esse casamento numa boa. A Lilly ficou tão triste hoje... Achei sujeira com ela, que sempre foi tão legal com ele, comigo e com todo mundo.

Menos com a Karen, pensei, mas deixei quieto.

Mordi os lábios, depois respondi:

— É difícil, Ryan. Dessa vez o assunto é bem pessoal. O que eu poderia dizer que o faria mudar de ideia, se ele já está tão certo de que é contra esse casamento?

— Ah, isso eu não sei. — Ele deu de ombros. — Mas... é... você, sabe! Você e ele têm... têm... — Ele parou para pensar em alguma palavra, mas não conseguiu achar nenhuma. — Não sei, mas é alguma coisa!

Eu não disse nada, só olhei para o chão, enrubescendo. Não era a primeira vez que eu ouvia que Mason e eu tínhamos essa tal... *coisa*.

— Tem toda a história das limonadas... — ele continuou.

Pisquei duas vezes, depois voltei a olhar para ele.

— Que história?

— Ué, o motivo de ele sempre pedir limonada só para você.

— Ele respondeu como se estivesse dizendo que dois mais dois são quatro. — Ele nunca te contou?

Ah, meu Deus. Então realmente *tinha* uma explicação para Mason só pedir limonadas para mim?! Não era Lilly colocando minhoca na minha cabeça tanto tempo atrás? Havia um motivo?!

Meu coração disparou, e agora meus olhos estavam vidrados nos olhos castanhos de Ryan.

— Não... — respondi — Qual é?

— Ah, é... — De repente, ele parou e tapou a própria boca. — Eu não sei se deveria falar...

— Ryan. — Segurei sua camisa de leve, mas fui apertando o punho gradativamente. — Você quer que eu fale com Mason e salve esse casamento? Então me conta o motivo, *por favor*.

— Está bem... Mas, por favor, não conta pra ele que eu falei! Eu realmente achava que você sabia!

Revirei os olhos. Ryan e seus momentos sem noção.

— Eu prometo. Agora... — Fiz sinal para que ele continuasse.

— O.k. Quando a gente ficou sabendo que viria para Boston, no ano passado, Mason foi o que menos concordou com a ideia. Ele odiou, na verdade. Ele gostava muito de Los Angeles e não queria deixar a vida que tinha para trás, e não queria deixar Lilly sozinha também.

Escutei com atenção. De fato eu não fazia ideia daquilo. Nunca pensei em enxergar a história do lado dele; sempre presumi que todos estavam o.k. com a ideia, desde que continuassem a fazer sucesso em seu programa.

— E quando a gente veio, quando ele foi para a sua casa, Mason quis fazer de tudo para enlouquecer vocês, principalmente a Suzie. Estava com saudade de casa. Acho que ele quase quis... que vocês o expulsassem. Já que você logo de cara ofereceu alguma coisa, ele resolveu começar por você.

Franzi o cenho. Eu esperava algo um pouco menos... tenso do que aquilo. Não havia passado pela minha cabeça quanto Mason devia sentir saudade de casa, da mãe. Mas fazia sentido. Ele cruzou os Estados Unidos sozinho para morar na casa de estranhos.

— Por isso no início ele te pedia um monte de limonada toda hora, implicava com você...

— Por isso destruiu minhas roupas. — Um lapso de memória me veio à mente. A vez em que ele jogara de propósito uma meia amarela na máquina de lavar junto com as minhas roupas brancas e as deixara da cor de xixi para sempre.

— Ele destruiu suas roupas? — Ele arregalou os olhos, surpreso.

— Hã, longa história. Continue...

— O.k. Depois de um tempo, Mason começou a perceber que... você era mais forte do que ele pensava. Você não desistia dele, nunca, nem quando ele tentava ao máximo infernizar a sua vida. — Ryan fez uma pausa, depois continuou: — E um dia ele percebeu que... quando estava com você, não sentia mais saudade de casa.

Meu coração, que já estava acelerado, deu um salto.

— Então agora ele faz o que faz porque... Por sua causa, Mason passou a amar viver em Boston. — Ele abriu um sorriso.

— Você o fez se sentir em casa, Ronnie. Algo que nem eu nem Henry, nem o próprio Mason, nunca achamos que iria acontecer.

Ah, meu Deus.

AH. MEU. DEUS.

Como assim, eu não sabia daquilo? Durante o ano todo eu jurava que Mason só implicava comigo porque sentia prazer em ser insuportável, e porque achava divertido como eu perdia a paciência facilmente... E agora Ryan do nada joga essa bomba atômica em cima de mim?! Eu não conseguia acreditar. Fiquei sem palavras, só processando o que tinha acabado de ouvir. Até me belisquei levemente para conferir se não estava sonhando.

— Eu... não sei o que dizer — falei com a maior sinceridade. E involuntariamente sorri. Apenas por alguns segundos, mas o suficiente para Ryan notar.

— Viu? Eu posso não perceber muitas coisas, mas outras, eu sei tudinho. — Dito isso, ele pegou o pote de sorvete ao seu lado e meteu uma colherada na boca.

— Ryan, esqueceu que o sorvete está estragado? — Dei risada.

— Opa... — Ele jogou o pote no lixo, só para garantir. Ele era uma figura mesmo. Olhando Ryan superficialmente, eu achava que era só um bobão bonzinho, não tinha ideia de que sabia tanto assim sobre os sentimentos de Mason. Ele tinha um coração enorme. Dava para entender o motivo de Mary gostar tanto dele.

— Obrigada por me contar — falei, sem graça. — E pode deixar que... vou falar com ele. — Senti minhas bochechas fritando. Queria saber como conseguiria falar com ele sem dar na cara que eu sabia sobre as limonadas.

— Que bom! — E nesse momento seu relógio apitou, indicando que eram três da manhã. — Uau, tá tarde.

— É. A gente devia ir dormir, para acordar... — eu ia dizer "bem", mas era tarde demais para aquilo — ... razoavelmente para o casamento. E esse casamento *vai* acontecer — falei, convicta. Alguma coisa dentro de mim parecia ter acordado, e meu senso de otimismo finalmente voltara à ativa, depois de anos e anos só pegando poeira.

Me despedi de Ryan, que apagou a luz da cozinha, e voltamos cada um para o seu quarto. Assim que deitei na cama, o ronco de Mary e o espaço que Karen ocupava nem me incomodavam mais. Mason continuava invadindo meus pensamentos, mas agora era algo bom. De certa forma, eu sentia que as coisas dariam certo dessa vez. Eu já havia conseguido mais de uma vez ajudá-lo a recuperar o juízo. E consegui mudá-lo. E, ei, não podemos esquecer que ganhei uma segunda chance depois da coisa horrível que fiz com Sabrina, então por que ele não poderia mudar também?

E quem sabe... talvez Mason e eu pudéssemos continuar de onde havíamos parado... naquele dia em que lhe entreguei o ingresso do Green Day. Quando escutei a música que ele compusera com todo o carinho, que me pareceu familiar até demais. Quando nunca estive tão perto dele, em toda a minha vida.

O casamento iria começar — na teoria — no horário do pôr do sol, então eu já não tinha tanto tempo assim para convencer Mason a apoiar a mãe. Outra coisa que me atrasou foi o fato de eu não poder circular pela casa durante o dia, já que os preparativos finais estavam sendo feitos, para garantir que tudo aconteceria como planejado. Além do mais, arranjos e mais arranjos de flores brancas não paravam de entrar pela porta da frente, transformando a casa praticamente em uma floricultura. E, claro, havia o fator principal: assim que terminamos o brunch, a mãe de Ryan e mamãe levaram todas as mulheres que estavam hospedadas na casa — com exceção de Lilly, que eu não vira desde a noite passada — para o salão de beleza, a fim de nos arrumarmos da cabeça aos pés. Literalmente. Eles mexeram no meu fio de cabelo mais escondido e até no meu dedinho do pé.

Não tive nem a chance de argumentar com mamãe dizendo que não precisava ir ao salão e conseguiria me arrumar sozinha, porque nem eu mesma acreditava naquilo. Então fui sem contestar, rezando para que não demorasse muito. Mas demorou. E como demorou.

Já que Napa Valley era uma cidade pequena, no salão de beleza só havia pessoas conhecidas. Além de mim, Mary, Karen, mamãe e a mãe de Ryan, todo o lado feminino das famílias de Lilly e Paul resolveu marcar horário lá também. Era secador de cabelo, lixa de unha e caixa de maquiagem para todo lado, me senti até sufocada.

Eles começaram por minhas unhas das mãos e dos pés, que não eram tratadas havia muito tempo. Tinha o costume de roer as das mãos sempre que ficava nervosa — e andei bem nervosa durante aquelas férias de verão —, então o esmalte não durava um dia nelas. Com os pés foi até mais fácil, eu raramente usava calçados abertos, sempre preferi usar tênis ou sapatilha, então não fez muita diferença para mim tratar as unhas dos pés. Mas era para uma ocasião especial em que meus dedinhos iriam sair da toca depois de muito tempo, então eu entendia que eles deviam estar bem cuidados para o evento.

Depois das unhas, eles foram para a parte mais dolorosa: minhas sobrancelhas. Eu tinha uma pinça em casa e tirava o excesso sozinha desde que eu era mais nova, mas eles insistiram em retirar mais um pouquinho do excesso, dizendo que só iriam "ajeitar". Tudo bem, mas ajeitar significou quase arrancar a minha cara e fazê-la queimar como se estivesse em carne viva com a linha de náilon que usaram para tirar os pelinhos. Eu deveria aplaudir de pé as mulheres que passavam por aquela tortura toda semana sem reclamar, porque, admito, meus olhos ficaram úmidos por causa da dor lancinante que aquela linhazinha causara. Quem foi o sadomasoquista que inventou aquele método de depilação?!

— Como você é frouxa — Karen comentou, me olhando através do espelho. Sua aparência cômica me fez esquecer um pouco o meu rosto latejando, porque ela tinha tantos pedaços de alumínio presos ao cabelo que parecia uma antena parabólica ambulante.

Terminada a depilação, passaram para a maquiagem. O rapaz responsável por isso foi um doce, a ponto de perguntar qual tom de blush e base eu preferia, e eu respondi que confiava no seu gosto, então ele poderia escolher. Não podia dizer que não entendia patavina de maquiagem nem sabia diferenciar os tais tons, a menos que a diferença fosse gritante. Além disso, eu o vi fazer desaparecer uma espinha pequena no canto da testa de Karen. E, quando digo *desaparecer*, entenda *pulverizar*. Um minuto estava lá, no outro, nem sinal dela. Parecia que tinha sido abduzida. Então, sim, eu realmente confiava nele.

Até que, já com dor nas costas e no bumbum por ficar sentada na mesma posição por tanto tempo, subiram finalmente para meu cabelo. Nunca ninguém conseguiu fazer nada extravagante nele porque era bem liso, então qualquer penteado que eu fizesse não durava muito tempo. Mas eles conseguiram fazer algo que, depois de ver o resultado, pareceu mágica. Quando finalmente consegui me olhar no espelho, senti que aquele sufoco todo valera a pena. Pela primeira vez na vida vi meu cabelo cheio de cachos. Cachos de verdade. Daqueles que você passa a mão e eles... se mantêm! Claro, estavam duros de tanto laquê que passaram, mas a cabeleireira me garantiu que durariam até a festa. Minha maquiagem também ficou ótima. Elegante e não extravagante. Além do mais, os tons de prateado que o rapaz usou na sombra combinariam perfeitamente com os meus sapatos e acessórios.

Fui a primeira a ficar pronta, mas as outras logo terminaram também. Mamãe e Karen resolveram ir além e clarearam um pouco os cabelos. Mas, no final das contas, todas ficamos muito bonitas. Aquilo me deixou ainda mais esperançosa de que o casamento iria acontecer. Seria um crime desperdiçar todo aquele tempo e dinheiro gasto no salão.

— Que bom que estão todas prontas! — a mãe de Ryan falou, alegre, e com seu celular tirou uma foto de todas nós produzidas. —Agora vamos indo? Temos que nos arrumar!

Que irônico, passamos horas dentro daquele estabelecimento — que não era assim tão grande —, e ainda faltava nos "arrumarmos" de fato. Era até engraçado ver todas aquelas mulheres maquiadas, de unhas perfeitas e com o cabelo todo pronto, mas de shorts, camisetas e chinelos. Pelo menos a parte mais trabalhosa já tinha acabado.

Quando chegamos à casa, a decoração já estava pronta. Paul pediu que não fôssemos para a varanda porque queria nos surpreender, então só consegui espiar pela janela o local onde seria realizada a cerimônia por uns três segundos antes de ser puxada por mamãe.

Karen, Mary e eu entramos no nosso quarto para colocar os vestidos e dar os retoques finais. Tirei da minha mala com todo o cuidado meu lindo vestido roxo, que dobrara milimetricamente para que não amassasse, e graças aos céus ele estava impecável. Mary vestiu um verde-água de alças, com brilhos em tons de verde-escuro que se concentravam no meio e iam se espalhando pela parte de baixo. Karen, que jamais conseguiria usar algo discreto, vestiu um tomara que caia prateado que brilhava tanto que meus olhos com certeza doeriam se eu ficasse olhando para ele por muito tempo. Que bom que o casamento não aconteceria à luz do dia, senão metade dos convidados sairia cega de lá.

Coloquei os brincos de pérola com um pequeno enfeite prateado com brilhantes, um cordão igual, combinando, e minha pulseira com o pingente em formato de floco de neve. Assim que bati o olho nela me lembrei de quando Mason a encontrou e colocou no meu pulso. Foi um gesto tão simples, mas que ficou na minha cabeça. Fui para a frente do espelho para analisar a transformação por completo e sorri, satisfeita com o resultado. Mas a alegria durou pouco, porque Karen logo depois me empurrou para o lado para retocar o batom. Enquanto dividia o espaço do espelho de corpo inteiro com Karen, notei que ela parecia bem mais alta que eu. E ela era só um pouco. E nesse momento olhei para meus pés descalços. Ai, eu e meus momentos de imbecilidade. Eu sabia que tinha algo faltando, e era a dor nos meus pés por ter que usar salto alto.

Abri a mala e fui tirando as roupas uma por uma, até chegar ao fundo. Abri o zíper do outro lado e na frente. Nada do sapato. Procurei pelo quarto, mas ele havia se tornado o empório da bagunça, graças a Karen e Mary. Tinha roupa espalhada por todo lado, nécessaires, acessórios de cabelo e eletrônicos em tudo que era lugar. Seria impossível encontrar alguma coisa ali.

— A mamãe não colocou na mala dela? — Mary perguntou, depois de me ver desesperada revirando o quarto. — Eu acho que lembro dela colocando...

Saí do quarto, rezando para que ela estivesse certa, e entrei no de mamãe, que era logo ao lado. Sua mala estava em cima da cadeira ao lado da cama, mas, assim que me aproximei, vi que ela estava trancada com cadeado, cujo código só mamãe sabia. Chamei por ela no quarto e no corredor, e não obtive nenhuma resposta. Que ótimo! Além de procurar pelo meu sapato, tinha agora que achar minha mãe para que ela me desse a combinação do cadeado da sua mala, para que eu pudesse procurar pelo raio do sapato que eu nem tinha certeza se estava lá.

Nervosa e me controlando para não destruir as unhas que havia acabado de fazer, bati na porta do quarto ao lado, e Henry, já de terno, a abriu. Me olhou de cima a baixo e falou:

— Está bonita, Ronnie! — Mas seu olhar se direcionou para os meus pés. — Por acaso isso é uma forma de protesto?

Protesto? Andar descalça? Só se fosse contra a obrigação que a sociedade nos impunha de sofrer de dor nos pés durante eventos importantes. Pensando bem, era um protesto bem válido.

— Estou torcendo para que não tenha que chegar a esse ponto... — Imaginei que ele não teria ideia de onde mamãe estaria, mas já estava lá, não custava tentar. — Você não viu minha mãe por aí, viu?

— Não vi...

Bufei.

— Sabe se no quarto aqui do lado a viram?

— Provavelmente não. Mason e Ryan estão lá dentro se arrumando. Ela não deve ter entrado lá agora.

Espera... Ele dissera Ryan e *Mason*. Mason estava se arrumando para a cerimônia! Então ele iria participar? Será que, nesse meio-tempo em que fui ao salão e me vesti, Mason e Lilly haviam conversado e estava tudo bem?! Nossa, seria maravilhoso se fosse verdade.

Pensei em bater na porta para me certificar de que aquilo realmente tinha acontecido e agora estava tudo bem, mas resolvi acabar com minha primeira pendência e achar logo a porcaria do sapato. E lá fui eu para a outra porta, na esperança de que alguém saberia onde minha mãe estava. Bati algumas vezes, mas não obtive resposta.

— Tem alguém aí? — perguntei, abrindo levemente a porta.

Quando percebi de quem era aquele quarto — que por dentro dava para ver que era maior do que os outros —, não soube onde enfiar a cara.

— Lilly, me desculpe! Não sabia que este era seu quarto!

— Tudo bem, querida — ela respondeu, com a voz um pouco fraca. — Pode entrar. Está procurando alguém?

— Hã, sim... — Entrei no quarto, com vergonha, e parei na metade do caminho entre ela e a porta.

Nossa, Lilly estava linda. Seu vestido de noiva era de mangas baixas, que faziam uma curva, chegando ao decote, e a parte de cima tinha a textura de pétalas de flor. Seu cabelo estava solto, apenas com uma flor branca presa no lado direito. Juntando isso com sua maquiagem e seu rosto de porcelana, ela parecia pelo menos uns dez anos mais jovem.

Mas, quando meus olhos se encontraram com os dela, que estava virada para o espelho de cabeceira, vi que sua expressão não estava alegre como a de uma noiva deveria estar. Sua maquiagem estava um pouco borrada, principalmente o rímel, e seu nariz estava levemente avermelhado.

Ah, meu Deus. Ela estava chorando?!

— Você está bem?! — perguntei, alarmada, mesmo já sabendo a resposta.

Ela respirou fundo.

— Se eu dissesse que sim, você saberia que é mentira.

Meu coração se apertou. Puxa vida, eu jurava que estava tudo bem, que eles conseguiram se acertar... Ah, Mason, por que tinha que tornar tudo tão difícil?!

— Ele nem chegou a falar com você? — perguntei, colocando a mão em seu ombro.

— Eu tentei, Ronnie. Tentei conversar com ele ontem e hoje, mas... Mason não quis falar comigo de jeito nenhum... — Ela cobriu o rosto com as mãos. — Agora eu não sei mais o que fazer...

— C-como assim? — Já imaginei o pior. É, meu breve, bem breve, momento de otimismo havia ido por água abaixo.

Ela se virou para mim, os olhos azul-piscina carregados de tristeza agora fixos nos meus.

— Vou cancelar o casamento.

28

Arregalei os olhos. Infelizmente, era de fato aquilo que eu estava pensando. Lilly ia cancelar o casamento.

— Não posso me casar com meu filho bravo comigo desse jeito! — ela explicou. — E se quando ele for embora para Boston nunca mais quiser me ver novamente? — Ela não aguentou mais e começou a soluçar.

Me doeu ver Lilly naquele estado. Ela estava pronta, prontinha para caminhar até o altar, casar com o homem de seus sonhos e ainda sair na capa de umas dez revistas de noiva de tão linda que estava, e a única coisa que a atrapalhava de alcançar aquilo tudo era Mason!

— Me ajuda a abrir esse zíper? — ela perguntou, apontando para as costas.

Aquilo não iria acabar assim. Não quando estava tão perto de acontecer. O próprio Mason, mesmo que não estivesse pensando direito no momento, decidiu ficar em Boston justamente porque não desisti dele. Porque, não importava quanto tudo parecesse ruim, eu consegui dar um jeito. E era isso que eu ia fazer.

— Não tire seu vestido, Lilly — falei, convicta.
— Por quê? O que vai fazer?
— Confie em mim. E, por favor, por favor, não se desarrume! Fique aí, assim! Eu já volto! — Dito isso, caminhei até a porta e a deixei lá, um pouco confusa.

Agora eu já sabia exatamente para onde ir.

Dei três batidas fortes na porta do quarto ao lado do de Lilly, e quem abriu foi Ryan.

— Ele está aqui? — perguntei. Depois da conversa que tivemos na noite passada, ele sabia muito bem de quem eu estava falando e o que eu iria fazer.

Ryan assentiu com a cabeça.

— Está no banheiro.

Caminhei até o banheiro do quarto e esperei alguns segundos até ouvir o barulho da torneira da pia se fechando. Quando Mason abriu a porta, meio arrumado — ainda faltava colocar a gravata e os sapatos —, não pensei duas vezes. Abri a mão e dei um tapão bem dado em sua bochecha. Não querer desistir dele não eliminava o fato de que ele estava sendo completamente grosseiro e estúpido com a própria mãe. E eu queria deixar aquilo bem claro.

— O que deu em você?! — ele perguntou, revoltado, passando a mão na bochecha, que ficara rosada.

— Você é um IDIOTA! — gritei, apontando o dedo para seu rosto.

— Hã... — Ryan falou, hesitante. — Acho que ouvi alguém me chamando lá embaixo. — E ele correu para fora do quarto e fechou a porta.

— Por quê?! — Mason perguntou, sem diminuir o tom de voz.

— Sabe por quê?! Agora, neste exato momento, por *sua* causa, sua mãe está lá no quarto dela, com o vestido e tudo, mas pronta para abandonar Paul no altar!

Mason arregalou os olhos. Agora estava mais surpreso do que indignado.

— É sério...?

— É! Ela disse que não vai conseguir se casar se você não estiver feliz com isso! Você percebeu o que está fazendo?! Está estragando tudo!

Mason esfregou as têmporas, tentando digerir tudo o que eu acabara de dizer.

— Ronnie, você não faz ideia de como eu me sinto com tudo isso! Você sabe que ela mal conhece esse cara!

Cruzei os braços.

—Ah, tá, até parece que é esse o problema! Mesmo que eles se conhecessem há anos você ainda não aprovaria! O problema mesmo não é o tempo que eles se conhecem, mas sim o fato de você pensar que vai perder sua mãe para ele!

Ele não respondeu logo de cara, apenas ficou negando com a cabeça. Depois começou:

— Poxa, se põe no meu lugar! Como você se sentiria?! Ela...

— Ele se sentou na cama. — Ela sofreu pra caramba quando se separou do meu pai. E mesmo assim sempre tentou esconder isso e cuidar de mim, sempre feliz e sorridente. Os anos se passaram, e ela correu atrás de vários manés para ver se preenchia esse vazio. — Ele apertou os punhos. — Mas, na última hora, como eu já te disse, ela desistia. Acho que nunca te disse isso, mas eu odiei ter que ir para Boston quando soube que iríamos nos mudar para lá.

— Não, não contou.

Mas Ryan contou ontem à noite. Aliás, ele contou um pouco mais do que isso, completei na minha cabeça.

— Me senti um lixo por ter que deixá-la sozinha. Minha mãe é uma pessoa carente, Ronnie, por isso ela acaba confiando muito nas pessoas erradas. Como já aconteceu várias vezes. Eu só não quero que ela se jogue de cabeça nisso como está fazendo e acabe se decepcionando no final.

Aquilo ainda não justificava o jeito como ele a tratara, mas até que eu conseguia entender aonde ele queria chegar.

— Olha... eu até entendo. Mas... — me sentei na cama, ao seu lado — ... a gente nunca tem certeza absoluta de que alguma coisa vai dar certo ou não. Isso depende do futuro, e até das nossas próprias escolhas. Você pensou que morar em Boston seria a pior coisa da sua vida... E você ainda acha isso?

Ele olhou em meus olhos.

— Claro que não.

— Então... é a mesma coisa. Há uma possibilidade de que o casamento acabe em divórcio e Lilly se magoe? Sim, como em qualquer casamento. Havia a possibilidade de você não aguentar morar em Boston e desistir de *Boston Boys*? Muitas vezes isso quase aconteceu, de tanto que você me enchia o saco! — Eu lhe dei um soquinho de brincadeira no braço, depois voltei a ficar séria. — Mas o que aconteceu? Você se tornou uma parte da nossa vida que... não consigo imaginar como ela seria sem você.

Mason não disse nada, mas continuou me olhando com atenção.

— Então você não pode ignorar a probabilidade de que tudo vai dar certo e que sua mãe finalmente vai ter uma chance de ser feliz, mesmo que você esteja longe dela como está. Vou ser sincera, eu conheci Paul ontem, não sei quase nada sobre ele.

Mas sei que realmente parece apaixonado pela Lilly, e que ele é, de fato, um cara legal, que vai fazer de tudo para deixá-la feliz sempre!

— Mas... — ele falou com incerteza. — E se você estiver errada?

— E se eu estiver certa? — *Olha a onda de otimismo voltando a correr pelas minhas veias!* — O que é para acontecer vai acontecer. Eu só não queria que você criticasse o Paul sem dar uma chance a ele. E de qualquer forma, você jamais vai perder sua mãe para *ninguém*, Mason. Ela te ama mais do que tudo neste mundo.

Mason ficou quieto por um tempo, olhando para as mãos apoiadas nos joelhos.

— Ela... estava pensando em desistir... por minha causa...?

— Estava — respondi, sincera.

Ele respirou fundo, se ajeitou e levantou. Ficou alguns segundos olhando para a porta, provavelmente pensando no que fazer em seguida, e depois começou a caminhar com um pouco de incerteza até ela. Antes de abri-la, virou-se para mim uma última vez.

— Vai — encorajei-o, sorrindo.

Ele sorriu também, assentiu com a cabeça e saiu do quarto.

O terraço da fazenda estava incrível. Que bom que Paul não nos deixou vê-lo até o momento da cerimônia, porque, assim que chegamos ao local, parecia que havíamos sido transportados para um conto de fadas. O lugar era todo aberto, e bancos forrados de branco foram colocados no caminho até o altar, com um grande tapete branco e pétalas de flores no chão. O clima estava perfeito, fresco, apenas com uma brisa soprando por entre as árvores, mexendo um pouco suas folhas. Nelas, pequenos lampiões estavam pendurados, e eles, junto com o sol que estava se pondo, compunham a iluminação. Em cada banco havia um ramo de lavandas colhidas especialmente para a ocasião, o que deixou o lugar com um perfume maravilhoso.

Por enquanto, só se ouviam as conversas paralelas dos convidados. Fiquei batendo os saltos dos meus sapatos — que consegui encontrar; no final das contas, estavam de fato na mala de mamãe —, só esperando começar. Eu não sabia o que havia acontecido depois que Mason saíra de seu quarto algumas horas atrás. Não sabia se ele e Lilly haviam conversado e se acertado, ou se ela realmente resolveu desistir daquilo tudo. Não queria avisar a ninguém para não preocupá-los — e eles já pareciam um pouco incertos, já que presenciaram o ataque de Mason no jantar na noite anterior —, então só me restava esperar em silêncio. Foi um sufoco não poder roer e destruir minhas unhas, porque meus nervos estavam à flor da pele.

De repente, um violino começou a tocar, seguido pelo resto do quarteto de cordas, fazendo meu coração disparar. Era agora. A hora da verdade. Em que eu descobriria se conseguira consertar o erro de Mason mais uma vez, ou se não tinha mais aquela capacidade.

O primeiro a entrar foi o reverendo e, logo atrás dele, Paul entrou com os pais e a mãe de Lilly. Vi que em seguida entraram as madrinhas acompanhadas dos padrinhos, então me virei e fiquei na ponta dos pés para ver se encontrava Mason. Me desequilibrei um pouco e acabei esbarrando em Mary.

— Ai! Cuidado! — ela reclamou.

— Desculpe... — respondi, não tirando os olhos das pessoas que passavam.

— Ssshh! — mamãe repreendeu.

Engoli em seco. Os casais já estavam todos em seus lugares. Não havia espaço para mais um.

E Mason não estava lá.

Cadê ele?! Era para ter entrado!

Agora estava tão inquieta que mamãe precisou chamar minha atenção novamente. Por que aquilo estava acontecendo? Eu ter falado com Mason não ajudou em nada? Não consegui convencê-lo, mesmo ele abrindo seu coração para falar comigo? Essa ligação especial que Ryan dissera que tínhamos... era mentira?

Abaixei a cabeça, me sentindo derrotada. Pobre Paul. Estava tão feliz e não fazia ideia de que seria deixado lá, esperando por uma noiva que nunca iria aparecer. Minha vontade foi me levantar e sair de lá, mas me controlei. Em breve, todos sairíamos de lá mesmo.

— Ah, meu Deus! — ouvi Mary exclamando. — Ronnie, olha!

Levantei a cabeça, me virei, confusa, e escutei a marcha nupcial. E realmente, como em um conto de fadas, Lilly entrou. Parecia um anjo, mesmo eu não conseguindo enxergar seu rosto muito bem, pois seu véu o cobria. Não sei como, mas consegui ver um certo brilho em seus olhos que não vira antes.

Aquela não era a Lilly que eu encontrara no quarto, pronta para abandonar a própria felicidade. Ela estava diferente. E também não estava sozinha. Do seu lado, andando junto e de braços dados com ela, e com um grande sorriso no rosto, estava *ele*.

— Que lindo! — mamãe comentou, me tirando do meu transe momentâneo, em que eu fiquei me perguntando se aquilo era real mesmo. — Não sabia que Mason levaria Lilly ao altar!

— Ela me cutucou. — Você sabia, filha? Depois de alguns segundos quieta, deixando o coração desacelerar, consegui abrir um sorriso e responder, sem tirar os olhos dos dois:

— Não... não sabia.

O resto da cerimônia ocorreu como planejado. Lilly e Paul disseram cada um seus votos simples, sinceros, mas cheios de amor, que combinaram perfeitamente com a cerimônia. Logo em seguida veio o "aceito", e os dois se beijaram como se estivessem em um filme. Fiquei maravilhada. Em um minuto o casamento parecia ter ido pelos ares, e em outro lá estavam os dois, prometendo ficar juntos para sempre.

Mas tenho que admitir uma coisa. Não prestei cem por cento de atenção em Lilly e Paul, por mais que os dois fossem o casal mais fofo do mundo naquele momento. Quer dizer, Mason estava bem ao lado de Lilly, e ele parecia tão feliz, tão tranquilo... Além disso, nunca havia reparado antes quanto ele ficava bem de smoking... Em um breve momento durante a cerimônia, nossos olhares se encontraram, e ele deu uma piscadela, fazendo meu coração dar um pulinho.

Depois que os recém-casados saíram correndo através da chuva de arroz que jogávamos neles — uma das tradições de casamentos que eu sempre achei meio inútil e anti-higiênica, mas admito que foi divertido —, tivemos o tradicional jantar, que foi igual ao do ensaio da noite passada, tirando, claro, a parte do vexame familiar. Nele, vários parentes e amigos ergueram as taças e falaram belas palavras ao casal, mas o que me interessou mesmo foi um discurso em particular.

Mason bateu levemente com o garfo em sua taça de champanhe — os adultos deram uma brecha aos adolescentes e os deixaram tomar um pouco de álcool no dia do casamento, por causa da comemoração e tudo o mais — e chamou a atenção de todos. Principalmente de Lilly, que parecia não estar esperando por aquilo.

— Não sei se muitos de vocês sabem... — Mason começou —, mas ontem eu deveria ter feito uma espécie de pré-discurso para hoje. Tenho que admitir que não consegui. Não consegui dizer uma palavra para minha mãe, porque... minha mente estava totalmente fechada. — Ele fez uma pausa, depois continuou: — Todo mundo aqui deve saber que eu moro em Boston por causa do meu programa de TV, e isso é um país inteiro de distância da minha mãe. Quando soube que ela ia se casar, entrei em pânico. Tipo, pânico mesmo. Por um momento cheguei a pensar que... — as bochechas dele coraram levemente — ... eu estava sendo substituído.

"Desde o momento que conheci Paul, me fechei cem por cento para ele, sem nem ao menos lhe dar uma chance. Acreditei que o casamento ia dar errado e a culpa seria dele por fazer minha mãe sofrer. Ao mesmo tempo, estava preocupado que, se um dia ele a fizesse infeliz, eu não estaria lá para confortá-la. Mas algo me fez mudar de ideia. Eu percebi, ainda que um pouco atrasado, quanto estava sendo injusto. Percebi que, mesmo eu dando tantos e tantos foras no Paul, ele não desistia e continuava sendo legal comigo e com todo mundo, e principalmente com ela. — Ele olhou para Paul. — E você é um cara muito legal. Agora posso ver que você vai dar o máximo de si para fazê-la feliz. Agora eu confio em você. — Ele se virou para Lilly, tentando sem sucesso esconder a emoção. — Mãe... sei que você nunca me substituiria por ninguém. Você é boa, gentil e sempre colocou a minha felicidade em primeiro lugar. Graças a você e a tudo que fez por mim, eu sou feliz pra caramba hoje.

"Mas, agora, você mais que ninguém merece ser feliz também. Mesmo eu estando longe e não podendo te ver todos os dias, quero que saiba que você sempre poderá contar comigo. Eu cruzo o país inteiro de bicicleta por você, se for preciso. Porque... — e, a partir daí, ele não conseguiu mais conter as lágrimas — ... porque eu te amo muito, mais do que tudo. E desejo toda a felicidade do universo para vocês. — Ele ergueu a taça. — A Lilly e Paul!"

Os convidados explodiram em aplausos, assobios e choros. Todos estavam emocionados. Até eu fiquei emocionada. Aquele foi um lindo discurso. Finalmente Mason estava em paz com sua mãe. Fiquei tão feliz que eles se reconciliaram e que agora ele aceitava aquilo tão bem que lágrimas de felicidade escorreram dos meus olhos. Lilly, lutando em vão para as lágrimas não acabarem com sua maquiagem, levantou-se e abraçou Mason até ele ficar azul, como de costume.

— Eu também te amo muito, bebê!! Mais do que tudo neste mundo!!

Minha vontade era levantar e abraçá-los, mas não tinha coragem de me intrometer no momento "família feliz" que acontecia. Eu me sentia leve como uma pluma. Engraçado, há alguns meses ajudei Mason a consertar seu relacionamento com o pai e jamais imaginaria que iria ajudá-lo a fazer as pazes com a mãe também. Estava feliz que tudo dera certo.

E finalmente começou, de acordo com o senso comum, a melhor parte de todos os casamentos: a festa. Paul e Lilly foram os primeiros a dançar a valsa, depois algumas outras músicas, e, conforme o DJ ia animando o clima, mais pessoas se juntaram na pista de dança. Já que dançar nunca foi a minha praia, meus pés já estavam reclamando de dor, por causa do salto alto, e Mason estava ocupado com seus parentes que o parabenizavam pelo discurso, resolvi ficar sentada à mesa e dei a desculpa de que ficaria olhando as bolsas. Depois de alguns hits conhecidos tocarem, avistei uma figura familiar vindo até a mesa enquanto tentava equilibrar um prato com um pedaço gigantesco de bolo em cima.

— Podia deixar um pouco para os convidados, Ryan — falei, rindo, ao observar que, já que ele estava sozinho, comeria o pedaço monstruoso inteiro.

— Não viu quantos andares ele tem? Dá para alimentar a cidade inteira. — Ele riu também, e sentou-se em uma das cadeiras vazias. Deu uma colherada generosa no glacê e o enfiou na boca, depois me perguntou: — Não quis ir dançar?

— Não... estou, hã, guardando as bolsas. — O que não era mentira. Vai que Lilly tinha algum parente cleptomaníaco sentado convenientemente à mesa ao lado? Não poderia arriscar. — E você?

— Eu? Bem... — Ele encarou o bolo, murchando. — Não estava muito a fim.

Pelo seu olhar triste, já imaginava que estivesse chateado com toda a história da traição. Aquilo com certeza devia acabar com o ânimo de uma pessoa. O que era uma pena, porque Ryan era cheio de energia e iria ajudar muito com o clima divertido da festa, se não estivesse se sentindo mal.

Como não tinha mais nenhuma palavra de consolo para oferecer — porque já dissera na noite anterior —, deixei-o comer em paz seu pedaço colossal de bolo. Ele merecia algumas calorias a mais para ajudá-lo a esquecer seus problemas. Quando Ryan estava quase acabando de comer — e mostrando claros sinais de enjoo por causa de tanto glacê —, uma Mary Adams tímida se aproximou de nossa mesa, de cabeça baixa.

— Ei, Ryan — ela falou com incerteza —, posso... falar com você um minutinho?

Ryan assentiu com a cabeça, surpreso, já que Mary mal falara com ele durante toda a viagem e, quando falou, não foi a pessoa mais gentil do mundo. Agora ela parecia totalmente diferente. Por sua postura e iniciativa, deu para ver que finalmente percebeu que não agira de maneira correta com o amigo.

— Eu... — Ela juntou as mãos atrás das costas. — Eu queria... — Ela olhou de relance para mim, e a encorajei a continuar. — Queria me desculpar por ter sido má com você. Você estava triste, e eu só te ignorei e gritei com você. — O queixo dela tremeu. — Não quis dizer o que eu falei. Pode me perdoar?

E o rosto de Ryan, que antes parecia que estava tendo uma indigestão, agora estava mais calmo. Ele sorriu e respondeu:

— Claro que posso, Pequenininha. Sei que não fez por mal. E desculpe por não ter acreditado em você. — Ele se levantou e abriu os braços em sua direção.

— Tudo bem. — Prendendo o choro, ela o abraçou. — Obrigada.

Mais um desentendimento resolvido. Uau, aquela era a noite das reconciliações ou o quê?

— Você gostaria de dançar? — Mary perguntou, esperançosa. — Adoro essa música.

Ryan olhou para o bolo que ele sabia que não aguentaria mais comer, depois para a pista de dança e, por fim, para Mary.

Ainda não estava cem por cento como era normalmente, mas fazer as pazes com minha irmã contribuiu para que seu humor melhorasse um pouco.

— Também adoro, vamos lá! — Ele se virou para mim. — Quer ir com a gente, Ronnie?

— Não, obrigada. Divirtam-se — respondi.

E os dois seguiram em direção à pista. Mas Mary correu de volta para a mesa, como se tivesse esquecido de algo.

— Foi o discurso de Mason que me fez perceber que fui má com Ryan. Mas tenho certeza de que você o ajudou a ficar daquele jeito, então... obrigada, mana.

Abri um grande sorriso ao ouvir aquilo. É, de certa forma ela tinha razão.

— De nada. Agora vai lá dançar!

Sorridente, ela voltou para a pista e os dois logo desapareceram no meio das pessoas. Minha mesa não ficou tanto tempo vazia. Algumas músicas depois que Ryan e Mary foram dançar, Henry e Karen saíram da pista e caminharam até mim. Estranhei o fato de que Karen estava mancando e Henry a ajudava a andar.

— Ela fez de propósito, tenho certeza! — escutei ela reclamando.

— Claro que não, você está louca! — Henry retrucou, ajudando-a a se sentar quando eles chegaram até mim.

— Hã... Qual é o problema? — perguntei, reparando na enorme tromba que Karen carregava enquanto esfregava o pé esquerdo.

— A tia de Mason "acidentalmente" — ela fez o sinal de aspas com as mãos — fincou o salto de doze centímetros dela no meu pé! Agora ele está latejando! — Ela fez uma careta de dor.

— Foi um acidente — Henry falou. — Ela mesma disse!

— Não percebeu a ironia, garoto? — Karen cuspiu as palavras. — É claro que Lilly contou para ela que eu vim de penetra! Não viu os olhares dela e das outras pessoas em cima de mim? Estavam com certeza me julgando!

— Você está exagerando.

— Não estou! — Ela bateu o pé que não estava machucado. — Elas queriam que eu não me sentisse bem-vinda, e conseguiram! Agora não vou mais conseguir dançar o resto da noite! — Ela choramingou, batendo a própria cabeça na mesa.

Eu não sabia o que dizer. Não sabia se ficava do lado de Henry e acreditava que aquele era mais um dos mil dramas de Karen, ou se acreditava que ela realmente estava sendo maltratada, porque a cada dia que se passava eu sentia maior empatia com os problemas dela. Não me pergunte o porquê, nem eu sei.

— Só porque alguém pisou no seu pé não significa que a noite está perdida — Henry falou sem paciência.

— Claro que está! De que adianta eu ter me arrumado toda e me dado ao trabalho de vir até aqui se tenho agora que ficar o resto da noite sentada com a rainha dos antissociais? — Ela apontou com a cabeça na minha direção, o que me deixou levemente ofendida, por mais que aquilo tivesse um fundo de verdade, e me fez querer apoiar o lado de Henry da história. — Que droga de viagem!

Olhei para Henry, que agora estava com raiva. Não conseguindo mais conter sua irritação, ele deu um soco na mesa, fazendo Karen e eu darmos um pulo de susto.

— Quer saber de uma coisa? Estou cansado de te ouvir reclamar! Caso tenha esquecido, você nem deveria estar aqui! *Eu* trouxe você, *eu* inventei que éramos namorados para que você não ficasse com a fama de penetra, *eu* dancei com você e por um momento achei que estivesse se divertindo, mas não! No final, você sempre reclama! Nunca nada está bom o suficiente para a alteza Karen Sammuel! — Karen arregalou os olhos, e eu a acompanhei. — Sabe por que as pessoas olham para você assim? Porque elas percebem que você é uma ingrata egoísta que nunca está satisfeita! A viagem está uma droga? Então tá, continue dando seu chilique, mas saiba que não vou mais me esforçar para te deixar à vontade, por ter sido burro o suficiente de pensar que você se importava com alguém além de si mesma! — Ele empurrou sua cadeira para trás e se levantou. — Desculpe por isso, Ronnie. Não vou mais incomodar você. — Henry deu as costas e saiu apressado, deixando para trás uma Karen embasbacada e com o queixo caído até seus saltos altíssimos.

— Uau. — Foi tudo que consegui dizer, depois de precisar de alguns segundos para processar aquilo. Henry realmente parecia furioso. E tinha razão. Por tudo que fizera por Karen, ele merecia pelo menos um "obrigada".

Mas, antes que eu pudesse continuar a falar e tentar convencer Karen a se desculpar, ela se levantou rapidamente, olhando na direção para onde Henry tinha ido. Depois disso, fez algo que eu jamais na vida imaginei que presenciaria: desceu dos saltos. Literalmente. Ela os tirou e os jogou embaixo da mesa. Acho que pela primeira vez ela parecia ser da minha altura.

— Espere, seu idiota! Eu não quis dizer… Argh! — E saiu correndo, ainda mancando, para procurá-lo.

29

Nossa, e eu que achava que seria entediante ficar sentada ali. Aquela mesa parecia mais um camarote para assistir a uma novela exclusiva!

   De repente, escutei uma voz atrás de mim:

— Caramba, o que os dois aprontaram dessa vez?

— Nem me fale, um dia ainda acho que eles vão se mat...

— Meu cérebro demorou um tempo para processar o fato de que a pessoa com quem eu esperei pacientemente para falar agora estava bem atrás de mim. — Mason?! Você está aqui!

— É, estou... — Ele riu. — Se lembra? Eu era o cara do lado da noiva.

Eu sabia que ele estava brincando, mas de maneira alguma esqueceria daquele momento.

— Você entendeu o que eu quis dizer! — Eu ri também. — E era exatamente sobre isso que eu queria falar com você.

— Imaginei. Eu também queria falar com você.

— Sério?

— Sério. Bem, eu...

— Com licença, meu querido. — A avó de Mason passou por nós, e, já que ela era bem gordinha, tivemos que nos afastar para que ela passasse. Pela quantidade de pessoas em volta, circulando, dava para ver que aquele não era o melhor lugar para conversar.

— Acho que não vai dar certo tentar conversar aqui — falei.

— Concordo — Mason respondeu, depois olhou em volta do local. — Ah, já sei um lugar melhor! Vem comigo!

Ele fez sinal que eu o acompanhasse, e segui-o além da pista de dança e das mesas, em direção ao lago. Não tinha uma lembrança muito boa dele, já que havia me espatifado nele no dia anterior, mas agora o lago parecia tão calmo, tão sereno, refletindo as estrelas.

Passamos pelo lago e chegamos até onde ele queria me levar: um gazebo. Não acreditei que não tinha percebido a existência daquela construção, mesmo estando tão perto dela no dia anterior. Ele era todo de vidro, e dentro havia flores de todos os tipos e cores penduradas em pequenos ganchos nas paredes.

— Achei isso aqui numa das minhas tentativas de fugir de Paul ontem. Mas um gazebo de vidro não é exatamente o esconderijo mais genial do mundo.

Nós dois rimos. Olhei em volta, maravilhada com a elegância daquela pequena e charmosa construção.

— É lindo.

— Também acho — Mason disse, observando o céu do teto transparente, e podia jurar que vi, por um milésimo de segundo, as estrelas refletindo em seus olhos azuis. — Você queria falar comigo, não queria?

— Hã, sim. Mas pode falar antes, se quiser.

— O.k., bem... — Ele suspirou. — Eu... nem sei por onde começo a agradecer pelo que você fez, Ronnie. Sério, você...

salvou este casamento! Você me impediu de cometer um dos piores erros da minha vida! Muito obrigado, de verdade!

Dei um sorriso envergonhado. Era tão bom vê-lo feliz daquele jeito... Em tão pouco tempo parecia ter amadurecido tanto...

— Fico feliz por ter ajudado — respondi. — E você me impressionou muito hoje. Por um momento achei que tudo tinha dado errado, mas quando vi você entrando no altar com sua mãe... E aquele discurso! Eu fiquei emocionada. O que eu queria dizer para você era que... bem, estou muito orgulhosa de você.

— He-he! — Ele sorriu também. — Não teria feito nada disso se você não tivesse ido lá me acordar para a vida. — Ele apontou para a própria bochecha, e, quando percebi que se referia ao tapão que eu lhe dera mais cedo, meu rosto pegou fogo.

— Ah, sobre isso, eu realmente não tinha a intenção de te machucar e... — me enrolei com as palavras.

— Relaxa, Ronnie! — Ele riu. — Eu mereci. E sei que você tentou ficar fortona com o Ryan na academia há um tempo, mas não deu muito certo não, hein?

— Bobo. — Eu lhe dei um soquinho de brincadeira.

— Mas, sério, agora. Obrigado, mais uma vez, por me ajudar a me acertar com a minha família. Nunca pensei que iria admitir isso, mas, srta. Veronica... você é incrível.

— Ah... — Continuei ruborizada. — Para com iss...

Mas, antes que eu pudesse completar a frase, Mason me abraçou com ternura. Com uma mistura de surpresa, vergonha e alegria, abracei-o de volta. Não consegui evitar sorrir ao sentir o cheiro delicioso de seu perfume, e rezei para que ele não tivesse percebido aquilo.

E a música bate-estaca animada que tocava até então parou e deu espaço para algumas canções mais nostálgicas para os adultos. No momento, a música que começara era "Say a Little Prayer", da Aretha Franklin. Cheguei perto do vidro e estiquei o pescoço, procurando Paul e Lilly na pista de dança. Infelizmente, só via uma multidão de pessoas, e não dava para identificar quem era quem.

— Acha que a gente devia voltar? — perguntei, mas quando me virei para Mason ele não disse nada, apenas estendeu a mão para mim. — O quê? — Eu ri de nervoso, já entendendo onde ele queria chegar. — Está brincando, né?

— Por que não? — Ele deu de ombros.

— Esqueceu que sou péssima para dançar?

— Não, você toda estabanada no meio do Four Seasons é uma cena inesquecível. — Ele riu. — Mas, por sorte, não tem ninguém aqui para te ver, então não tem problema.

Mordi os lábios. Aquele era um bom argumento. Mesmo assim, ainda estava com vergonha. Mason realmente estava me chamando para dançar? Por vontade própria?!

— E aí? — ele perguntou, com o braço ainda estendido.

Pensei um pouco. Eu tinha duas opções: podíamos voltar para a pista de dança e socializar com os outros convidados, pois com certeza algum parente de Mason já devia estar se perguntando onde ele estava. Ou podíamos ignorar todo o resto e dançar juntos, sem ninguém para atrapalhar. Com certeza a segunda opção parecia melhor.

Estava quase pronta para aceitar o convite, mas algo ainda me incomodava: meus pés. Eles latejavam por causa dos saltos. A imagem de Karen atirando os sapatos para longe e não dando a mínima para o que as pessoas em volta pensavam veio à minha cabeça. Se ela conseguiu fazer aquilo, por que eu não poderia fazer também? Me apoiei na parede e tirei as sandálias, uma de cada vez. Senti um alívio tão grande que quase ouvi meus pés cantando de felicidade. Agora estava pronta para dançar com Mason.

Peguei sua mão e posicionei a outra em seu ombro, e ele pôs a dele em minha cintura. Senti os pelos do meu corpo se arrepiando, mas era uma sensação boa. Começamos a mexer os pés de um lado para o outro e, conforme a música foi chegando ao refrão, fomos nos animando e nos soltando, entrando mais no ritmo. Ele chegou até a me rodopiar num momento.

Várias coisas começaram a passar na minha cabeça enquanto dançávamos. Me lembrei da primeira vez que dançamos juntos, o quanto eu estava nervosa e desconfortável e como logo depois descobri que aquilo era tudo para que Karen pudesse nos observar e imitar na série. Passamos por tanta coisa depois daquele dia. Rimos, choramos, brigamos, fizemos as pazes, ficamos tão longe, e tão perto... e agora lá estávamos nós, como naquela noite do Four Seasons, meses atrás. Mas eu não me sentia tão dura e fechada como costumava ser, nem Mason era mais o mimado insensível. Nós dois crescemos bastante durante esse tempo, e tenho certeza de que isso nunca aconteceria se Mason não tivesse ido para Boston.

Apoiei minha cabeça em seu ombro e senti que estava flutuando. Por um breve momento, disse a mim mesma que poderia ficar daquele jeito para sempre. O mais perto possível de Mason que já estive. Mas logo retirei o que disse. À medida que a música chegava ao fim, levantei a cabeça, e meus olhos logo se encontraram com os dele. Mason me olhava de um jeito tão doce e profundo que até esqueci de piscar. Ele soltou sua mão da minha e a usou para acariciar meu rosto.

Ai, meu Deus. Meu coração começou a quicar de um lado para o outro, como se estivesse pulando em um trampolim. Fui aproximando meu rosto lentamente, e ele fez o mesmo. Era ali que eu mais queria estar no mundo. Eu sabia que nada iria nos impedir agora. E eu estava certa. Assim que a música terminou, fechei os olhos e senti os lábios quentes e macios dele tocando os meus.

Agora, sim, era *desse* jeito que eu poderia ficar para todo o sempre.

EPÍLOGO

Domingo, 13 de outubro, 19h50

Cama... **Era tudo o que eu conseguia pensar.** A viagem de volta para Boston foi um pesadelo. Além de ter sido espremida novamente naquela poltrona minúscula, não me arrisquei a tomar o comprimido alucinógeno, causador de pesadelos, de mamãe, então não consegui pregar o olho. Para piorar a situação, Karen estava amaldiçoando até meus netos que nem haviam nascido pelo que acontecera no avião com Henry — e eu tenho que admitir, foi um pouco minha culpa —, e Mason e eu não estávamos nos falando direito, também pela confusão que acontecera no avião. E, ao mesmo tempo que eu tinha razão por estar chateada, já que Mason estava sendo um completo idiota — novidade —, tinha a possibilidade de eu ter sido um pouco dura com ele.

Por causa de tanto sufoco, a viagem acabou parecendo durar três dias inteiros. Só queria chegar em casa, não falar com mais ninguém durante o dia e dormir até o ano acabar, para ver se o estresse ia embora. Infelizmente algo se meteu entre os meus planos, e tive que mudar minha rota.

Assim que liguei meu celular, vi doze ligações perdidas — sério, *doze* — de Jenny. Pelo horário que elas começaram, percebi que Jenny tentara me ligar assim que o avião decolou e a cada meia hora tentava de novo, sem sucesso. Eu conhecia Jenny, e sabia que ela só ligaria essa quantidade imensa de vezes por dois motivos: ou ela precisava me contar algo muito importante, ou algo muito inútil. De qualquer forma, aquela quantidade de ligações me deixou um pouco preocupada, então, assim que consegui sinal novamente, liguei para ela. Depois de tocar duas vezes, ela atendeu, com claro desespero em sua voz:

— Ronnie! Finalmente!

— Desculpe, estava voando — respondi, e reparei que sua voz estava ofegante e trêmula. — Está tudo bem?

— Não, não está! — Ela continuou a falar no mesmo tom, e agora ainda mais rápido. — Você já está em casa?!

O.k., então com certeza era algo importante, e uma notícia ruim. Meu coração disparou.

— Não, estamos saindo do aeroporto — respondi, preocupada.

— Então, por favor... venha agora para o hospital! — Percebi que ela tentou esconder um soluço, sem conseguir se acalmar.

Arregalei os olhos. Aquilo não era nada bom. Mamãe percebeu pela minha expressão que alguma coisa havia acontecido, mas fiz sinal para que ela ficasse quieta até que eu soubesse o que de fato estava havendo.

— Você está no hospital?! — falei, chamando a atenção do meu grupo.

— Estou! — E Jenny falou mais três nomes que quase fizeram meu coração parar: — Daniel, Sabrina e uma menina chamada Reyna estão comigo também. — Ouvi-a fungando do outro lado da linha. — Estávamos no carro, e foi tudo muito rápido... Algum maluco jogou o carro em cima do nosso e... — Ela não conseguiu mais falar, sua voz estava falhando.

Fiquei pálida. Para me preocupar ainda mais, envolvia um acidente de carro, um assunto que eu particularmente queria longe da minha vida e desejava que jamais acontecesse com qualquer pessoa próxima de mim de novo. Meu pai morreu por causa de um acidente como esse. E agora Jenny estava me dizendo que não só ela, mas Daniel, Sabrina e Reyna haviam sofrido um?! Cambaleei para trás, e teria desabado se Mason não tivesse me segurado. Ele me encarava alarmado, assim como todos os outros.

— Jenny... — falei, depois de muito esforço, com a voz fraca. — T-tente se acalmar, por favor... Vocês estão bem? Por favor, me diga que estão bem! — Minha voz começou a falhar como a dela, já imaginando que o pior havia acontecido. Não, eu não podia passar por aquilo outra vez. Não quando minha vida finalmente estava tomando um rumo bom.

Ouvi Jenny respirar fundo, e ela foi se acalmando aos poucos. Esperei alguns segundos, até que obtive a resposta:

— E-eu estou bem, Reyna também, e Sabrina nem estava no carro, só veio nos visitar... Mas...

Meus olhos se encheram de água. Já esperava o que ela ia dizer.

— O problema é Daniel... Ele... foi o único que ainda não acordou!

E nesse momento senti como se meu coração tivesse parado.

A partir desse dia, tudo começou a ir ladeira abaixo. Não só em relação a Daniel, mas também a *Boston Boys*, *Boston Academy*, Mason, eu... tudo.